ゲセルと聖水

ガルチン・アリヤ

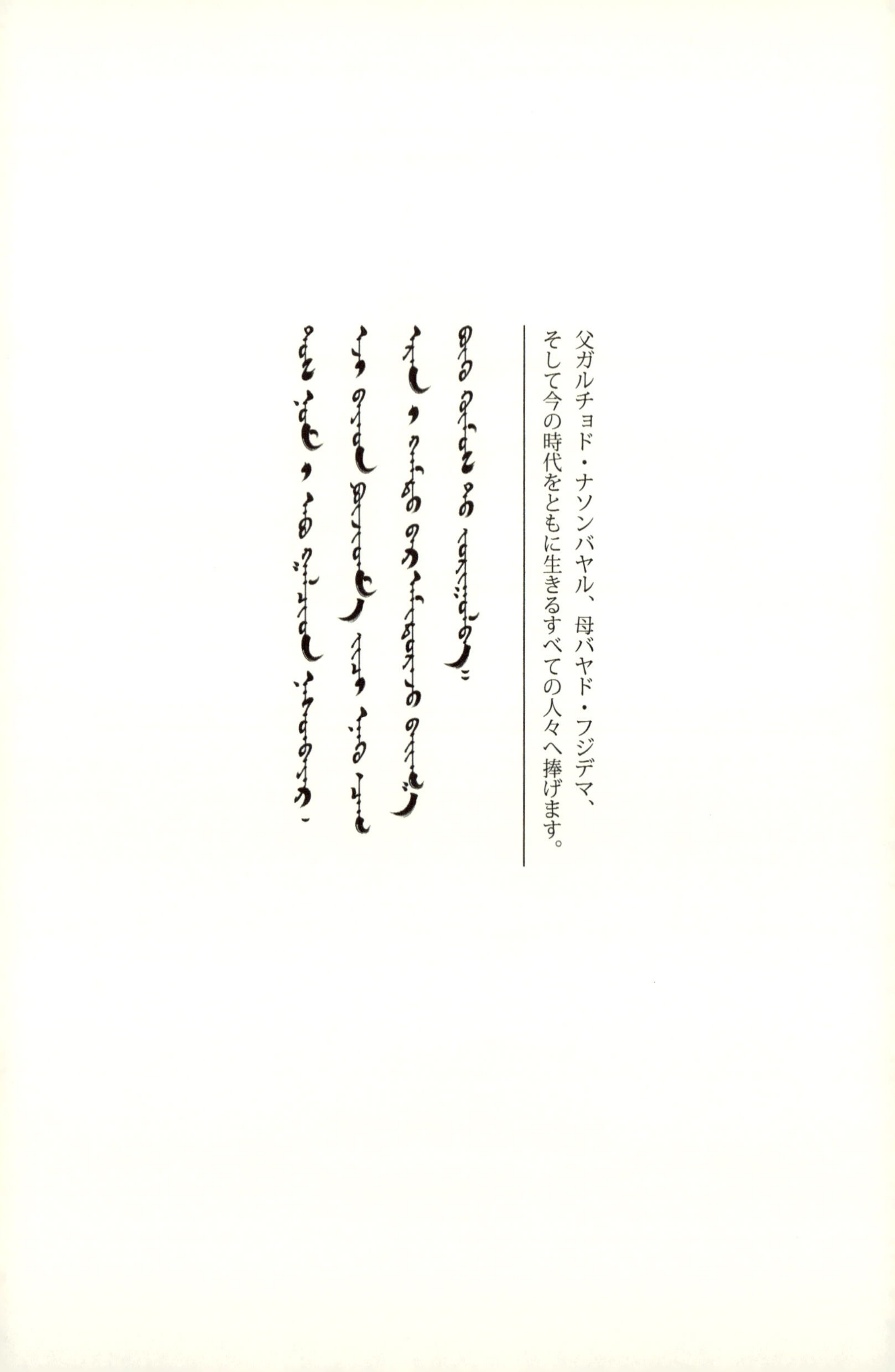

父ガルチョド・ナソンバヤル、母バヤド・フジデマ、
そして今の時代をともに生きるすべての人々へ捧げます。

ゲセルと聖水　目次

はじまり

果てしなく広がる雲海に険しい黒崖が浮かんで見える。

崖の上部に横に突き出た大きな岩に、男の子が立ち竦んでいた。血だらけになった彼の服と黒い髪が、通り風にあおられてなびいている。彼が立ち向かう先には洞窟があり、暗がりの中から黒い煙が噴き出ていた。

「気をつけて…」

微かな呟きが聞こえてきた。男の子が立つ岩の横の絶壁に、中年の女がかろうじてしがみついていた。彼女の体は空中にぶらさがり、顔は青ざめ、肩から赤黒い血が流れている。

勢いよく噴き上がった煙とともに、洞窟が激しい音を立てて崩れた。中から真っ黒な煙の塊が現れた。その物はのろのろと姿を現し、黒い煙の渦で覆われた体を細長く伸ばし、男の子の方へ向かってきた。白い雲を背景に、不気味に動く体と、尖った頭、その真ん中で残忍な光を放つ一つの赤い目玉を、男の子はじっと見つめていた。

「火の獣だ」

彼は呟き、左手に持つ刀を横に身構えた。空から降り注ぐ太陽の光が頑強な刀面に反射し、眩しく光った。火の獣はゆっくりと頭をもたげ、上空に伸ばした体を揺らしながら、男の子を睨みつけた。

そして、体を縮めて、猛烈な勢いで男の子に迫ってきた。男の子は素早く横に退き、握った刀で火の獣を力いっぱいに切りつけた。耳をつんざくような悲鳴が上がり、火の獣は男の子を煙の渦に何度か巻き込みながら、青い空へ散っていった。

煙に強く打たれてバランスを失った男の子は、仰向けになったまま雲海へ落ちていった。

「ジョル…」

男の子と火の獣との戦いを見守っていた中年の女が、男の子を空中で拾うように雲海に飛び込んだ。二人の体は、崖下に無限に広がる雲海にのみこまれていった。

この物語のはじまりは、七年前にさかのぼる。

第一話　雲のガルダ

ここは洞窟の入口なのか、それとも暗闇に包まれた白い光の前なのか…。

アロンは目をこすりながら、周囲の様子をよく見ようとした。だがはっきりと見えず、ひと部屋くらい大きさの、ぼんやりとした丸い白い光が近付いてきていた。その光の中に、長い白ひげを生やした小柄なおじいさんと、黒い髪の毛を後ろに結んだ大柄なおばあさんが、大きな石を挟んで座っていた。二人の話し声が聞こえてきた。

「これでいいのか…」おじいさんが不安そうに聞いた。

「ほかに方法があるか…。行けるところまで行ってみるしかないじゃないか。そうじゃないと、この縁が切れるものか…」おばあさんが覚悟を決めたような声で言った。

「いつかすべてが明らかになる時…どんなことになるか…」おじいさんの声が曇った。

「それはその時…」

アロンがいることに気付いたらしく、おばあさんの声が途絶えた。二人の視線がアロンに注がれた。

「ここの生活に慣れたか」おじいさんは心配そうに尋ねた。

アロンは戸惑った。おじいさんがほかの人に話しかけているのかと思って、周囲を見渡した。誰もいなかった。暗闇が無限に広がっているだけだった。

「もうすべてを忘れているから…」おばあさんが、戸惑うアロンを見て、朗らかな声で言った。「もっと近付いてくれ…」

アロンが一歩前に進み、白い光の輪に入った。柔らかい光に包まれ、暗闇に浮いているようだった。

「この子のこの上ない懇願で…」おじいさんが改まった声を出したが、すぐに声色を変えて、優しく言った。「この子を育ててくれ…」

その声が途絶えかけた時、白い光の向こうの端に男の子が現れた。アロンはとても懐かしく感じた。心が震え、思わず涙ぐんだ。

「母ちゃん…」男の子は懐かしそうにそう呼びながら駆け寄り、アロンの手を握った。

アロンは声を詰まらせた。涙が堰を切ったようにこぼれ落ち、目の前の景色が霞んで見えた。男の子の温もりが手を通して伝わってきた。

アロンはまばたきした。涙でうるんだ光景が、徐々にくっきりと見えた。

おじいさんとおばあさんは、男の子の後ろで満足そうに微笑んでいた。そして、歩き出していないのに、足元が滑るように動き始め、自分と男の子がだんだん白い光の輪から遠ざかっていった。

やがて、白い光の塊が小さくなり、最後に暗闇の中で消え去った。アロンと男の子は薄い光の輪に囲まれ、暗闇の果てへ漂っていった。頭上で雲が渦巻きながら通り過ぎていく。アロンはどこに辿り着くのか少し不安だったが、隣に立つ男の子が見せる落ち着いた顔を見て、ほっとした。しばらく進むと、暗闇の果てに白い線のような隙間が現れ、そこへ落ちて行くように感じた…。

アロンは、そこで目覚めた。

目を開けて明かり窓を見ると、星が消え、空は既に白んでいた。そろそろ起きる時間だと思い、隣に寝ている夫チャルキンを見た。ぼんやりとした明かりの中で、夫の黒くて広い眉毛が目に入った。

彼女はさきほどまで見ていた夢を思い出して一人で微笑んだ。心地良い夢だった。掌を胸に置くと、心臓の鼓動がいつもより早く打っていた。

「夜明けに変な夢を見たの」

アロンがお茶を入れながら、機嫌良さそうにチャルキンに言った。「白ひげの老人が陽気な男の子を連れてきて、私に、この子を育ててくれと言ったの」

アロンは嬉しそうに夫を見た。チャルキンは黙って、茶碗を取った。

「昼間の思いが夜の夢になるというじゃないか。お前、あんなに子供をほしがっていたから、それが夢になったんだろう」

「子供のことは、もうあきらめたわ。この年で子供ができるなんて、期待していないけれど」アロンは軽くため息をついて、持ち上げた茶碗の縁を見つめた。

少しの沈黙のあとアロンが続けた。

「でも、その夢はいきいきしていて、本当の出来事のようだったの。その子もどこかで会ったことがあるように親しみを感じたわ。男の子が「母ちゃん」と呼んだ声や、手をつかんだ時のぬくもりが、今も感じられるの」

彼女は右手をそっと握った。チャルキンは熱いお茶をふぅ、ふぅと吹きながら飲み干し、席を立った。

「今日、俺は狩りの話し合いに行くから、お前がかわりに羊を湖に入れてきてくれよ。羊群れは西の丘にいるからさ」と、チャルキンは言い残して出かけた。アロンは自分の話を聞こうとしない夫をがっかりした目で見送り、一人になって呟いた。

「もう少し聞いてくれても…。久しぶりのいい夢なのに。村のことになるといつも一生懸命になって」

馬の走り出す音が屋外に響き、家の中に静けさが戻った。アロンは木製の粗末なテーブルを拭き、その上にあった木の食器を片付けて、家を出た。羊群れが緩やかな西の丘に沿って散らばっていた。

アロンの夫、チャルキンはオボート村で誰よりも勇敢な狩り人で、誰よりも勤勉で働き者だ。チャルキンとアロンには、二人が望んでいるにもかかわらず、子供がいなかった。また、二人の生活はあまり余裕がなかった。というのは、チャルキンはいつも貧しい隣人を助けていたからだ。

チャルキンには二人の兄がいる。上の兄チャルンと下の兄チョドンだ。チャルンはもう六十過ぎていて、老人会の一員だが、村の行事にはあまり参加しなくなっていた。老人会は村人が尊敬する経験豊かな三人の老人から成り立つ会議で、部族長を決めたり、村の大きな行事を監督したりする。チャルンには子供が四人いたが、長男は狩りの途中に誤って亡くなり、次男も病で亡くなった。そのあとを追うように妻も病で亡くなった。今は娘ノミンと末息子のアルシを心の支えに暮らしている。アルシは六歳で、叔父のチャルキンについて村の行事に参加したり、家計を支える手伝いをしたりしていた。彼は年のわりに背が高くて、行動が素早く、外見も父チャルンの若い頃に似ていて精悍だ。チャルキンはアルシを連れて狩りに出て、技を教えるのが楽しみだった。

チャルキンの下の兄のチョドンは部族長で、村一番の権力者だ。彼は経済的にも村で最も恵まれていた。彼の亡くなった前妻には子供がなく、二番目の妻との間に息子が一人いる。チョドンはチャルンやチャルキンと違って、何よりも権力や財力を大事にしていた。

アロンは家の横に立てかけていたシリブールを持って、羊群れのいる西の丘の方へ向かった。家に一頭しかいない馬は夫が乗って行ったから、彼女は歩いて行くしかなかった。彼女は歩きやすいように、ミルク色の服の長い裾を巻き上げて帯に挟んだ。

ふだんは夫が羊群れについて行くが、狩りや村の行事がある日はアロンが羊を追って出る。二人が飼っている羊は十頭足らずだが、心優しい夫は、家のことで精一杯で羊の世話まで手が回らない村人たちの羊の面倒まで見ている。二人の家の右隣に住んでいるソムンの家の羊たちも、昨年、チャルキンが自分の群れに引き取った。ソムンの夫が病で突然亡くなったので、幼い息子ハルと二人で残されたソムンは、十数頭の羊の面倒を見る余裕がなかったのだ。また、川の向こうに住むハシ老夫婦の羊たちも、ずっと以前から面倒を見ている。ハシ老夫婦とチャルキンたちは血縁関係にはないが、両家は何世代にもわたって親しい関係を築いてきた。ハシおじは酒に酔うたびにチャルキンに言い聞かせることがあった。それは大昔、ハシおじの祖先がチャルキンの祖先を守り、この土地に一緒に逃げて来たという話だった。ハシ老夫婦の息子とその嫁は二年前に相次いで亡くなった。今、老夫婦は幼い孫娘と暮らしているが、彼らの面倒もチャルキンたちが引き受けていた。

アロンは羊群れの後をゆっくりと歩いた。

「本当にいい天気ね」彼女はそう呟いて、空を見上げた。薄青い春の空が、清らかな緑の草原を覆い、白い雲が空のところどころに高く漂っていた。彼女は爽やかな北風が運んでくる新鮮な草の香りを胸いっぱい吸った。

羊群れは、緑の大地に大きな白い葉っぱのような形を描きながら、ゆっくりと風のなびく方向へ進んでいた。羊たちは村の裏にある湖に行くことがわかっているようだった。村人たちはずっと昔から、月に一、二度、羊を追って湖に行く習慣があった。湖の岸や水は塩分が豊かで、ふだん川の水を飲んでいる羊が喜ぶのだった。

アロンと羊群れは、昼すぎに湖に着いた。

湖は、緑の大地に大きな鏡を置いたように日差しに反射して、きらきらと輝いていた。ところどころ青く沈んだ湖面は、北風を受けて数えきれないほどの細い波を立てていた。湖の向こう岸で水鳥が飛び降りたり、飛び上がったりして、清らかな鳴き声を出していた。春になって再び故郷に戻ってきたことを、仲間とともに喜び合っているようだった。湖岸に白く輪のように固まったものが際立って見える。それが羊の大好物の塩の塊だ。羊たちは湖に着くと、塩の塊を舐めはじめた。一頭もその場を離れようとせず、久しぶりの塩の味を楽しんでいるようだった。

アロンは湖岸の草の上に座り、帯に結んでいた水袋と小さい布袋に入れたコムギ餅を取り出した。歩いている時はわからなかったが、座ったとたん、朝から歩き続けた疲れがこみあげてきた。全身がだるく感じられて、草の上に俯せになった。暖かい日差しと柔らかい風が、体を心地良く包んだ。そのうち眠気がふわっと襲い、風の音や水鳥の鳴き声、羊の鳴き声が遠くに聞こえるようになった。アロンはまどろみながら、眩しい日差しを手で遮り、指の間から空を見上げた。青い空のかなたに、大きな鳥のような形の雲が現れていた。その雲の鳥は巨大な翼を広げて、湖の方に降りてきている気がして、意識がすっと遠のく気がした…。

アロンが目覚めた時、太陽は西の山の方に傾きかけていた。羊群れは湖の近くの緩やかな丘に広がっ

ていた。何頭かの羊はお腹がいっぱいになったのか、座ってのんびりと反芻していた。

アロンは起き上がって、服についた草の葉を落とし、シリブールを手に取った。そうして脇に置いたまま食べなかったコムギ餅の入った布袋と、水袋を帯に結び直して、羊群れの方へ向かった。かなり長い時間昼寝をしたはずなのに、疲れはとれていなかった。むしろ湖に着いた時より全身がだるく、のどがとても渇いているように感じられた。アロンは水袋の水を一気に飲み干したが、喉の渇きは癒されなかった。重く感じる体をようやく前に運びながら、羊群れをゆっくりと追って家に向かった。

アロンが家に着いた時、日はすっかり沈んでいた。チャルキンは戻っていなかった。彼女は疲れ切っていて、家に入ると靴も脱がず、食事もとらず、ベッドに横たわった。


翌日アロンが目覚めた時、すでに午後になっていた。チャルキンは羊群れを追って出かけたらしく、家にいなかった。チャルキンが作ったのだろう、食卓にはすっかり冷めたご飯が置かれていた。よく思い出してみると、アロンは昨夜ベッドに横たわってから一度も目覚めず、ぐっすりと眠っていたのだ。

彼女はトルガの火をつけて、ご飯とお茶を温めて食べた。お腹が空いていたので、二食分のご飯を平らげてしまった。食事を終えると体が温まり、力が湧いてきた。

家の外に出ると風はなく、昨日より暖かく感じられた。ソムンが家の前で、物干しにかけた布団を叩いていた。歩き出したばかりの息子ハルが、今にも転びそうなおぼつかない足取りで子羊を追い、家の周囲を歩き回っていた。アロンはその穏やかな光景を目にして、思わず微笑んだ。

緩やかに延びる西の麓に、羊群れが広がっていた。その手前に、何頭かの牛の姿が見えた。彼女は牛の姿を眺めながら、昨夜も今朝も乳を絞っていないことを思い出した。チャルキンはミルクティが大好物で、ポット一杯分のお茶を平気で飲み干してしまう。チャルキンが三度の飯よりお茶にうるさいことは、近所に知れ渡っている。その彼も、昨夜からミルクティを飲んでいないはずだった。アロンは夫に申し訳なく思いながら、麓の方を眺めた。

「日が高いからまだ間に合うわ」彼女はそう呟いて、家の東に積んであったアルガルを物入れにいっぱい抱えて、家の中に入った。そして夫の大好きな肉麺を作ろうと、粉袋の底に残っているコムギ粉を取り出した。その粉は、昨年の冬前に、チャルキンがアルシを連れて南村に行き、狸の皮と交換してきたものだった。

彼女が粉を混ぜていると、馬の走る音が近付いて家の外に止まった。聞き慣れた足音が響き、夫が扉を開いて入ってきた。

「こんなに早くどうしたの?」アロンがびっくりした声を出した。

「大丈夫か?」チャルキンは不安そうな表情で尋ねた。

「何が?」

「だって、びっくりしたよ。お前はずっと寝てしまって、昨夜も、今朝も、何度呼んでも返事がなくて。動かしても目覚めないし…熱を出した様子もなくてさ」

「それが…」アロンは昨日の出来事を思い出しながら話した。

「昨日家に帰った時、とても疲れていて…少し休むつもりで横になったけれど…目覚めたらこの時間になっていたわ。ごめんなさい、乳も搾ってなくて…」アロンは申し訳なさそうに夫を見た。

「まあ、そのことは別にいいけどさ」チャルキンがミルクの入っていないウリル茶をお椀に入れながら言った。

「それでこんな早く帰って来たの？」アロンが驚いて目を丸くした。

「そうだよ。まだ目覚めないようなら、オドガンに診てもらおうかと思ったんだ…」

チャルキンはそう言って、食卓の横にあった椅子に座った。

「そんな…心配ないわ」アロンは夫の真剣な表情を見て、思わず笑った。チャルキンはアロンをじっと見て、ほっとしたようにお茶を飲み干して席を立った。

「もう戻らないと。羊をバルに頼んできたからさ」

「途中で牛を見た？　いたら家の方に向かせておいてね。早めに牛乳を搾りたいから」

「うん」

再び出かけるチャルキンを、アロンは見送りに出た。チャルキンはつないでおいた馬の横に立つと、ふと思い出したようにアロンの方を振り返った。

「そういえば、昨日見た？　雲のガルダ」

「何？」アロンには、チャルキンが何のことを言っているのか、わからなかった。

「村じゅうが大騒ぎだったよ。昨日の昼くらいに大きな雲のガルダが湖の方に降り立ったって…。村の人が見たらしい…」

チャルキンは怪訝そうな顔で言ったが、ふだん神や鬼の話をちっとも信じない夫がそんなことを言い出すことに、アロンは驚いた。

「雲のガルダ？」アロンが首を傾げた。「水鳥はいたけど…」

アロンは頭の片隅で、昨日の湖のことを思い出していた。湖岸でまどろんでいた時、指の間から鳥の形をした大きな雲が見えたような気もしたが、それが夢だったのか、現実だったのか、よくわからなかった。チャルキンはアロンが上の空であることに気付かず、自分がバカげた話をしたと言わんばかりに「まあ、そんなことがあるわけないだろうが…」と決めつけるように言った。

「これまでガルダなんか見たこともないし。伝説の鳥だろうし…」

チャルキンは馬に乗って、颯爽と西へ向かった。アロンは遠ざかる夫の後ろ姿を眺めながら、立ち竦んでいた。

大きな雲の鳥が湖の方に降りているのは夢だったのか、現実だったのか…。思い出そうとしてみたけれど、何も思い出すことができなかった。そのうちアロンは夕方の家事に追われて、雲のガルダのことを忘れてしまった。

8頁19行　羊群れ　羊の群れのこと。人群れ、狼群れという言い方もする。
10頁3行　シリブール　柄が1・5~2メートルくらいある鞭で、柄の先に縄がついている。羊を追う時などに使う。
13頁13行　トルガ　モンゴル式の火をつけてご飯を作るところ。石や鉄などで作る。
14頁4行　アルガル　乾燥させた牛の糞。火をつけるのに使う。
14頁18行　ウリル茶　ウリルは樹木の一種。昔から実や葉、枝を乾燥させたりしてお茶として使う。沸かしてミルクを入れ、ミルクティにして飲む。
15頁2行　オドガン　女シャーマニスト。作品中では医学の知識を持ち、占い、まじないなどができ、助産婦としても活躍している女性を指す。
15頁11行　ガルダ　伝説の鳥フェニックス。

第二話　白い玉

それから一ヶ月ほど経った頃、アロンの腹部が膨らみ始めた。異変に気付いた彼女は村のオドガンに見せた。

「いよいよ母になるわ」オドガンが微笑んだ。

アロンは耳を疑った。「え…どういうこと?」

「妊娠したのよ」オドガンは、戸惑うアロンに優しく微笑んだ。

「本当に?」アロンの声が震えた。お腹を優しく撫でると、嬉しさで涙が溢れてきた。オドガンはアロンを無言で見守り、微笑んでいた。

その日はアロンとチャルキンにとって、忘れがたい幸せな日になった。二人は生まれてくる子供の話をしながら、心を躍らせた。

しかし、しばらくすると、アロンとチャルキンの喜びは不安に変わった。アロンのお腹の膨らみ方が早すぎるためだった。オドガンに妊娠を告げられてわずか三ヶ月で、アロンのお腹は重くなり、丸く大きく突き出てきた。オドガンに何度も見せたが、ほかの人より膨らみ方が数ヶ月ほど早い以外、特に異変はないと言われた。

「この子は育つのが早いわ」オドガンも毎回、アロンのお腹を触るたびに言った。

「どうしてですか？」アロンはおそるおそる聞いてみた。オドガンは首を横に振った。オドガンにも、その理由はわからないようだった。けれども「子供は健康で、異変はない」とオドガンに言われたことで、アロンとチャルキンの心は少し落ち着いた。

日頃からチャルキン夫婦と親しくしている村人は、二人が望んでいた子供がようやくできたことを、心から祝福した。隣の家のソムンは村の誰よりも早く祝福に訪れ、生まれてくる子供が丈夫に育つようにと、息子ハルが幼い頃に着ていた服や枕、ウルグイを届け、何か珍しいものが手に入るたびにアロンに届けた。ハルはアロンの家に遊びに来るたびに、アロンのお腹を優しく撫でた。そして「この子が大きくなったら、ぼくがブヘを教えるよ」と約束し、自分の大切にしている羊のシャガから五個を取り出して、生まれてくる赤ちゃんに譲った。また、ハシ老夫婦も幼い孫娘と祝福に来て、「生まれてくる子供はきっとチャルキンのようないい狩り人になるだろう」と朗らかに言った。ハシ老夫婦は、チャルキンが外出している日は、一日に何度も交替でアロンの様子を見に来て、「何か手伝うことはないか」と申し出た。チャルキンの兄チャルンは、娘のノミンと息子のアルシを連れて、アロンを訪ねた。

「これから一緒に狩りに行く人ができて嬉しいよ」とアルシは喜んだ。

「女の子かもしれないわ。そうすると私と一緒ね」ノミンもアルシに負けずに言った。

二人の無邪気なやりとりに、その場にいた誰もが「子供がまだ生まれていないのに、早すぎる喜びじゃないか」と笑った。

だが村人の中には、アロンのお腹が異常な早さで大きくなるのを見て「呪いで妊娠したのではないか」「変な果物でも食べたのではないか」というふうに、心ない噂をする者もいた。アロンの心を何より悲しませたのは「アロンのお腹の子供はマンゴスかもしれない」という噂だった。また、村に広がる噂を信じて、アロンの家の前を避けて通ったり、アロンと顔を合わせないようにしたりする人もいた。

中でもチャルキンの兄のチョドンは、村の誰よりひどい態度で二人に接した。馬に乗ってアロンの家の前を通り過ぎる時など、家の外にいたアロンの大きいお腹を一瞥し、「この村の食いぶちがもう一人増えてしまうな」と嘲った。そんな時、お腹の中の子供も侮蔑されたことがわかるのか、アロンのお腹を強く蹴るのだった。アロンはお腹を優しく撫でながら、「君も怒ったの？」と静かに語りかけた。

アロン夫婦は村の噂をできるだけ気にしないようにして過ごし、出産の準備を進めた。チャルキンはオドガンのもとに何度も通い、子供が産まれる時は必ず来てくれるよう頼んだ。秋が深まるにつれて、アロンのお腹はさらに膨らんだ。お腹の重みとともにアロンの動きは鈍くなったが、肥立ちは順調で、穏やかで満ち足りた日々を過ごしていた。


そんなある日、アロンは深夜にお腹の激痛で目覚めた。冷たい汗をかいて、体がびっしょり濡れていた。アロンは全身の力を振り絞って、熟睡している夫の布団を引っ張った。チャルキンは灯をつけて、アロンの様子を見てびっくりして飛び起きた。突然のことに慌てるばかりで、床の上に立ち竦んだまま、不安そうにアロンを見つめていた。

「早く…オドガンを呼んで…」アロンがとぎれとぎれに言った。

「うん。そうするよ」チャルキンは痛みに耐える妻を振り返りながら家を飛び出し、暗闇の中を走った。

アロンはお腹の子供と二人で家に残された。お腹の痛みは骨に食い込むような、心を引き裂くような激しさだった。アロンは唇を噛み、藁にすがるような思いで家の中を見渡した。動物油で点る灯は、闇の中で小さい光のつぼみになっていた。オレンジ色のほのはいつもより弱々しく見え、かき消えそうだった。家の壁と窓際に置いてある食卓や椅子は闇に消えていた。自分がまるで果てしない暗闇の中に置き去られたような気分だった。恐怖と無力感がアロンを襲った。激しい痛みに、手足を動かす力も失っていた。うつむいた頬を涙がこぼれ伝わるのを感じた。

「君が望んだ子供だろう。守ってあげて」

アロンは誰かから話しかけられたような気がして、汗と涙にまみれながら、痛みや恐怖に耐えた。そして、子供を授かった日の喜びや、今日までお腹の子供に楽しく話しかけてきたこと、子供ができてチャルキンの表情も以前より明るくなったことなどを思い出すうち、勇気と希望が湧いてくる気がした。そうだわ、私がこの子を守らないと…この世で私が預かった一番大切な宝物だもの。アロンはお腹を撫でながら、「いい子ね。一緒にがんばろうね」とささやいた。

お腹の子供が、もぞっと動いた。

「いい子ね。一緒にがんばろうね」彼女は繰り返した。

その直後、全身を引き裂くような痛みが襲ってきた。アロンは目をぎゅっと閉じた。やがて暗闇の中に、赤ん坊の大きな泣き声が響き渡った。と同時に、彼女の体から激しい痛みが消え去った。目を薄く開けると、灯がふだんの明るさを取り戻していた。ぼんやりとした灯を透かして、先ほどまで闇にのみこまれていた家の壁も、食卓も、椅子もはっきりと見えてきた。

アロンは大きく息をした。彼女の目の端から、喜びの涙がこぼれ落ちた。静かに体を起こして、自分の足元にいる赤ん坊を見た。男の子だった。薄く柔らかい髪の毛、黒い眉毛をした、見るからに元気そうな赤ん坊が、生まれたばかりの世界をじっと見上げていた。

家の外から馬蹄の音と人の話し声が聞こえてきて、チャルキンが勢いよく扉を突いて入ってきた。手にはオドガンがいつも持ち歩いている羊皮のカバンを抱えていた。その後ろからオドガンが入ってきた。

「もう生まれた？」オドガンがアロンの表情を窺いながら尋ねた。アロンは静かに頷いた。

「たった五ヶ月で…とても丈夫そうな」オドガンが赤ん坊を見つめながら呟いた。

チャルキンは、血だらけになった布団の上に寝転んでいる赤ん坊を見て立ち竦んだ。

「あと片付けをしなくちゃ。まず、へそ切りから」オドガンがカバンから黒くて太く短い石の刀と白草を取り出して、アロンのベッドに近付いた。チャルキンはぼんやり立ったまま、慣れた手つきで産後の処理をするオドガンの手元を見つめていた。

「石のように丈夫になれ」オドガンは呟き、石の刀でへその緒を切った。それから「持って生まれた宿命を果たせるように」と呟きながら、白草の束でへそを巻いた。オドガンが呟く言葉にアロンとチャルキンは驚いて、顔を見合わせた。

オドガンは、へそを巻き終えて立ち上がり、立ち竦んだままのチャルキンに尋ねた。

「チャルキン、弓と矢を玄関に出した？」

「え？　弓？」チャルキンが戸惑った。

「だって男の子だろう。弓と矢を屋外に出して、玄関の右壁に付けなければ」オドガンはチャルキンを咎めるように見た。

「あっ、それはまだ…」チャルキンがやっと理解したように、慌てて部屋を出た。再び部屋に戻ってきたチャルキンは、正気を取り戻したようにオドガンを手伝い始めた。けれども子供が産まれた喜びと気の高ぶりは抑えられないらしく、赤ん坊を包む布を持ってくる時も、椅子につまずいて布を落とすところだった。村で一番勇敢な男の意外な慌てぶりを見て、オドガンは思わず頭を揺らしながら笑った。

オドガンは赤ん坊を布に包みながら、布からはみ出た赤ん坊の右手を少し見つめてから、握り締めた手をそっと広げた。その掌から、スズメの卵ほどの大きさの赤い玉が転がり落ちた。

「何これ?」オドガンがベッドの上に落ちた赤い玉を拾い、布の端で拭いた。白く滑らかな石肌のようなものが現れた。オドガンは驚いた表情でチャルキンを見た。それから二人は、手足を元気よく動かしている赤ん坊を見つめた。

オドガンが滑らかな白い玉を指でつまんで、細部を凝視して言った。

「石のようだけど、石じゃないな」

白い玉を渡されたチャルキンは、小さな卵を握るように軽くそっとつまんでみた。色は柔らかな白色で、手触りはすべすべとしていて、硬いが温もりがあった。もしも道で拾っていたら何の疑いもなく石と思ったかもしれないが、赤ん坊が握って生まれた事実からすれば、何とも言いようのない不思議なものだった。

チャルキンは白い玉を妻に見せた。アロンは寝たまま受け取った。滑らかで温もりのある白い玉を掌の上に置いてしばらく眺めたが、何も言えなかった。

オドガンは赤ん坊を抱き上げて、アロンに渡した。アロンは壊れやすい宝物を受け取るように両腕を広げてゆっくりとわが子を抱いた。チャルキンとアロンはしばらくの間、赤ん坊をじっと見つめていた。

産後の片付けを済ませたオドガンが、二人に近付いて「もう寝てしまったのか」と呟き、アロンの胸ですやすやと眠っている赤ん坊を見た。赤ん坊は大人たちの喜びや驚きにかまわず、ぐっすりと眠っていた。

「これをどうすればいいのでしょうか」

チャルキンがアロンのそばに置いた白い玉を指して尋ねた。

「あらゆることには理由があるはずだ。この子が生まれ持ってきたものだから大切にして、身から離さずにしてあげればよいだろう」オドガンは眠っている赤ん坊に視線を移し、しばらく見つめて言った。

「不思議だ。ここへ来る途中、空の様子がすごかった。私が家を出る時は、月も星も雲に覆われて真っ暗だったのに、あなたの家に近付いた頃に突然雲が割れて月が出て、大地を照らし、空が明るくなった」

チャルキンとアロンは顔を見合わせた。オドガンは上着を着ながら二人に言った。

「私はもう役目を果たしたから帰るわ」

「お茶でも…。お席にどうぞ」チャルキンが慌てた。

「私はもういい。それよりアロンにスープを作ってあげなさい」

オドガンはアロンと赤ん坊を交互に見て、優しく頷いてから、扉を開いて家を出た。

「お宅まで送ります」チャルキンがオドガンを追って家を出た。

明るい月が空高くに浮かび、草原が柔らかい薄ミルク色に染められて、近くの丘、遠くの山が夜空と重なって見えた。星空に包まれた谷は静かで、たまに聞こえる犬の吠え声と、羊や牛の反芻する音が、大地の静けさを破るだけだった。

「すっかり晴れたな」オドガンが星空を見上げて、穏やかな声で言った。チャルキンが馬を出そうとするのを、オドガンが止めた。

「戻れ。久しぶりのいい夜だ。自分でゆっくりと帰るから」

オドガンは軽々と自分の馬に乗り、東へ向かった。馬蹄の音がリズミカルに響きながら、遠くへ消えていった。

チャルキンは家に入って火を足した。スープを作るために、外部屋の奥にある木の物かけのところへ行き、その上に干してあった細切りの羊肉を取った。

アロンは寝入っていた。赤ん坊も彼女の横でぐっすりと眠っていた。時折、夢を見ているように唇を吸ったり、小さな体を動かしたりしていた。


次の日、村は、アロンの産んだ子供の噂でもちきりだった。五ヶ月で生まれたにもかかわらず、丈夫で元気なこと。その赤ん坊が小さな白い玉を握って生まれたということ。その出来事の不思議さに驚く者もいれば、不吉だと恐れる者もいた。

赤ん坊が生まれて数日後、チャルキンは白い玉と、アロンの母から譲り受けた銀のブレスレットを持って、バルのもとを訪れた。バルは村でたった一人の工芸品の手作り職人だ。村人が使っている銅製の食器、鉄製の狩用の道具から女や子供のアクセサリーまで、ほとんどがバルの作品だった。彼は太って前に突き出たお腹にエプロンをつけて、木製の大きな机に向かって座り、何かを念入りに磨いていた。大きな体に反して、バルの作品は繊細で緻密な技巧で知られていた。

彼は足音を聞いて、顔を上げた。顔が赤く少し汗をかいていた。長い時間、細かい手仕事に集中していたからだった。バルはチャルキンを見て、赤くなった顔に微笑みを浮かべ、机の後ろから出てきた。机と壁の間が狭かったため、彼の太ったお腹がつっかえ、机の上に置いてあった木彫りの羊の模型が床に落ちた。彼は模型を落としたままにして、チャルキンを手早く招き入れた。

「兄貴、おめでとう。坊ちゃんだったそうだな」いつもの朗らかな声だった。

「ああ、そうだ」チャルキンも愉快そうに返事をし、周囲を見回しながら「君の家の坊ちゃんは？見当たらないな」と言った。バルの息子で二歳になるナチンは、チャルキンが来るたびに走り回ったり、一人遊びをしたりして、手や顔を黒く汚していた。

「妻が息子を連れて、実家に戻っているんだ。先日妻の弟が迎えに来て。俺は一人で留守番さ」バルがテーブルを指さした。テーブルの上に食べかけた餅や、汚れたままの食器などが積まれていた。

「君は相変わらず散らかしやだな。妻が留守だと、いつも小屋を台所がわりに使ってしまうな」チャルキンは思わず笑った。

「一人だとわざわざ食卓で食べる気にならないのさ。用事は小屋で全部済ませて、寝る時だけ家に入るのさ」バルが大声で笑った。

バルはいつも明るく朗らかで、彼がいるところは笑い声が絶えなかった。チャルキンはバルより年上だが、兄弟のように仲良く接してきた。二人は狩りの仲間でもあった。

「マサの実家はここから遠いからな。馬で一日の道だったっけ？　ずっと西に行くだろう」チャルキンが確かめた。

「そうさ。秋狩りの場所より西に行くからね。俺は手元にたまった仕事を済ませたら、迎えに行くの」バルは金属で黒くなった手をエプロンの隅で拭いた。

「実は、頼みがあって来たんだ」チャルキンは胸から小さい布の包みを取り出し、掌の上で開いた。赤ん坊が握っていた白い玉と銀のブレスレットがあった。

「あ…、例の白い玉か」バルは、村の噂で知っているようだった。

「そうだ。ペンダントにして、首につけてあげたい」チャルキンが言った。

「これは不思議なものだね。これまでいろいろなものを作ってきたが、このようなものは見たことも聞いたこともないな」バルがチャルキンの掌から白い玉をとり、光にかざしながら言った。アロンの見舞いに行った妻や村人から噂を聞いていたが、実際に見るのは初めてだった。

バルは白い玉を見つめながら、耳にした噂を思い出した。一昨日のことだ。腕に布の包みを抱えた二人の女性が、アロンの見舞いに行ったらしく、バルの小屋のすぐ隣で立ち話をしていたのだ。ハヒルの妻タニとフィトンの妻チャガンだった。

「ねえ～あの子が、妊娠してから五ヶ月で生まれた子供だとは信じられないわね」タニは驚いた表情で呟いた。大柄な体をぐっと前に屈め、痩せて小柄なチャガンの体を押し倒しそうな勢いだった。

「そうだね。妊娠したと聞いてからそんなに月日が経たないうちに、お腹が大きくなっていたしね。みんないろいろ噂をしていたけど、こんなに元気な子供が産まれるとは思わなかったわ」チャガンも驚きが大きいようで、タニが身を乗り出しているのも気にしていないようだった。

「子供の枕のそばに置いてあった白い玉を見た？　赤ん坊が持って生まれたものらしい」タニは細い目を光らせてチャガンを見つめた。

「そうらしいね。石みたいだったけど、何かしら」チャガンはタニの口元を見上げた。

「まあ、それは…オドガンもわからないと言っていたらしい。先日、うちの子供が熱を出して、夫がオドガンのところに行った時、村人たちとオドガンが話しているのを耳にしたらしい」タニは物知りであることを自慢するように言った。それから周囲を見渡して、チャガンの耳元で呟いた。

「あのこと覚えている？　春頃に雲のガルダが湖に降りたのを」

「もちろん覚えているわ。それがどうかしたの？」チャガンの声がうわずった。

「実はその日、アロンが羊を湖に入れるために、その場所にいたそうよ」タニは訳ありげに言った。

「それがアロンとどんな関係があるの」チャガンが首をかしげた。話についていけないようだった。

「だから子供が早く産まれたし、白い玉を持っていたのかもしれない…」タニは、チャガンの反応の鈍さにあきれたような口調で言った。

「そんな。本当なの？　誰かから聞いたの」チャガンが少しの間をおいて驚きを見せた。

「夫が言っていたわ。この土地でうちの人が知らないことはないもの」タニは自慢っぽく言った。

「すごいね。ガルダって天の鳥じゃないか。その恩恵を受けるなんて…」

チャガンは羨ましそうにそう呟いたが、タニは急に不機嫌な表情をして「そうとは限らないわ」と言い放ち、「鬼にしろ、神にしろ、この土地ではあまり歓迎しないよね。言っておくけど、近付かない方が身のためだわ…」と言った。

「そんな？」チャガンは不安そうな声をした。

「村じゅうがこの話でもちきりなのに、聞いてないの？　あ…姉は人とあまりつきあわないからね」

タニは咎めるような目でチャガンを見ていた。

…そんなことを思いふけっていたバルの耳に、チャルキンの声が届いた。

「この銀に白い玉をはめて、ペンダントにできるだろうか」チャルキンはそう言って、銀のブレスレットをバルの目線まで持ち上げた。バルはチャルキンがそばにいるにもかかわらず、一人で物思いにふけっていたことを恥ずかしく思ったのか、左手で頭を掻いて照れ笑いをした。

「この銀でか？　できるさ」バルは銀のブレスレットを見据えて言った。チャルキンは「頼んだぞ」と微笑んだ。

二日後、バルはできあがった白い玉のペンダントをチャルキンに渡した。さすが精巧な細工で名を馳せるバルだった。白い玉はペンダントの銀色と見事に溶け合い、細く滑らかな皮紐の繋ぎ目を隠すために施された赤く小さな丸い石が、白い玉に美しく映えていた。

チャルキンはペンダントを家に大切に持ち帰り、ベッドに寝転んでいる赤ん坊の胸元につけた。赤ん坊はご機嫌な様子でペンダントを引っ張り、ぎゃあぎゃあとはしゃいだ。父に嬉しさを伝えているようだった。

チャルキンはその子にジョルという名前を付けた。

18頁6行　ウルグイ　ゆりかご。
18頁8行　ブヘ　モンゴル相撲。
18頁8行　シャガ　動物の足の骨。モンゴルでは玩具にしたり、占いに使ったりする。モンゴルの子供にとってシャガは大切な玩具。
18頁19行　マンゴス　悪魔の総称。大きなウワバミ（蛇の一種）であったり、十二の頭がある怪物だったりする。
19頁19行　ほの　炎のこと。
22頁14行　反芻　牛や羊、ヤギなどが一度胃の中に飲み込んだ食べ物を口の中に戻し、再び噛みなおして飲み込むこと。

第三話　白い光

ジョルが引き起こした白い玉の騒ぎから、歳月が静かに流れた。

オボート村は以前と変わらず穏やかな光景に包まれていた。

広々とした薄緑の谷が、東に向かって緩やかに延びていた。この土地の人々がノムハン谷と呼ぶ一帯だ。谷口から川がきらきらと輝きながら東に流れている。ノムハン川だ。川は谷の起伏に沿って、大きく曲がりくねりながら、遠く地平線の先で姿を消している。緩やかな丘の裾野や川沿いの平地に、丸や四角の土の家屋が二、三軒連なった小さな集落が点在していた。家屋の周囲には木の切り枝や乾燥した牛糞が積まれ、羊の囲みが見える。村の西北に聳えるブルグド峰とその周りの山々が濃い緑に染められ、それよりはるか遠くにあるアバガ山が夏空の裾と重なって、西南に薄青く霞んで見える。

アロンは自宅のテーブルで、ソムンとともにゆっくりお茶を飲んでいた。そのそばで遊んでいたはずのジョルとハルが、いつの間にかいなくなっていた。アロンがふと気になって、ジョルたちは外で遊んでいるのだろうかと思った矢先、家の外に人の騒ぐ声と馬蹄の轟が聞こえてきた。チャルキンは秋狩りに備えて、弓、矢、ボローなどの狩り道具を作り直すためにバルのところに行っていた。アロンとソムンは「何の騒ぎかしら」と話しながら家を出た。目の前に広がる光景に息を呑んだ。ソムンが悲鳴を上げて立ち竦み、口を手で覆った。

ジョルがチャルキンの馬に乗って、六、七歳以上も年の離れた村の少年たちと競馬をしていたのだ。彼らは村の西方にある谷口から東に向かって、馬を走らせていた。馬たちは体躯を伸ばし、川床を跳び越え、でこぼこの地面を懸命に駆けていた。少年たちはジョルよりはるかに体が大きく、騎馬にも慣れていた。その中で、まだ六歳で体の小さいジョルは、大きな馬の背中に小さなポットをのせたような状態で、両足は馬の腹に届いておらず、猛スピードで走る馬から今にも叩き落とされそうだった。

道端に村人たちが集い、この競争の行く末を見守っていた。ある者は口をあんぐりと開けたまま立ち竦み、ある者はこの危険な光景から目を反らすように、まぶたをぎゅっと閉じていた。大人たちに混じってハルやナチン、村の子供たちが「ジョル…がんばれ…がんばれ…」と騒ぎながら、馬たちを追いかけて走っていた。競馬はアロンとソムンの目の前を一瞬にして通り過ぎ、白い土ぼこりを高く立てながら東へ向かって行った。アロンはぼんやりと立ち竦んだままだった。頭が真っ白になり、背筋が冷えて、冷たい汗をかいていた。

「いっ、行ってみようか…」ソムンが力の抜けた声でささやいた。

アロンの足は歩くことを忘れてしまったように、思い通りに動かなかった。ぎこちなく歩みを進めながら、ソムンとともに村の東にある小さな丘へ向かった。丘に行けば、ジョルの姿が確認できると思った。二人が丘に着いた時、馬に乗っていた子供たちはゴールに着いて騒いでいた。チャルキンの馬の背中に乗った息子の姿を遠くに見つけて、アロンは救われたような声で言った。

「無事でよかった…」

ソムンは喘ぎながら、身を投げ出すように座り込んだ。

先ほどまで息子の無事を祈っていたアロンだったが、無事を確認したとたん、胸に怒りがこみ上げてきた。アロンは、今すぐにでも息子のもとに駆け寄って叱りたい衝動を必死で抑え、ソムンから離れて一人で家に戻った。帰途、彼女の怒りは切なさに変わっていた。夕焼けに染められた空を見上げて、深いため息をついた。

「いつの間にか、こんなに成長してしまって…これからはこの子を見守ってあげるしかないのか」

ジョルの成長は、同じ年頃の子供たちよりかなり早かったのだ。

アロンが家に着いた時、すでにチャルキンの馬が戻っていた。毛色が黒くなるほど汗をかいた馬を見て、どんなに速く走ってきたかがわかった。

「ジョルを無事に運んでくれて、ありがとうね」

アロンは馬に近付いて首を撫でながら呟いた。馬が鼻を鳴らして頭を上下に振った。

玄関に近付くと、家の中から、チャルキンに競馬の話をしているジョルの弾んだ声が聞こえてきた。チャルキンもかなり興奮しているようだった。

「うちの馬はすごいよ。父ちゃん。川床や凹凸をシュッシュッと飛び越えていくんだもん」ジョルは喜びを抑えきれないようだった。

「どうだ？　勝ったか？」チャルキンの声もうわずっていた。

「うん。みんなを追い越して、一番先に東の谷口についたんだ」ジョルが自信たっぷりに言った。

「やったな。うちの馬は昔、村で一番速かった馬の子孫だからな」チャルキンも自慢するように言った。

「そうか…すごい…。だから飛んでいるみたいだった…」

アロンが家の中に入ってくるのを見て、ジョルの言葉が途切れ、その表情がにわかにこわばった。母は競馬の様子をどこかで見ていたのかな。道端の人群れの中にいたのかな。ジョルは競馬に夢中で、ほかのことを考えていなかった。

ジョルは目をキョロキョロさせながら、家に入ってきたアロンの顔色を窺った。アロンは、ふだん誰もがジョルのことを羨ましく思うほど優しかった。ジョル自身もそう思った。村の子供たちからからかわれたり、人々に変わり者として扱われたりするたびに、母は自分を抱き締めて「ジョルはいい子だよ。人々はそれをわかっていないだけだわ」と言ってくれるのだった。だが、母はその優しい顔を青ざめさせ、自分を叱りつける時もたまにあった。

一番ひどく怒鳴られたのは…去年の夏だった。ジョルの脳裏から離れない出来事があったのだ。その日、チャルキンはいつものようにオドガンに頼まれ、ハゲワシの糞を取りにバーサト峰に行った。帰ってきて、ハゲワシの巣にひながいたと話してくれた。ジョルは心躍らせながら、そのことをハルとナチンに教えた。三人は目を見合わせた。ハゲワシのひなを見に行くことで気持ちは一致していた。

翌朝、いつもより早く起きた三人は、大人たちにモイルを取りに行くと言って、間食と水を持って出かけた。だが彼らは途中でルートを変えて、バーサト峰に向かった。

バーサト峰はバヤン山の西に聳えるこの周辺で一番高い山峰だ。その頂上にハゲワシの巣があるのだ。ハゲワシがいつからそこに住み付いたのか、村のお年寄りもわからないようだ。「わしが子供の頃からそこにいた」と、お年寄りたちは話す。村の誰もがそうであるように、ジョルもこの土地にまつわる物語を聞きながら育った。中でもハゲワシにまつわる物語は、ジョルをわくわくさせた。死体を食べて生きることで、死を招くという恐ろしい物語もあれば、高く飛んで天に昇るという神々しい物語もある。何と言っても、ハゲワシはこの土地の鳥の王だ。体の大きさでも、力強さでも、その神秘な生き方でも、ハゲワシを超える鳥はいない。

だから昔から、村人はたまにバーサト峰に行ってハゲワシの糞を取ってくる以外、ハゲワシにはほとんど近付かない。ところが村の子供たちの間では、ハゲワシは興味の尽きることのない話題だった。ハゲワシをどの距離から見たか、ハゲワシが何をしていたか、どんな格好をしていたかという話は、どんな子供たちも興味をひかれた。大人たちは「ハゲワシに近付かないように」と戒めるが、それがかえって子供たちの関心を誘った。アロンもジョルに何度も警告を鳴らしていた。にもかかわらず、ジョルは今、好奇心に負けてバーサト峰に登っているのだった。

三人は平地を横切り、バーサト峰を囲む山を越え、真上に聳える崖を懸命に登った。そして、崖の頂上近くの大きな割れ口に作られたハゲワシの巣に辿り着いた。家のひと部屋よりも大きい崖の隙間に、真っ黒なハゲワシのひながいた。ジョルがこれまで見た中で一番大きなひなだった。頭後部に柔らかい羽が生えていて、蝋膜が赤く、目と嘴が黒かった。ひなはその真っ黒な目をまばたき、用心深そうにジョルたちを見つめ、怒っているように翼を広げた。三人は怖れるどころか、ひなに魅了され、じっと覗き込んだ。そこまでだったら母に怒られることはなく、村人にも笑われずにすんだかもしれない。だがその後、とんでもないことが起こってしまった…。

巣の端にはいつくばってひなを見ていた三人の後ろから、ハゲワシが襲いかかったのだった。ハゲワシの巨大な翼に叩かれ、拳より大きな嘴で噛まれた三人は、命からがら崖を降り、村に駆け戻った。村の中を一目散に駆けて家に向かう三人の姿は、ひどくうろたえていた。髪の毛が四方八方に散らばり、服は縦に長く裂けたり、横に細く切れたりして、ところどころ皮膚があらわになっていた。崖や木の枝でひっかいた擦れ傷や切れ傷がたくさんでき、顔も汗と傷に覆われて、ところどころ腫れたり、ハゲワシの糞がついていたりした。ハルは足を引きずり、ズボンの片足の布がボロボロに破れていた。ジョルの服も縦に裂けて、裾が真っ二つに切れていた。ナチンの長靴も破れて穴が開き、かすり傷で血がにじんでいる親指が見えていた。

大人たちは驚いた顔で三人を出迎えたが、事情を聞くと誰もが笑い出した。子供たちは群れになって三人を囲んで笑い、面白そうに騒ぎ立てた。

「見て見て…ハルのズボンの片足がボロボロに裂けてる…」

「見て見て…ジョルの髪の毛に木の枝が…ふふふ…」

「見て…ナチンの足指が出ているぞ…ははは…」

三人は、ハゲワシに襲われた恐怖が吹き飛んで、自分たちのひどい姿にようやく気が付いた。ジョルの姿を見たチャルキンは「崖の南の方に下りたら、こんなひどい目に遭わなかったのに」と惜しそうに言った。それに反して、アロンは「ハゲワシが君たちを本気で襲っていたら、生きて帰られたと思う?」と叫んだ。ジョルはそんなふうにひどく怒る母を、その時、初めて見たのだった。

今の光景は、ハゲワシに襲われたあの時と似ている…とジョルは思った。アロンが危険だと警戒のベルを鳴らしていたことを、またしてしまった。ジョルは唾をごくりと呑み込んだ。チャルキンは慌てて咳ばらいをして、落ち着かない様子で家中を見回した。アロンの気を紛らわせる何かを探しているようだった。

「競馬はどうだったの?」アロンができるだけ落ち着いた声で聞いた。

以前のアロンだったら、声の限りに息子を怒鳴りつけただろう。だが、今回は責める気にならなかった。アロンは息子の早すぎる成長を見守る決意を固めていた。彼女はジョルの答えを待たず、無言で台所に行き、夜ご飯の支度を始めた。自分の顔色を窺っている夫と息子の緊張気味の視線を横顔に感じた。

「あの…その。母ちゃん、怒った？」ジョルがアロンを台所まで追いかけてきて言った。

「怒らないわ…」アロンは鋭い痛みを心に感じながら、優しく微笑んだ。子供の成長を見守るというのは、こんなに切ないことなのだろうか。

「母ちゃん、見たの？　見た？」ジョルは母が怒っていないことを知って、弾んだ声を出した。「僕を見た？」うずうずしているように母の答えを促した。

「見たわ。馬の背中に小さいポットを乗せたみたいだったわ」アロンはそう言って大きく息を吸い、息子を愛しく見つめた。

「体を屈めて、足で馬のお腹を挟んで…」ジョルはそう言って、アロンのそばで手足を動かし、馬に乗っているふりをした。

「馬と一緒に飛んでいるみたいだったよ！」

「そんなに楽しかったの？」アロンは腰をかがめてジョルの肩を抱き、汗で濡れた息子の前髪を指で梳かした。

「うん」ジョルが目を光らせながら頷いた。

その夜、ジョルが寝たあと、チャルキンはアロンに言った。

「よく辛抱したな…。ジョルを怒らないでくれて、ありがとう。今日は彼にとって男の人生の始まりだからな」

机の上に点る弱い灯の光が、チャルキンの優しい顔をさらに穏やかに染めていた。

「私にもわかってきたわ。本当はとても心配で怖かったけれど、子供には子供の歩く道があるということが」アロンの目は潤み、声はわずかに震えていた。

「そうだな。うちの息子は成長も早いからな。お腹の中にいる時からそうだったからな」チャルキンが妻の肩を抱いた。

その夜、ジョルはとても穏やかな気持ちで眠っていた。夢の中で、ジョルは丸く大きな満月の下で、父の馬に乗り、爽やかな風を受けながら、広い草原を駆け抜けていた。


草原の夏が深まり、涼しい雨が降り続いていた。空は濃い灰色の雲に覆われ、屋根を叩く雨の音が朝から止まらなかった。

チャルキンは秋狩りのことで外に出かけ、家の中にはアロンとジョルがいた。朝から肌寒く感じていたので、アロンは火をくべていた。三つの柱に支えられた鉄のトルガに、火が勢いよく燃え上がり、暖かい熱が湿気を追い払って、部屋の中が心地良く暖まっていた。アロンは火のそばの椅子に座って、チャルキンの狩り用の服と長靴を手にして、どこか縫い直す必要がないか念入りに見ていた。ジョルはたいくつそうにベッドに寝ころんで、明かり窓を叩く雨の滴りを数えていた。

玄関の扉が開かれ、アルシが入ってきた。着ていた動物の皮で作った雨用マントを脱ぎ、扉の横の物かけにかけて中に入ってきた。雨水で長靴の皮が濡れて黒く見えていた。

「アルシ兄…」ジョルの目が喜びに輝いた。ベッドから飛び降りて、アルシの腰につかまり、両足をアルシの片足にからめて、甘えたようにぶら下がった。

「ジョル、兄を座らせて…」アロンが手に持っていた狩用の服を脇に置いて言った。

「大丈夫だ」アルシはジョルを腰に絡みつかせたまま、アロンに近付いた。

「こんな雨の中、どこかに出かけるの？」アロンが、アルシの外出用の服装を見て驚いたように聞いた。

「ちょっとバヤン山に置いたハブハを見に行ってくる。ついでに叔父に新しく作ってもらった弓を試そうかなと取りに来たんだ」

アルシはそう言って、弓を探そうと家の中を見回した。

バヤン山は村の南方にある山地だった。山は高くも険しくもないが、谷や頂上が森に覆われ、野生の果物や薬草が豊かで、小動物もたくさん繁殖していた。村人はよく日帰りで狩りに出かけていた。アルシはしょっちゅうバヤン山に狩りに行くので、チャルキンが忙しい時期も、アロンたちの食卓は、アルシが届けてくれる山の幸で賑わった。

「弓ならここにあるわ」アロンは玄関の横に行き、重い荷物の下に置いて形を整えていた弓を取り出した。

「これか…」アルシは弓を手に取り、丸くしなるまで引いてみた。興奮で目が輝いていた。「結構いいな…。よかった。叔父がこの弓を手懐けてくれたんだな」

アルシは、弓の頭に火で掘り付けられた太陽のマークを指で嬉しそうになぞりながら、アロンを見た。

「丁寧に手懐けていたわ。いい狩りができるといいね」アロンが微笑んだ。

「僕も…僕も…」ジョルがアルシの腰から手を離し、わめきながら弓の方へ手を伸ばした。

「君はもうちょっと大きくならないとな」

弓を懸命に引くものの、半分しか引けないジョルの後ろから、アルシが手を伸ばして、弓を丸くしなるまで引いて笑った。

「この弓がいいの？」ジョルはアルシを見上げた。

「結構いい感じだけど、もっと使いこなさないと最高の弓とは言えないな」

アルシはジョルの手から弓を取り、何度も引いては離しながら、プロのように優れた腕を披露した。ジョルは羨望の目でそれを見上げていた。

「今日これを試すの?」ジョルが弾んだ声で聞いた。

「まあ…そう思っているけど、それなりの獲物がいるといいけどな」

アルシの声も興奮気味で、いつもよりうわずっていた。

「僕も行く…僕も行く…」ジョルがアロンとアルシの顔を交互に見上げながら騒いだ。

「君は村の子供たちと、このあたりでネズミを追うことから始めないとな」

アルシがジョルを見つめ、笑いながらウィンクした。

「僕も行く…僕も行く…」ジョルはアロンの服の裾を引っ張ってわめいた。

「やめなさい…兄の邪魔になるから。それに昼はおいしい餅を作るから」

アロンがジョルの気を引こうとしたが、ジョルは引き下がらない。

「餅はいらないから…行かせて、兄の言うことを聞くから」

そう言って右手でアロンの裾を、左手でアルシの腕を引っ張って、わめき続けた。

新しい弓、狩り、アルシと一緒…ジョルにはこれ以上魅力的なことはなかった。アルシは今にも泣き出しそうなジョルの顔を見て、アロンに言った。

「今日はハブハを見るだけで、そんなに遠くへ行かないから、連れて行ってもいいよ」

やった! こんなに遠くに狩りに行けるなんて…。ジョルの心は躍った。

ジョルはこれまでも何度かアルシについて、近所の山へ出かけたことがあったので、アロンは特に心配していなかった。むしろ雨が降っているのにジョルがついていくと、アルシの足手まといになるのではないかと遠慮していたのだった。だが、アルシがいいのなら、アロンに引き止める理由はなかった。年が離れているのにとても仲が良い二人を見て、アロンは安堵していた。実際、ジョルはアルシといる時、両親の前よりも聞き分けがよかった。

アロンはジョルの雨用のマントと長靴を急いで探し、ジョルに着せた。そしてジョルはチャルキンにもらった刀を帯につけて、一人前の狩人のようないでたちで、アルシと一緒に家を出た。

雨は小降りになっていて、霧が運んでくる湿気が、二人の顔にひんやりと触れた。小さな水玉が、マントや長靴に宝石のように貼り付いてきた。ジョルは馬に跨り、アルシの前に乗った。家を出る前、チャルキンの馬に一人で乗りたいと主張したが、アロンもアルシも許してくれなかった。だが、ジョルは満足していた。家に閉じこもっているより、アルシと一緒に山に行く方がずっと楽しいから、二人の忠告に従った。

馬はアルシが促さなくても道のいい方を選び、素早く前に進んでいった。このところ村じゅうが秋狩りの準備で忙しく、ジョルが村を離れるのは久しぶりのことだった。それにこんな雨の中で外出するのは初めてだった。ジョルはアルシの胸に背中を預けながら、前後の景色に見とれていた。

ふだん太陽の下で見慣れている景色が、雨後の霧の中でいつもと違う姿を見せていた。周囲はしばらく霧で何も見えなかったが、やがて真っ白な霧がジョルの頭上まで浮き上がり、雨に洗われたまばゆい緑色の草が、霧の下に顔をのぞかせた。ところがしばらく進んでいくと、やがて霧が足元の谷を真っ白に覆った。ジョルは雲の上の道を歩いているような気分になった。アルシはジョルが寒くないように、マントのフードを何度もジョルの頭に被せたが、そのたびにジョルはフードを取り払った。フードを被ると視界が狭まり、景色が思いのままに見えなかったからだ。

二人は森の方へ進んだ。アルシがハブハをかけたところを次々と確認し、再び草で覆い隠していった。アルシが馬から降りるたび、ジョルも馬から降りた。アルシが腰かけると、ジョルも腰かけた。まるで狩り人になった気分だった。

「今回は獲物が少ないな」

アルシが三つめのハブハにかかっていた一匹の兎を獲り、馬に乗せながら言った。その前に見た二つのハブハには獲物がかかっていなかった。

「どうして?」馬上のジョルは、自分の後ろに乗ろうとしているアルシに尋ねた。

「そうだな。雨が降り続けると、動物も活発に動けなくなってしまうようだな。俺らみたいに」アルシはそう言ってジョルを見上げて微笑んだ。ジョルの髪の毛は霧で湿り、頭にペタンと貼り付いていた。

「もう雨が止んだから、獲物が出てくるかな?」ジョルはせっかく森に来たのに、大した収穫がないまま戻りたくなかった。

「さあな。でも次のハブハを置いたところは、僕が前回偶然発見したんだ。いい収穫があるかもな」

アルシの言葉に、ジョルはわくわくした。二人は木立をくぐって山を登り、崖の手前の急な斜面に馬を残して、徒歩で頂上を目指した。霧はすでに晴れ始めていたが、森の中はまだ暗かった。厚い曇と濃い霧の間から、微かに太陽の光が射し込んでいた。アルシは大きな岩の前で立ち止まり、後ろからついてくるジョルに「静かに」と指で合図した。雨のために地面や木の根は滑りやすくなっていた。何度も転びそうになりながら、ようやくアルシに追いついたジョルは、大きく息を吸った。そして岩陰に身を寄せて、アルシの方をそっと見た。アルシは岩の向こうをじっと覗き込んでいた。ジョルはそろそろと前へ進み、アルシの脇から岩の向こうを覗いてみたが、大きな崖が横たわっている以外、何も見えなかった。そして、もう少し前に進み出ようとしたところで、アルシに首をつかまれて元の位置に戻された。

「ここにいて」アルシはジョルに合図して、帯につけた短く太い刀を手に取った。岩の向こうへ屈んで入って行くアルシの動きから、何か獲物がいるのは確かだった。ジョルは、こんな面白そうなことを逃すわけにはいかない、と思った。帯に付けた刀を手に持ち、アルシの真似をして、岩の向こうへ屈みながら進んだ。その先に、高い崖が横たわっていた。崖の前に茂る木立の合間から、大きくて暗い穴が見えた。

アルシは、大きな岩と崖に挟まれた狭い隙間に近付いた。ジョルも少し前に進んだ。アルシの前の地面に白い物が這っているのが、ぼんやりとした光の下で見えた。

やった！ ジョルの心が躍った。白い物は兎よりも大きいようだった。ジョルは屈みながら進むのがじれったくて、草の間から体をそっと起こした。そのとたん、驚きのあまり立ち竦んだ。崖の下の暗い穴の中から、血まで凍りつきそうな冷徹な目をした白い物が、アルシを睨みつけていたのだ。そして、その物は穴の中からそっと滑り出てきて、アルシの背後に迫った。

「アルシ兄、後ろから…」ジョルが叫んだ。アルシはとっさに体を反らして、刀を横に切った。後ろから飛び付いた白い物の唸り声が途切れ、地面に落ちて動かなくなった。

ジョルは、その冷徹な目と、ピカピカとした毛並み、大きな尾から、白い物が狼だとわかった。アルシが危機一髪で襲撃から逃れたことにほっとしたジョルは、背後に妙な気配を感じた。何かが近付いてくるようだった。アルシは顔を真っ青にして、ジョルに向かって矢を放った。ジョルの髪の毛をかすめるように矢が通り過ぎ、鈍い音を立てて何かに当たった。とっさのことで凍ったように立ち竦むジョルの横に、大きな狼が落ちてきた。狼は矢で胸を刺され、長い牙をむき出しにしていた。

ジョルは恐怖のあまり全身の血が体を駆け上る気がした。頭が真っ白になり、何も音が聞こえなくなったが、アルシのこわばった表情から、危険が去っていないことを悟った。アルシは顔を歪めて懸命に叫びながらジョルの方に駆け寄り、手に持っていた刀を勢いよく投げた。白い物がジョルの方へ飛んでくるのが見えた。それも一頭ではなく、何頭も…。獣くさい息と、睨みつける鋭い目と、とどろくような唸り声が、ジョルの体に重なってきた…。


ジョルは、まるで雲の上にいるような真っ白い地面を歩いていた。遠くからアルシが呼んでいた。父や母も手を振って呼んでいた。目の前に何本もの高く大きな柱が聳えていた。柱の方に行ってみたかった。でもみんなが自分を呼んでいるようなので、前に進むのをやめて引き返した。

「ジョル…ジョル…」

誰かが肩を揺すっている気がした。

「ジョル…ジョル…聞こえる?」

ジョルは目を開けた。血気のない顔が目に入った。アルシだった。

「大丈夫?」アルシの声が掠れていた。ジョルの頭はアルシの膝の上にあったが、その膝はぶるぶると小刻みに震えていた。

「気分はどう?」アルシが聞いてきた。ジョルの目線の上に、曇った空と高い崖が広がっていた。

「狼は?」ジョルは先ほどの出来事を思い出して飛び起きた。口から心臓が飛び出るのではないかと思うほど、胸がドクドクと大きな音を立てていた。

ジョルのそばに、口を大きくあけて長い牙をむき出した大きな狼が横たわっていた。ほかにも何頭か襲ってきた気がしていたが、その影は見当たらなかった。ジョルは狼が再び襲いかかってくるような気がして、慌てて周囲を見回した。

「もう逃げたよ」アルシが震える手でジョルの肩を撫でた。

「アルシ兄がやった？」ジョルは駆け寄ってくるアルシの姿を思い出しながら言った。

「ううん。僕なんか遅かったよ」アルシが悔しそうに言った。それからジョルが胸にぶら下げている白い玉をゆっくりと持ち上げて言った。

「君を助けてくれたのは、これだった」

「え？」ジョルは耳を疑った。狼に襲われたショックで、アルシ兄が混乱しているのではないかと思った。だがアルシは白い玉を見つめたまま、落ち着いた声で続けた。

「すごかった。狼が君に襲いかかった瞬間に、白い玉が目もくらむようなまばゆい白い光を放って、狼を崖へ投げ飛ばしたんだ。狼は崖に当たって悲鳴を上げて逃げたよ」

アルシは崖に残る血の跡を指して言った。

「光？」ジョルはアルシ兄の言うことが信じられず、白い玉を見つめた。

物心がついた頃からずっと首に付けてきた白い玉。この白い玉があることで村の人から変わり者扱いされ、笑われたり、怖れられたりしてきた。ジョルは白い玉を憎らしく思って、これまで何度か捨てたことがあった。そのたびに母に気付かれて、拾って胸元に戻されたのだけど…。だから最近は服の下にぶら下げて、白い玉が人目につかないようにしていた。身から離さずにいたのは、母に叱られたくなかったからだ。

ジョルは白い玉を手で弄ってみた。ペンダントに繋がっている紐は汗で汚れ、白い玉を覆う銀は色あせて灰色になっていた。ジョルは白い玉を洗う気にも磨く気にもなれなかった。母が紐を洗うと言っても渡さなかった。やがてどうしようもないほど汚れてしまえば、母が「捨ててもいい」と言うだろうと思っていたからだ。

「今も、その白い玉を捨てたいと思うかい?」ジョルが何度か白い玉を捨てようとしたことを知っているアルシは、白い玉に見入っているジョルに尋ねてみた。

「本当に光った? 白く?」ジョルはアルシを見つめた。玉はこんなに汚れているのだから、光ったとしても黒い光のはずだと思ったのだ。

「白く光ったよ。僕もこれまでそんな強い光を見たことがなかった…。このあたりが突然真っ白になって、崖、岩、木、草がその光の中に溶け込んだようだった。狼が光に投げ飛ばされたように崖に叩きつけられて、悲鳴を上げて逃げ出して…。それからそんなに経たないうちに、白い光が消えたんだ」

アルシはそう言って、周囲を何度も見回した。まるで白い光の跡を探しているかのようだった。ジョルは黙ったまま白い玉に触れた。いつものように滑らかな手触りだった。昔、村の子供にいじめられた時、悔しくて白い玉を強く噛んだことがあった。その時についた歯形の凹凸が、銀の部分に残っていた。

「この白い玉のおかげで、君が生きているんだ。じゃなかったら、僕は自分の犯した過ちに一生後悔するところだったよ」

「過ち?」ジョルはアルシに視線を移した。アルシ兄のように何をやっても上手な人が過ちを犯すのだろうか。アルシ兄は、これまで一度も村の人に変な目で見られたり、子供たちにからかわれたりしたことはないはずなのに…。

「そうだよ。過ちさ。叔父がいつも言っていた。獲物に気を取られ過ぎると、自分が獲物になってしまうと。僕がハブハに落ちた狼に気を取られて、その仲間がいるなんて思いもせずに前へ進んだから、こんなことになってしまった。まず僕を救ってくれてありがとう。それから君をひどい目に遭わせて…ごめんな」アルシの声は掠れていた。

ジョルは何と答えていいかわからなかった。ただ妙な気がした。自分がアルシの言いつけを聞かなかったために危険な目に遭ったのに、アルシは叱らず、逆に感謝し、謝ってくれている。ジョルもアルシを見て、小声で呟くように言った。

「僕も…ごめんなさい…ありがとう…」

「こいつ…」アルシは優しく微笑み、ジョルの髪の毛を触ってぐちゃぐちゃにした。

二人は顔を見合わせて笑った。青ざめていた顔に、少しずつ血の気が戻っていた。ハブハにかかった子狼と、アルシが息の根を止めた二頭の狼を馬に乗せて家路につく頃、空はすっかり晴れていた。二人とも雨用のマントを脱いで馬の上に乗せた。

「それにつけても、本当に不思議な出来事だったな」

二人は馬を連れて歩きながら、白い玉のことを話し、危機一髪救われたことに驚くばかりだった。ジョルは何度も白い玉を触ってみた。「これは君の一部だわ。捨てても捨てきれないものがあるのよ」と言った母の言葉を思い出していた。

夕日は赤からオレンジ、ゴールドへと色を変えながら、西の大地へ滑り落ちるように沈んでいく。「明日はいい日になるな」アルシが夕日を眺めながら朗らかに言った。

「うん」ジョルが明るく答えた。先ほどの出来事も、すばらしい冒険の思い出になりそうだ…。

夕焼けに照らされて歩くアルシとジョルの影が大地に長く延びて、細く美しい影絵を描いていた。まるで自分たちの冒険のしるしを、大地に付けているようだった。

29頁17行　ボロー　狩道具の一種。遠くに投げたり、近距離にいる獣にも使える。
32頁11行　モイル　野生の果物の一種。見た目はぶどうに似ている。
37頁2行　ハブハ　狩道具の一種。獲物の足に挟んで、歩けないようにする。キツネや狼など大柄な動物の狩りに使う。

第四話　ハブハ

季節が移り変わり、オボート村を囲むノモハン谷は翌年の秋を迎えた。秋はこの地にとって、狩りをする絶好の季節だった。寒冬に森が大雪に封鎖される前に、男たちは遠い西のアバガ山に入って狩りをする。秋狩りは、村人が冬を快適に過ごすために必要な行いであり、村をあげての大行事だ。

近年、村の秋狩りを仕切るのはチャルキンの役目になっていた。彼は村の狩り人たちをしばしば集め、狩りの準備を整えた。秋狩りに行くには、馬、猟犬、狩り道具、食料、狩り服など、森の中で半月くらい暮らせる準備が必要だ。

アロンやソムン、村の女たちは、テントを作ったり、狩り服を縫い直したり、長持ちする食料を用意したりして、多忙な毎日を過ごしていた。狩り服はふだん着る服と違って、軽くて動きやすく、湿気と寒気に強く、動物に襲われたり木の枝に刺されたり岩にこすったりしてもケガをしないように工夫をする。胸や背中の部分は牛の皮で作り、関節のあたる部分にはバルが作った薄い銅や鉄の守りをつける。女たちは男たちの体に合わせて、一人一人の服を作った。これは村の古くからの慣習だ。

その間、狩り人たちはバルのもとへ何度も集まり、自分たちの狩り道具を修理したり、馬の用具を作り直したりした。山道を歩きやすいよう、馬に蹄鉄をつけた。そして馬に朝、昼、夕方に水を飲ませ、夜はしっかり食べさせ、昼間立たせて、適度に走らせた。馬に体力をつけ、忍耐力や柔軟性を鍛え、主人との暗黙な理解を高めた。馬の忍耐力と主人との深い絆が、狩りの成果を決めるばかりか、獰猛な獣であふれる森の中で主人と馬の命を守ることになる。

チャルキンは毎日狩りの準備で忙しかった。ジョルは父とともに、バルや村人のもとを訪ねた。大人たちが準備を進める様子に、ジョルは目を輝かせ、興奮でうずうずしながら、村の子供たちと村じゅうを駆け回った。ソムンの息子ハルは、男たちを手伝えるようになり、大人の仲間入りをした気分でふるまっていて、ジョルたちの羨望を浴びていた。初めて秋狩りに参加するアルシは、チャルキンにやり方を尋ねながら、わくわくした気持ちで準備を進めていた。ジョルは彼らのことが羨ましくて、大人が別のことをしている隙に、あれこれ道具に触ってみては好奇心を満たした。大人たちに見つかって追い出されたら、ほかのところに行って、また同じことを繰り返していた。

チャルキンの兄のチャルンは、村の老人会のメンバーと一緒に狩り人たちの準備を見て回り、アドバイスをしていた。部族長であり村一番裕福なチョドンは、自分の手下や仲間のところを回って、高い声で笑いながら、チャルキンや村の貧しい人々を侮蔑するように冷たい視線を投げていた。チョドンは羊や牛をたくさん育てていて、狩りに行かなくても一年中困らない生活を送っていたが、チャルキンを含めたほとんどの村人は、秋狩りの助けなく暮らせなかった。

子供たちと同じく賑やかなのは猟犬たちだ。まもなく狩りに行くことを悟っているように村じゅうを駆け回り、狩りの前の興奮した雰囲気を高めた。狩り人にとって、猟犬も大事な存在だ。昼間は狩り人を手伝って獲物を追いかけ、夜は狩り人や馬、食料や獲物が襲われないよう、テントの近くで見張ってくれるので、狩り人たちは安心して眠ることができた。とりわけ経験を重ねた猟犬は、狩り人を獲物のもとへ導き、危険を察知して狩り人の命を救うことも珍しくなかった。

チャルキンの猟犬ションホルは、チャルキンやジョルにとって自慢の犬だった。チャルキンは男たちと狩りの話をするたびに、「俺のションホルは…」と狩りのエピソードを語った。ジョルも村の子供と遊ぶ時、「うちのションホルは…」と自慢話をした。実際、周辺の村を見渡しても、ションホルほど賢い猟犬はいなかった。

夜暗くなってチャルキンが家に戻ってきた。狩りの準備はほとんど整い、あとは荷物をまとめるだけだった。だがその時、チャルキンはハブハがないことに気付いた。チャルキンが玄関の両側の物かけを見ながら「ハブハをしらないかい」とアロンに尋ねた。

「午後ソムンとテントを縫い直していた時はあったよ」アロンが手元の仕事を止めて、中部屋から出てきて言った。

「ここに置いていたんだけどな」チャルキンが、玄関の右の壁に釘を打ちつけた一連の物かけを指して言った。

「昼は確かにあったけど、そのあとは見ていないわ」アロンが何かを思い出したように言い重ねた。「そういえば夜ご飯を作っていた時、子供たちがこの辺に遊んでいたよ。ジョルに聞いてみたら」

「ジョル…」チャルキンは中部屋で遊んでいるジョルを呼んだが、返事がなかった。部屋に入ったチャルキンは思わず笑った。東壁沿いに置いた小さいベッドで、ジョルがおもちゃを握ったまま寝入っているのが、薄暗い明かりを透かして見えた。

チャルキンは静かに歩いてベッドに近付き、ジョルの頭に枕を当て、布団をかけた。両頬の鼻水の拭いたあとにほこりがついて、黒ずんでいた。チャルキンはしばらく立ったまま息子を愛しそうに眺めた。

「聞いた？」中部屋に入ってきたアロンが、チャルキンに声をかけた。

「眠っているよ」チャルキンが声を低くした。

「一日中走り回って、夜になる頃には疲れ切っているから」アロンがオレンジ色に点る灯の横に座って、縫いかけた長靴を取った。

「まあ、子供だから」チャルキンが北壁沿いの大きなベッドの端に座って靴を脱いだ。チャルキンも狩りの準備で疲れ果てていて、眠れることにほっとしていた。

「ところで、ハブハはどこにいったのかな。先日、子供たちがハブハを川沿いに置き去りにして、羊が足を挟んでしまったよ。古いハブハだったから、足に軽いケガをしただけで済んだけど、新しいものだったら足が切れるところだったわ」アロンが心配そうにチャルキンを見た。

「ジョルにはこの前ちゃんと言っておいたから、外に持ち出したりしていないと思う。大丈夫さ」チャルキンは寝る支度をしながらそう言った。

「あなたはいつもそう言うけど、ジョルが言いつけを守ったことがある？　勝手に競馬をするし、ハブハを置き去りにするし…」アロンはあきれた声で言った。

「まだ小さいから、物事のよし悪しをわかっていないだけだよ。ちゃんと理由を教えてやれば大丈夫。うちの息子は学ぶのも早いんだから」チャルキンは枕を整えながら言った。部屋の奥の暗がりでチャルキンの表情は見えなかったが、そののんきな言い方に、アロンは長靴を縫い合わせていた糸を、機嫌悪そうに引いた。

「狩りに出る日は決まったの？」しばらくしてアロンが聞いた。

「やっと決めたよ。犬の日に出る」チャルキンは体を横たえて大きく息を吸った。

「変ね。オドガンが狩りの日をなかなか決められないって」アロンは気になっている様子で言った。いつもならオドガンは狩りに出る日を早々に決めるのだが、今年は後のばしにして、ぎりぎりまで決められなかったのだ。オドガンらしくなかった。

「まあ、いつもより少し遅くなっただけど、かまわないさ」チャルキンが眠たそうにあくびをした。

「もう二日しかないね。この長靴を急がなくちゃ…」アロンが針に糸をつけなおした。

「古い靴がまだ十分履けるから、新しいものはいいよ」チャルキンが妻の手元を見ながら言った。ぼんやりとした灯ではっきりと見えないが、アロンの手は太い糸を引っ張るあとで赤くなり、いつもより膨らんで見えた。

「そう言っても、靴が二つないと安心できないわ」アロンが灯を自分の手元に近付けた。

「今回、絶対に鹿を一頭獲ってくるさ。靴にするには牛皮より鹿の皮の方が柔らかくて丈夫だし、オドガンの薬材も切れているようだし…」チャルキンが眠そうに言った。

「毎回そう言うけど…」アロンが冗談めかして笑った。

「今回は本当さ。この冬は、君とジョルにきれいな靴を作ってあげたいからさ」

チャルキンは、床に転がっている息子の古びた靴の方を見て言った。ジョルの靴は変色して、もとの色がわからなくなっていた。そのうちチャルキンの話し声はだんだん細くなり、しばらくするといびきになった。

アロンは灯の芯を手元の針で直し、長靴を縫い続けた。全身の力を込めて硬い牛皮に穴を空け、太い糸を通し、靴底と甲を縫い合わせていた。隙間なく縫うために糸を手に巻き、引っ張り上げた。長くこの仕事をしていると、腕がしびれて肩が凝り、手の甲がひどく痛んで腫れてくる。きつい仕事だが、彼女は挫けることなく、穏やかな表情で続けた。灯油を何度か足したところで、やっと縫い終わった。彼女はできあがった新しい靴を満足そうな表情で見て、凝った肩を動かして、体の疲れをとった。

「ああ、遅くなっちゃったわ。もう三ツ星が高く上がったんじゃないかな」アロンは、つま先立ちで静かに部屋から出て、外部屋に行って玄関の窓から空を眺めた。空は厚い雲に覆われて真っ暗で、星は見えなかった。彼女は中部屋に戻り、火の上で暖めていた砂を新しく作った靴に入れ、靴の形を整えた。縫い目の凹凸を平らにしておかないと、チャルキンが履いた時に足を痛めてしまう。狩り人は夜でも靴を履いたまま寝るので、履心地のよさが大事だった。アロンは寝る時間を削って靴の形を整えた。

遠くの方で、犬の吠える声がうっすらと聞こえた。ほどなく村の犬が騒ぎ始めた。ションホルが大きい声で吠えながら、西の方へ走って行く気配がした。村じゅうの犬が吠えたり啼いたりして騒ぎ出した。

「何の騒ぎ?」チャルキンが寝ぼけた声で聞いた。

「変だわ…ついさっき騒ぎ出したんだけど」アロンは外の騒ぎに耳を傾けて言った。

「おかしいな…こんなに騒ぐのは。狼の気配でもしたかな」チャルキンはベッドに座って上着を取った。

「気を付けてね。外は真っ暗だわ」上着を着る夫を、アロンが不安そうに見上げた。

「わかった…」チャルキンは外部屋の壁にかけてあったボローを手に取った。彼が玄関に向かおうとした時だった。突然、耳をつんざく犬の悲鳴が届いた。アロンの手が止まり、チャルキンが立ち竦んだ。

「ションホルの鳴き声じゃないか」チャルキンが外に走り出た。まるで何か恐ろしいものが村に押し入ったように、村じゅうの犬が騒いでいた。中でもションホルの悲鳴がひときわ高く、ほかの犬たちの騒ぎ声をおしのけて、耳に痛いほど大きく響いた。真っ暗闇の中で、あちらこちらの家に灯が点り、男たちの叫び合う声が聞こえてきた。

「母ちゃん、どうしたの？」ジョルが目をこすりながら起きてきた。

アロンは棚に置いてあった屋外用の大きな油灯を点して、玄関に向かった。外に出ると、ションホルの悲鳴と駆け回る犬の騒ぎ声が押し寄せ、アロンはその場に立ち竦んだ。まるで氷水を浴びたように、背筋が冷たく感じられた。犬たちの騒ぎ声に混じって、男たちの叫び合う声が聞こえてきた。人々はションホルの悲鳴の方に集まっているようだった。アロンも油灯を抱えて、悲鳴の方に向かって走った。地面の凹凸で何度も転びそうになった。幾人かの人影が暗闇の中で動いていた。人垣の中から、ションホルの悲鳴が聞こえてきた。

「どうしたの？」アロンが震えた声で聞いた。

「灯を持ってこい。ハブハに足をやられた」屈み込んだ男が喘ぎ声で言った。ハシおじだった。アロンが灯を近付けると、地面に横たわって鳴くションホルと、幾人かの男たちの青ざめた顔が、灯光に照らされた。アロンはさらに灯を近付けた。ションホルの足と、そのそばに屈むチャルキンの膝が血だらけになっていた。

「どういうこと！」アロンは片方の手で口を塞いだ。誰もアロンの方を振り向かず、ションホルの足に気を取られていた。ハシおじは、ションホルが痛みで足を噛んだり動いたりしないよう、首元から背中にかけて押さえた。チャルキンはバルと一緒に、ションホルの前足に挟まったハブハを取ろうとしていた。バルも慌てて駆けつけたらしく、上着のボタンを掛け違えていて、帯もしていなかった。

ションホルは四本足をだらりと伸ばしたまま、掠れた低い悲鳴を上げ続けていた。

「大丈夫だ。もう少しの辛抱だ」とチャルキンが言いながら、ションホルの足をがぶりと挟んだハブハを、バルとやっとのことで引き離した。バルは血まみれの手でアロンから灯を取り、猟犬の足に近付けた。チャルキンが服の裾で手を拭いて、猟犬のケガの状態を確かめた。

「骨は大丈夫みたい。一か所だけかなり深く切られている」

灯の光が、暗闇の中のわずかな空間を照らしていた。アロンはチャルキンの顔に浮かぶほっとしたような表情を見て、少し落ち着いた。

「血を止めなきゃ…フェルトを持ってこいよ」

チャルキンが顔を上げて、アロンを見た。アロンは我が家の窓からこぼれるオレンジ色の明りに向かって走った。トンネルのように長く続く暗闇を抜け、やっとの思いで家に入ると、家の東北角に置いている大きな木箱から布の包みを取り出した。そして、その中に入っていた薄く白いフェルトの切れ端を二切れ取り、再び暗闇の中へ駆け戻った。

チャルキンはアロンの持ってきたフェルトの片側を油灯で燃やし、炭になった部分を傷に被せて、服の裾を破り取って猟犬の足に巻いた。

「もう大丈夫だ」ハシおじがションホルの体を押さえた手を緩め、ため息をついた。

「残念だけど、このケガじゃ、狩りに行けなくなったな。少なくとも十日くらい休ませないと、よくならないだろう」

手で膝を押さえながらやっとのことで立ち上がろうとするハシおじの腕を、アロンが支えた。ションホルは低く唸りながら、そばにいるチャルキンの膝を頭で突き押していた。

「そうだな」チャルキンが猟犬の頭を優しく撫でて、深いため息をついた。

ションホルのケガの手当てが済んだ頃、東の空が白み始めた。チャルキンは猟犬のケガした足を手で支えてゆっくり歩かせながら、我が家に向かった。ションホルの足を挟んだハブハは、昨夜、チャルキンが探していたものだった。

チャルキンは眠る気になれず、いつもより早く朝食のテーブルについた。アロンも一睡もできず、充血した目で朝食を出した。アロンは、ジョルが起きてきた早々、「ハブハを持ち出したのは、君だろう?」と咎めた。

「僕じゃないよ」ジョルは無邪気な顔で母を見上げた。

「また嘘を言うの？　ションホルの足が切られても?」アロンはカンカンだった。

「本当に僕じゃないよ」ジョルはたじたじとしながらも、きっぱりと否定した。

「だったら誰？　昨日の午後、君たちしかここで遊んでいなかったわ」アロンはかん高い声で、ジョルを責めた。

「ここにいたけど、ハブハを取っていない」ジョルは今にも泣きそうな顔で言った。

「見てごらん…」アロンはあきれきった顔を、チャルキンに向けた。「また平気で嘘ついているわ」

「やめたら…。怒ったって、起きてしまったことは仕方ないし…」それまで黙っていたチャルキンが、口を挟んだ。

「これでも庇うの…」アロンの声が震えた。チャルキンが軽くため息をついた。三人とも押し黙り、部屋に重苦しい空気が流れた。

「本当に僕じゃないよ」ジョルの泣き声が、沈黙を破った。「前にハブハを持ち出したのは僕だったけど、今回は違うよ。父ちゃんと約束したから…」

騒ぎのさなか、アルシが家に入ってきた。

「どうしたの？」大声で泣くジョルを見て聞いた。

「ハブハで遊んでションホルをケガさせたことを叱ったら、泣き出したの」アロンが手に持ったお椀を、音を立ててテーブルに置いた。「いつになったらわかってくれるのか…」

「本当に…僕じゃない」ジョルはアルシの方を向きながら、さらに大声で泣き出した。口いっぱいに含んでいたご飯が、泣き声とともにこぼれ落ちていた。

「ジョルがやっていないと言うんだから、きっとやっていないと思うけど…」アルシはそう言ってジョルの横に座り、彼の背中を撫でながら微笑んだ。

「君もほどほどにしてくれない…いつも庇うからこうなるのよ」アロンがピシャリと言った。アルシは自分の出番ではないことを悟って、叔父を眺め見た。チャルキンはしかめ面で黙り込んでいた。アルシは今回ばかりは叔父にならった方が良さそうだと判断し、視線を落として黙り込んだ。

ジョルは目が赤くなるまで泣き続け、朝食を食べかけたまま、チャルキンとアルシと一緒に家を出た。アロンは家に一人残って、ため息をついた。


チャルキンたちが出かけて、それほど経たないうちに、ソムンが入ってきた。

「どうしたの？」ソムンは、アロンの憔悴した様子に驚いて尋ねた。

「昨夜のことで…」アロンが頭を左右に振って、深いため息をついた。アロンの顔は青ざめ、目にクマができていた。

「大変だったね」ソムンが優しく穏やかな目でアロンを見た。「ションホルは大丈夫？」

「骨は折れていなかったけど、ひどいケガをしたのよ」アロンが重い口調で言った。

「ジョルはしっかり者になったね」ソムンが窓の外を眺めて言った。「ちゃんとションホルの世話をしていて…」

「ジョルが？」アロンはそう言って、ため息をついた。

「いつも好奇心に任せて行動をするから…。二年前は、ハゲワシに近付かないようにと言っていたのに、ハゲワシの巣を見に行ったし…。ハルとナチンと三人、服が破れて、傷だらけになって戻ってきただろう…。去年だって、一人で馬を乗るのはまだ早いと言っていたのに、村の少年たちと競馬するし…。つい先日も古いハブハを持ち出して、羊を落としたし…。やってはいけないと言ったことに限って、やってしまうのだから…」アロンはあきれたように呟いた。

「確かに…」ソムンは同調するように言ったが、アロンの苦悩したまなざしを見て、言葉を変えた。「だけどまだ小さいし…それにジョルだけではなく、ハルもそうだよ…」

「君だから隠さずに言うけど…」アロンは切なそうな目でソムンを見つめた。

「村のほかの子供が少し変なことをしても、村人は気にしないよ…。でもジョルが何かすると、すぐに五ヶ月で生まれたことや、白い玉と結び付けて噂をするのよ…。それがどんどん広がって…全然知らない人までがジョルを怪しむのよ…」

「そうだね。みんなひどいよ。去年夏、洪水があった時も、ジョルの白い玉のせいじゃないかと疑っていたわね…」ソムンが低い声で呟いた。

「だから、私はジョルをできるだけ人の目を引くようなことから避けさせたいのよ。いいことにしても、悪いことにしても、彼らは噂を流すから…。今回のことも、ジョルたちは悪気だったとは思わないわ…ただ新しいハブハを試したかったんだと思う…。だけどまた、ジョルが噂の種になると思うと、心が痛くて…」アロンの声が震えた。

「あなたの気持ちは痛いほどわかるわ…」ソムンが優しく言った。「でも、大丈夫だよ…ジョルは…これくらいのことで負けるような子じゃないわ。実は、あの子は私たちが思っているよりずっと強いよ…。先日、リヌたちがハルに、君は父がいない間抜けなやつだとからかっていたのを聞いたのよ」ソムンが悲しいことを思い出したように涙ぐみ、手の甲で目を拭いた。「するとジョルが言ってくれたの…。父がそばにいなくても…ハルは君たちよりずっと立派な人になるからって…」

「ごめんね…」アロンはソムンの手を握った。「つらいことを思い出させて…」

「それに今回のことは、ジョルたちの仕業じゃないと思うね」ソムンが何かを思い出したように言った。「昨日、私がテントを縫い終わって帰る時、リヌたちが手にハブハをぶら下げて西に行っていたわ」

「えっ、いつの間に…」アロンはそう言いながら、はっとした表情をした。そういえば、昨日、チョドンの息子リヌとフィトンの息子ムホンが、チャルキンのシドルを借りにきていた…。アロンはテントの縫い直しに夢中で、リヌたちにシドルの置き場所を教えたが、彼らのすることは見ていなかった。

アロンの胸に後悔が押し寄せた。もっと早く気付いていれば、ションホルをこんなひどい目に遭わせずに済んだのに…。リヌとその仲間がこのようなことをするのは初めてではなかった。彼らはこれまでも隙があれば様々ないたずらを平気でしてきた。

ソムンが帰る時、アロンも家を出て、ションホルの横に屈むジョルのもとへ行った。

「ごめんね。君のことを信じなくて…」アロンは申し訳なさそうに言った。「怒っている?」と静かに付け加えた。ジョルは首を横に振った。

「誰の仕業か…わかったの?」少しの間を置いて、黙っていたジョルが尋ねた。

「それははっきりわからないけど」アロンは言葉を控えた。ジョルがリヌたちと衝突するのが心配だったからだ。

「リヌ兄たちだろう？」ジョルがションホルの足を見つめたまま言った。

「どうしてそう思うの？」アロンは驚いて目を丸くした。

「さっきバルおじのところに行ったら、リヌが、馬を落とすために置いたけど犬が落ちたと言って笑っていた…」ジョルの声は震えていた。

「お願い…。彼らとケンカしないで」アロンが不安そうに言った。

「しないよ。あんなやつらとは…」ジョルが猟犬の首を撫でた。ションホルは気持ち良さそうに目を閉じた。「おととい、リヌたちが、アルシ兄や僕と弓を射る試合をして負けたの。それで…」ジョルはそう言ってはっとし、弓の試合のことをアロンの前でうっかり喋ったことに気付いて、唇を噛んだ。

「そんなことしないでと言っていたでしょう。何度言ったらわかるの？」アロンがあきれた顔をした。

「やるつもりはなかったけど…彼らから迫ってきたの…」ジョルは目をきょろきょろさせた。

「そんなふうに意地を張っていると、いつまでも悪縁を断てないよ…」アロンが情けなさそうに言った。

「わかっている。悪いやつをやっつけるには力じゃなく知恵だって」

ジョルが口にした言葉を聞いて、アロンは口をポカンと開けた。あきれた、そんな言葉をどこで覚えたのだろう…。「誰からそんなことを教わったの？」アロンは尋ねた。

「父ちゃんだよ」ジョルはそう言って「しまった！」という顔をして、黙り込んだ。

58頁12行　シドル　　馬用の道具。皮や縄で作り、馬の足に絡めて置き、馬を掴みやすくする。

第五話　黒犬

二日後、チャルキンたちが狩りに行く日になった。

その日は朝から、村じゅうの老少男女が、村の東南に位置する丘の頂上に集まった。丘は小高く、平らな頂上は広く、真ん中に大きなオボーがあった。オボーは石で作られており、頂上には多くの木の枝が立てられ、彩りの布で飾られていた。村の天、土地の神々や祖先を祀る場所だ。

オドガンが鷲の羽に飾られた帽子を被り、鹿皮の服を着て現れた。服に華やかな布や皮紐をぶら下げていた。その先にたくさんの小型な動物の模型が結ばれていた。布や皮の紐の間から、服の背中や裾に縫い付けた虎、狼、鹿などの動物や、太陽、月、星などが見えていた。魚の模様を縫い付けた長靴が、長い皮服の下から見えていた。

オドガンはオボーの前に捧げ物を並べて置いた。チャルキンが一番先頭に立ち、ほかの狩り人はチャルキンのあとに二列に並び、オボーに向かってひざまずいた。オドガンは手に持つドラムを時にゆっくりと、時に激しく叩き、それに合わせて踊り、歌い始めた。

永なる天、
聖なる大地、

アバガ山の神々、
偉大な祖先、
……
守りたまえ
大地の恵みを
山の幸を分け与えよ…

その歌は、時にははっきりと、時に呟くように、心地良い抑揚とリズムが保たれていた。踊り回る向こうには、アバガ山が空の裾に薄青く霞んで見えていた。ジョルは軽々と踊り回るオドガンを、じっと眺めていた。オドガンはふだん高齢で動きが鈍く見えるが、歌に合わせて踊るオドガンは、村のどの若者よりも動きが軽やかで、どの男たちよりも力強く見えた。ジョルはそのことが不思議でならなかった。

オドガンが歌い終わると、チャルキンと狩り人たちが続いて、天、大地、山々の神と祖先に祈りを捧げた。

やがて狩り人たちの出発の時間になった。人々はオボーのある丘から下りて、狩り人たちを見送った。子供たちは大声で騒ぎながら走り回り、興奮した猟犬は吠え合った。狩りに出かける馬も、土を蹴り、興奮している様子だった。狩り人たちは乗馬に鞍をし、予備馬に荷物を乗せ、出発の準備を整えた。女たちは男たちの荷物を確認し、見送りの言葉を口にしていた。人群れは笑い声に包まれていた。

チャルキンを先頭に、狩り人たちが出発した。村に残る老人、女性、子供たちは、狩り人たちが無事に帰ってくることを祈った。アロンは急いで家に戻り、火にバターとアワを捧げて、夫や狩り人たちが無事であること、狩りが順調に終わることを祈った。

男たちの笑い声や馬蹄の轟き、猟犬の吠える声が次第に遠くなり、やがて狩り人たちの姿が地平線に消えた。村人たちは狩り人の姿が見えなくなってもしばらく見送り、それぞれの家へ帰って行った。村にひっそりとした静けさが訪れた。いつもならものを作るために耳が痛くなるような大きな音で鉄を叩いている手作り職人のバルも、狩りに行ったため、周囲はなおさらひっそりとしていた。

アロンはどうしようもなく不安を感じていた。毎年同じように夫を秋狩りに送り出しているのに、今年はなぜか胸騒ぎが強かった。

いくつかの放牧犬が羊群れとそれを追う女や子供のあとについて、ゆっくりと草原に向かっていた。村に残った犬や馬は、ケガをしたションホル以外、老いているか、幼いか、力の弱いものばかりだった。たまに聞こえる女たちの子供を呼ぶかん高い声と、子犬のか細い吠え声が、村の静けさを破っていた。

数日後、日が西に傾いた頃に、ソムンがアロンの家に入ってきた。人恋しかったアロンは、喜んでソムンを家に招き入れた。

「ジョルはいないの？」ソムンが落ち着かない声で聞いた。

「犬の世話で忙しいの」アロンは答えた。餌を食べているションホルの横にしゃがんでいるジョルの背中が窓から見えていた。

「……」ソムンは口を開けようとしたが、声が出なかった。家の中を見回して、おそるおそるアロンに近付いて「聞いた？　あのことを…」と呟いた。彼女の顔は青ざめていた。家の中に二人しかいないにもかかわらず、誰かに話を聞かれるのを恐れているようだった。ソムンは緊張を解くように、唾を大きく呑み込んだ。

「何の話？」アロンはいい話ではない予感がした。ソムンは懸命に何か言おうと唇を動かしたが、声にはならなかった。それから大きな息を吸い込んで呟いた。

「あ…あの物が…群れで人を襲ったらしい」

「あの物って何？　人を襲ったって…どういうこと？」アロンは戸惑った。

「あの物っていえば…」ソムンはアロンの反応をじれったく感じ、アロンを壁沿いに引き連れて行き、耳元でささやいた。「…野生の犬だよ」

アロンはやっと理解した。狼のことだった。ソムンは、村の多くの女がそうであるように、狼という言葉を口にするのを慎む。狼のことを、いつも野生の犬か、あの物と呼んでいるのだった。

「あの物が群れになって、西村の狩り人たちを襲ったらしいよ」ソムンの目が恐怖に満ちていた。

「そんな…いつ？」アロンは信じられない思いがした。草原や森に狼は多いが、人間が危害を加えない限り、群れで人を襲うことはなかった。とりわけ武装した狩り人には近付かないはずだし、食べ物が豊かな秋に人間を襲うなんて聞いたことがなかった。どうして…。ほんの一瞬のうちに、アロンの頭にいろいろな疑問が押し寄せた。

「ションホルがケガをした夜だったらしい」ソムンがささやくように続けた。「あの夜、私たちの村だけでなく、ほかの村の犬も騒いでいただろう。西村の狩り人たちが狩りを終えて帰る途中で、あの物の群れに襲われ…」ソムンの声がだんだん小さく、やがて吐息になった。

アロンは驚きのあまり足の力が抜けて、床に座り込みそうになったが、かろうじて壁にもたれてバランスを取った。重く感じる足を引きずって、彼女は西北の壁に向かった。壁の小棚に置いている小さい木箱を取り出し、その中からアワと細く砕いたチーズの捧げ物をつかんで、火に捧げ、夫や狩り人たちの無事を祈った。

ソムンもまた恐怖のあまり床に立ち竦んだままだった。アロンはソムンの手を引いて、窓の近くに置いたテーブルの横の椅子に腰かけた。秋の暖かい日なのに、ソムンの手は冷えきっていた。

「誰から聞いたの？」アロンがソムンの手を握り締めたまま、できるだけ落ち着いた声で聞いた。

「さっきバルの嫁の弟が来たの。彼らの村の狩り人たちが襲われて死者も出たそうよ。彼は幸い軽いケガで済んだけど…狩り物を全部捨てて、あの物と戦って、ようやく戻ってきたみたい。すぐあなたに教えなくちゃ、と思って…」

ソムンはアロンの手を強く握った。ソムンの手は震えていて、アロンの心まで震えが届くようだった。

「もちろん、あの物がさらに人を襲うということではないだろうけど」ソムンはアロンを安心させるように言い重ねたが、その声は自信がなさそうだった。

二人は黙り込んだ。言いようのない不安にとりつかれた。オボート村だけでなく周辺の村でも、秋になると、男たちは遠い西に聳えるアバガ山に行って、狩りをする。原生林の多く残るアバガ山は、一人や二人で気軽に行けるところではないため、村をあげて狩りをするのだ。アバガ山は獲物が豊富にあった。男たちが何日間か狩りをするだけで、村がひと冬過ごせる獲物が得られた。毎年の秋狩りでは危機一髪の武勇伝がよく聞かれたが、狼群れに襲われて死者が出たという話は初めてだった。

その話はあっという間に村じゅうに広がり、人々は不安につき落とされた。チャルキンや狩り人たちの消息がわからないまま、数日が過ぎた。村人たちは、消息がわからないのは無事ということだろうと話し合いながら、狩り人たちの帰りを待った。いつもなら、そろそろ村へ戻る時期になっていた。村人は心からその帰りを待った。

そんなある日、ジョルはソムンとソムンの息子ハルと一緒に、羊を連れて近くの山へ行った。ケガが治ってきたションホルは、羊群れの外側を気持ち良さそうに駆けながら、風に向かって立ち止まったりして、穏やかな秋の日を楽しんでいるようだった。日が西の山に沈む頃、ジョルは服のあちらこちらに草汁をつけ、お腹を空かして戻って来た。アロンはジョルとションホルのために、おいしいご飯を作って待っていた。

ジョルは夢中で夕食を食べた。母が持たせてくれた昼ご飯は、ハルと二人で昼前に済ませていた。昼はソムンが用意していた餅を食べたが、午後はハルと一緒にブヘをとったり、木に登ったり、ションホルと兎やリスを追いかけたりして、ずっと遊びまわっていたので、全身のエネルギーを使い果たしていた。

「ゆっくり食べてよ。まだいっぱいあるからね」アロンが微笑んだ。

「食べても、食べても、お腹がすくよ」食べ盛りのジョルは、自分の空腹と勝負しているようだった。

「ションホルに餌をやってくるから、自分でご飯をおかわりしてね」アロンはそう言って、家の外に出た。

何度もご飯をおかわりし、鍋の底が見えてきた頃、ジョルはようやく満腹を感じた。食器をテーブルの真ん中にまとめ、椅子の背もたれにもたれかかった。疲れがどっと出てきたようで、心地良い眠気が襲ってきた。

ぼんやりとした白い霧の中に父がいた。村の男たちと一緒に暗い山道を登っていた。馬の背中には狩りの獲物をぎっしり載せていた。谷は森に覆われて、山道は細く険しい。村の男たちは二列になって、ゆっくりと前へ進んでいた。

突然、道の両端から白い物が狩り人たちの行列に突っ込んできて、何頭かが馬に飛びかかった。ほかの白い物も狩り人を襲ったり、猟犬に飛びかかったりしていた。行列が乱れた。馬が足を蹴り、鼻を鳴らした。猟犬の唸りや悲鳴、狩り人の叫び声が、深い森の静けさを突き破った。

チャルキンは、襲ってきた白い物をボローで投げ倒した。白い物は地面に落ちて、動かなくなった。さらに別の白い物が、両側の高い崖から次々に飛び降りてきた。その近くに、顔や腕が血だらけになったアルシとバルの姿が見えた。アルシが一頭の白い物と戦っているさなか、横からもう一頭が飛びかかってきた。それを見たチャルキンが矢を放った。その物が地面に落ちて動かなくなった。だが、矢を放した手を緩めようとした矢先、横から別の白い物が飛びかかってきて、チャルキンの右手に噛み付いた。チャルキンは力いっぱい手を振り払ったが、その物と戦う余裕もなく、崖から飛び降りてきた何頭かの白い物に取り囲まれて、姿が見えなくなった。

「父ちゃん…」ジョルが父の方に手を伸ばし、父を助けに崖から飛び下りようとした時、胸元で白い光が眩しく光り、何かに吸い込まれるかのように、狩り人のいる谷から引き離された。

「父ちゃん…父ちゃん…」ジョルは声の限り叫んだ。白い物の恐ろしいほど冷たい目が、ジョルの脳裏に焼きついていた。アルシとバヤン山に狩りに行った時に出合った、冷酷な目付きだった。あの白い物は間違いなく狼だ…。

息子の叫び声を聞いて、アロンが外から走って家に入ってきた。

椅子に座ったまま寝ているジョルは、叫び続けながら激しくもがいていた。額に大粒の汗が吹き出ていた。悪い夢にうなされているようだった。

「ジョル…ジョル…」アロンが急いで息子の手を握って言った。「夢を見た？」

ジョルは目を開けた。恐怖に満ちた表情で、体が激しく震えていた。

「父ちゃんは？」

「狩りに行ったじゃない。何か夢でも見たの？」アロンはジョルの額の汗を拭きながら尋ねた。

ジョルは大声で泣き出した。谷に充満した血の匂いがまだ鼻に残っているようだった。人々の悲鳴が耳に響いているようだった。

「どうしたの」アロンが慌てた。

「父ちゃんが…父ちゃんが…」言葉にできないほど心が痛み、胸が締め付けられるようで息ができない。涙が溢れて言葉も出なかった。ジョルは喘ぐように泣き続けた。

扉が開いて、ソムンが慌てて入ってきた。

「どうしたの」アロン親子を見て、震えた声で聞いた。

「先ほどからジョルが泣き出して止まらないの。どうしたらいいかな…」アロンが困り果てた顔でソムンを見た。

「それより…」ソムンがアロンの腕を引っ張って玄関の方へ導いた。ソムンの手は冷たく、激しく震えていた。ソムンが先日、狼が西村の狩り人を襲ったと伝えにきた時のことが思い出された。

アロンはソムンと外に出た。日が沈んだばかりなのに、空は厚い雲に覆われて真っ暗だった。ふだんはおとなしくて羊群れから離れない放牧犬たちが、村じゅうを駆け回って吠えたり、悲鳴を上げたりしていた。近くの村の犬たちも狂ったように騒いでいた。アロンの脳裏に、ションホルがハブハでケガをした夜のことが蘇った。

悪夢を見たジョルに気を取られて、アロンは外の異変に気付いていなかったのだ。アロンは立ち竦み、背筋が寒くなり、全身の血が凍りつくようだった。

「何か…あったみたい。…チャルン叔父が村のみんなを集めて、どうするか相談しているの」犬の騒ぎの中で、ソムンがうわずった声を震わせながら、そう言った。

アロンとソムンに黒い人影が近付いてきた。ハシおじだった。家の窓からこぼれる弱い光が、ハシおじを照らした。腰に太い刀をかけ、手にボローを持っていた。アロンはハシおじが狩り用道具を持っていることに驚いた。ハシおじは足の病に苦しみ、長い間狩りに行っていなかった。

「おじ、そんな格好でどうするの」

「チャルンが人を集めて、狩り人たちを迎えに行くそうじゃ。わしも少しでも力になろうかと」ハシおじが息せき切って言った。

「でもおじの足はまだ…」ソムンが不安そうに、ハシの足を見つめた。

「そんなことを言っている場合じゃなかろう。今、村に残っているのは老人、女、子供しかいない。東村から手伝いを頼んでも人手が足りないだろう…」ハシおじは足をひきずりながら、急ぐように村のホールに向かった。ソムンがアロンに向き直った。

「そうだ。肝心なことを忘れていたわ。灯油はある?」

「あるけど…」アロンは戸惑いながら答えた。

「出発する人のために、たいまつを作るの」ソムンが言った。

アロンは急いで家に戻った。ジョルはもう泣いていなかった。彼女は物置の奥から銅のボトルに入れておいた灯油を取り出し、ボトルごとソムンに渡した。ソムンはボトルを胸に抱えて、小走りで暗闇の中に消えて行った。

「チャルン叔父たちのところに様子を見に行こうか」アロンが黙ったまま座る息子に尋ねた。ジョルは無言で頷き、アロンに連れられて外へ出た。彼は夢のことを考えていた。夢の中で見たアバガ山の方を眺めた。空は厚い雲に覆われて、アバガ山も、星も、月も隠れていた。暗闇が大地を包み、家の隣にある羊の小屋さえ見えなかった。でも彼は、はっきりと覚えていた。夢の中で見たのはアバガ山の谷の光景だった。

「急がないと間に合わないぞ」ジョルの中で、誰かが呟いたような気がした。

ジョルは立ち止まり、母の手を引っ張った。

「どうしたの？　早く」

アロンはジョルの手を引っ張って前に進もうとしたが、ジョルは動かなかった。川の方から馬蹄の音が聞こえてきた。ジョルは馬蹄の音に向かって走り出した。アロンが後ろから叫んでいた。「ジョル…ジョル…」

ジョルは懸命に走った。近付いてきた馬と乗っている人の姿で、チャルン叔父とハシおじだとわかった。彼らの姿は、濃い灰色の空に重なって見えた。川岸には、村の男の子たちも十数人集まっていた。

「叔父…叔父…」ジョルは息せきながら、チャルンの方へ走って行った。「僕も一緒に連れて行って。僕は知っている」

チャルンは叫び返した。「ジョルか。もう遅いから、走り回るんじゃない。帰りな」

ジョルのあとにもう一人、男の子が息せき切りながら走ってきた。

「僕も行く」ソムンの息子ハルだった。ハルは手にボローを持っていた。

「遊びに行くんじゃないんだ。二人とも帰って」チャルンの声は威厳に満ちていた。

川の向こう岸から馬蹄の音が近付いてきた。

「東村から手伝いが着いたぞ」ハシおじが大声で言った。

「行くぞ」チャルン叔父は馬を出した。

暗闇の中で馬が川を渡る音がし、東村の馬たちがチャルン叔父たちの馬に合流し、川の南側に沿って西へ走って行った。馬蹄の地面を叩く音が、次第に遠くなる…。

「馬があったら、僕も行けたのに」ハルの悔しそうな声がジョルに届いた。

その時、放たれた矢のように、何かが群れをなして彼らの横を通り過ぎた。犬たちだった。その気配からオボート村の犬ではないと、ジョルは悟った。

「犬に乗れたら、馬より速いかもな」ハルが夢見るように言った。

ジョルの頭にある考えがひらめき、暗闇に向かって大声で叫んだ。

「ションホル…ションホル…」ジョルはションホルにその叫びが届くことを、心から願った。「ションホル…ションホル…」のどがつぶれそうになるほど叫び続けた。どうしてもっと早く思い付かなかったのだろう。ジョルは声の限り猟犬の名前を呼びながら、悔しく思った。そんなジョルの様子を見ていたハルは、「ションホルはもう行ってしまったよ」と小さく呟いた。その時だった。暗闇の中から大きな黒い影が飛び出してきた。ションホルだった。

ションホルは口を全開にして、舌を長く出していた。かなりの距離を走ってきたに違いなかった。ジョルは急いでションホルに駆け寄り、自分のペンダントをションホルの首に素早くつけて、ションホルの頭を撫でて言った。

「父ちゃんのところに行って。早く。アバガ山の谷の先にいるの」ションホルは小さな主人の言うことがわかったように大きく吠え、暗闇に飛び込んで行った。

遠くからアロンの呼ぶ声が聞こえてきた。ソムンの声も響いてきた。

「ジョル…ジョル…」

「ハル…ハル…」

ジョルとハルは呼び声の方へ向かって駆け出した。

アバガ山に向かうチャルンは、凹凸の多い道で馬に揺られながら、出発する直前に村のホールでオドガンに言われたことを思い出していた。

村のホールに集まった人々に囲まれて、オドガンは、大きな木のテーブルに敷いた白い布に、シャガ三つと虎、狼、蛇、鷲の小さい銅の模倣を三度投げてから、その場に張り詰めている沈黙を破るように言った。

「暗闇の中で悲鳴が響き、血が土地を濡らし、命に死が訪れるでしょう」

これまで見たことのないような厳格な目付きで予言を告げるオドガンに、囲んでいた村人たちは悲鳴を上げたり、手で口を塞いだりした。

「あんたらだけではとても足りないと思う…」

オドガンがホールの中を見渡した。チャルンは即答するように「東丘の頂上に緊急たいまつを点したから、東村からの手伝いが来ると思います」と言った。

「それならば早く行きなさい…狩り人たちがあんたらの到着を待てるか…」オドガンは顔を曇らせたまま、そう言った。

チャルンの頭に、息子アルシと弟チャルキンの顔が浮かんだ。オドガンが今年の秋狩りの日取りに戸惑っているにもかかわらず、チャルンは村人たちが飢えずに冬を過ごせるために、弟に狩りに行くよう命じた。さらに、幼いうちに狩りに慣れるよう、息子アルシを連れて行くことも許した。チャルンは自分の決断に後悔していた。

チャルンは馬を急がせた。馬の背中に体をぐっと寄せて、馬頭ごしに前を睨んだ。暗闇が続くばかりで何も見えなかったが、馬蹄の響き方で周囲の地形を推測しながら進んだ。夜道に慣れた馬は、主人の焦る気持ちを理解しているように、自ら進みやすい道を選んで前へ進んだ。風の音がヒューヒューと馬の両脇を通り過ぎていた。

その横を、何かが素早く通り過ぎた。犬たちだった。十四、いやもっと多くの犬が、猛烈な速さで彼らを追い越して行った。チャルキンの猟犬ションホルが、体を縮めては伸ばし、飛ぶように駆けて行った。村の放牧犬や、チャルンが見たことのない別の村の犬たちも、ションホルの後をついて、放った矢のように暗闇を突き進んでいた。

犬群れは草原と森を越え、山の裾を駆け上った。ションホルは大きな石の上を素早く踏み越えながら、獣道を駆け上った。ほかの犬たちも懸命に駆け上った。山頂近くに大きな崖が聳えていた。ションホルが吠えかけた。犬たちは二手に分かれ、崖の両側を二本の線を描くように駆け上っていった。崖が聳え、木が茂る中、犬たちは木にぶつかったり、崖から転げ落ちたりしても、吠えながら登り進んだ。ションホルが大きな岩を跳び越え、一番先に頂上に辿り着いた。狼特有の臭いが暗がりに満ちていた。

暗闇の先の谷口に灯が見え、猟犬の悲鳴、地面を蹴る馬蹄の音、狩り人の叫び声が響いていた。オレンジ色の灯の塊が黒い谷に点々と散らばり、周囲は狼の目が放つ冷徹な青い光の海に囲まれていた。オレンジ色の光は弱く、数個しか点っていなかった上に、その輪は徐々に小さくなっていた。狩り人たちは、狼と生きるか死ぬかの戦いを繰り広げていた。

ションホルは怒りに満ちた大声で唸り、頂上から大きな岩をいくつも跳び越えながら谷口に向かった。首につけたジョルのペンダントが、やがて白い光を放ち、ションホルの走る速度が増した。ションホルの両側の視界はぼやけ、進む道は霞み、まるで光になったような超高速で谷口へ向かっていた。猟犬の全身は毛先まで白く光り、目からも白い光が放たれていた。

行列は数個に分断されていたが、狩り人たちは必死に戦っていた。ジョルの父チャルキンは狼の首を切ったばかりの血の滴る長剣を持ち直し、別の狼に挑んでいた。周辺には何頭かの狼が、命尽きて倒れていた。何頭かの狼は血を流しながら悲鳴を上げ、後ずさりした。かわりに木立や岩の合間から、別の狼たちが姿を現していた。

チャルキンたちは、かなり前から、風の運んでくる匂いと猟犬や馬の落ち着かない様子で、狼群れが近くにいることを警戒していたが、これほど大勢だとは思っていなかった。この狼群れの規模は、これまでチャルキンが出遭ったどんな群れよりも大きかった。暗闇に覆われていた大きな谷が、小さな青いランプのように光る狼の目に埋め尽くされた瞬間、行列は一瞬静まり、狩り人も猟犬も馬も息を止めたようになった。チャルキンは、とっさに隣に立ち竦むバルを見た。迫ってくる狼に圧倒されて、口をポカンと開けて立っていた。だが、ほどなく狩り人たちは悲鳴を上げて、行列は大騒ぎになった。

木立の間や岩の上に姿を現した狼群れは、すぐに襲撃を仕掛けなかった。チャルキンには、その理由がわかっていた。狼群れは行列が乱れ、狩り人たちが散らばって逃げ出すのを待っているのだ。今、ここで重要なのは、狩り人たちが勇気と気迫を見せることだ。数で圧倒されても、行列が落ち着いていれば、狼の襲撃を遅らせることができるし、時間稼ぎができる。

「鎮まれ」チャルキンは足を力強く踏みしめ、狼群れを睨みつけたまま大声で怒鳴った。

「戦いに備えよ」

チャルキンの気迫に満ちた声が緊張感あふれる空気を破り、山にこだまして大きく響いた。狩り人たちは、その命令を受けて少し落ち着きを取り戻した。馬や猟犬も静まった。狩り人たちは獲物を乗せた馬を行列の中に入れ、猟犬と一緒に狼群れに向き直った。

「皆、よく聞け」チャルキンがさらに大声で命令を出した。「弱気を見せるな。鉄の音を出せ。火を増やせ。全力で戦え」

狼群れのリーダーらしき先頭の狼が行列を冷たく睨み、二歳の牛くらいある大きな体を震わせて、空に向かって耳をつんざく鳴き声を上げた。その鳴き声が終わると同時に、前列に立っていた狼たちが行列に襲いかかってきた。狼群れは時間差で襲撃を仕掛けてきた。行列は前に進むことも、後ろに退くこともできず、前から迫ってくる狼と戦うことで精一杯だった。チャルキンの周囲には、狼の死体の山ができてきた。その中には、何頭か犬の死体も混じっていた。狩り人を庇って狼と噛み合って、噛み殺されてしまったのだ。谷口には血の匂いが充満した。悪夢にうなされているような光景だった。谷口を覆いつくすこの狼群れを殺さない限り、谷から出られそうにない…。

チャルキンは奮闘した。しかし狼の死体が積まれていくにもかかわらず、狼たちは時間差の戦術を変える気配がなかった。チャルキンは先頭に立つ大きな狼を睨みながら、妙な気持ちになってきた。狼の死体がチャルキンのそばに積まれるたびに、先頭に立つ狼の目が悲しみをたたえているように感じられたのだ。大きな狼がチャルキンたちを一気に殺そうとしないのも、何かためらいがあるからではないかと思えた。

「バカ…」チャルキンは自分をたしなめた。弱気になって、狼に感情移入するなんて、頭がおかしくなっているに違いない。チャルキンは周囲を見渡した。狩り人も猟犬も血だらけで、体力と気力の限界にいるようだった。血の匂いが周囲に立ち込めて、全身の神経を激しく刺激していた。戦いはいつまで続くのだろうか…。狩り人たちは、あとどのくらい耐えられるのだろうか…。

大きな狼が再び、空に向かって耳をつんざく鳴き声を上げた。

二頭の狼が、同時にチャルキンを襲ってきた。チャルキンは一頭をボローで投げ倒した。もう一頭はそばにいた馬が前足で遠くに蹴り上げた。蹴られた狼は大きな木の幹にぶつかって、悲鳴を上げて後ずさりした。

次々と襲ってくる狼に、バルやモルもボローや長剣で応戦した。バルが一頭の狼をボロ—で投げ倒すと、モルは一頭の狼の首を長剣で切りつけた。初めて秋狩りに参加したアルシも勇敢に戦っていた。口を開けて長い牙をむき出して襲ってくる狼を、アルシは長剣で退治した。だが次の瞬間、チャルキンはあっと短い悲鳴を上げた。狼に果敢に立ち向かっているアルシに向かって、別の狼が崖の上から襲いかかってきたのだ。チャルキンは、灰色に曇る空に向かって矢を放った。矢は狼に命中し、地面に落ちて動かなくなった。しかしチャルキンは矢を放った手を下ろす直前、飛びかかってきた別の狼に右手を噛みつかれた。チャルキンは帯に挟んでいた短刀を左手で取り、狼の首に思い切り刺した。その狼と戦っているさなか、後ろから何か気配を感じた。

「兄貴っ…」バルの慌てた叫び声が届いた。チャルキンは一瞬体を反らしたが、後ろからの襲撃をかわすことができなかった。狼の息を首に感じ、全身に悪い予感が走った。その直後、後ろで何かがぶつかり合う鈍い音がして、狼の息のかわりに冷たい風を感じた。子牛のように大きい狼が岩にぶつかって命尽き、白い光に包まれた猟犬が姿を現した。チャルキンはその犬を目にして、どこかで見たことがあるような懐かしさを感じた。毛先まで白く光った猟犬が、狩り人たちの行列の周囲で飛び跳ねて、行列に向かってくるありとあらゆる狼を、まるで石を投げるように軽やかに、木へ、崖へ、狼群れへ投げ返した。白い犬の格闘のおかげで、分断されていた行列が一つに繋がった。その犬のあとに、さらに多数の犬たちが現れ、行列の外側を囲み、狼群れと対峙した。

その光景は、狩り人すべてにとって夢のような出来事だった。先ほどまで谷から生きて出られないと覚悟を決めていたチャルキンだが、今は希望に満ちていた。チャルキンは大きな狼を睨みつけた。狼もまた堅い目付きで、行列に襲いかかる狼たちを追い払う白い猟犬を見つめていた。

「ションホルだ…」アルシが嬉しそうに叫んだ。

アルシの声を聞いて、チャルキンは白く光る猟犬を見た。驚いたことに、本当にションホルだった。全身の毛が逆立ち、黒毛の先に白い光が雨の滴のように留まっている姿は、いつものションホルより立派に見えた。

ションホルは行列の近くにいた狼をすべて追い払い、行列の先頭に立って勇ましく吠えた。その声は周囲のあらゆる音を抑えて谷に響き、空へ、森へと伝わっていった。狼たちの目が放つ青い光に恐怖のようなものが宿り、狼群れ全体が後ろに退いた。

猟犬たちは行列の周囲を囲み、狼群れと戦う姿勢をとった。狩り人たちは猟犬の助けを借りて再び行列を整え、灯をつけ直して、戦いに備えた。だが、狼群れは襲ってこなかった。といって去ろうともせず、木立の間や岩の上から冷徹に睨んで唸っていた。

行列の中にはケガをした狩り人や、足を引きずって歩く犬や馬もいた。だが狼の攻撃が終わるまで、傷を気にする余裕はなかった。チャルキンも腕にケガをしていた。バルの上着は腹部で横長く切れていた。アルシの馬も脚にケガをしていた。チャルキンは行列を見回し、できるだけ落ち着いた声で言った。

「全員、いつでも戦えるように備えながら、少しずつ前へ進め。慌てるな。狼たちは、俺らの行列が乱れた時に、後ろから攻撃してくるはずだ。だから皆で落ち着いて、前へゆっくりと進め」

崖の上には大きな狼の姿があり、その周囲に何頭もの狼がついていた。行列の先頭にいるションホルは、道の先に待つ狼たちを威嚇するように大きな唸り声を立てながら、ゆっくりと前へ進んだ。その後ろにチャルキンとバルがついた。チャルキンはケガをした右手に馬の手綱、左手に刀を持って、両側の狼の動きに細心の注意を払い、いつでも戦える準備をしていた。ションホルが狼群れに近付くと、群れは両側に割れて道をあけた。ションホルは狼群れの凍るように冷たい目線の間をくぐり、低く太い唸り声を立てながら歩き続けた。チャルキンとバルに続いて、狩り人や馬もゆっくりと足を進めた。行列は、狼の息づかいを感じるほど近い距離で、狼のそばを通り過ぎていた。こちらが怖がる様子を見せたら、彼らの餌食になることを、狩り人たちは熟知していた。彼らとともに無数の危険を乗り越えてきた馬や猟犬たちもそのことをわかっているようで、馬は狼を見ないようにして、行列にぴったりと寄り添って歩いていた。猟犬は行列の一番外を歩き、耳をそばだて、いつでも挑む姿勢を保ちながら、狼群れの鼻先を通り過ぎた。狼たちは、その場にじっと立ち竦んでいた。そこは音ひとつなく静寂で、崖の上から転がり落ちる小石の音が戦いを引き起こすことを承知しているかのように、狼群れは息をひそめていた。

チャルキンは、全身に鳥肌が立つようだった。狼群れのそばを歩く時間が、気の遠くなるほど遅く長く感じられた。彼はこの恐怖心に打ち勝つことで、恐怖から逃れられると自分に言い聞かせていた。

ようやくションホルが狼群れを抜け、続いてチャルキンとバルが抜けた。涼しい風が横顔にあたり、先ほどまで鼻孔を刺激していた狼の匂いが風にかき消された。ションホルは体を前に向けたまま道端に立ち止まった。チャルキンとバルは行列を伴って慎重に歩みを進めた。狼群れを過ぎたからといって、その攻撃から完全に逃れたわけではなかった。狼群れの見張り番が、まだどこからか行列を見張っているはずだった。

行列は、静かに、静かに前へ進んだ。そして狩り人たちは東の空が白みつつある頃に、ようやく谷口を出た。

涼しい風が草の香りを運んできた。森と草原の境に着いた狩り人たちは、狼が支配している森からやっと離れ、人里に戻った懐かしさをかみしめていた。馬は緊張でそば立てていた耳をだらりと落とし、頭を上下に動かし、ほっとしたように鼻を鳴らした。猟犬たちは行列から離れて軽く吠えたり、お互いの体を嗅ぎ合ったりしていた。チャルキンは大きな息を吸って、周囲を見渡した。馬や猟犬の落ち着いた様子を見て、狼群れから遠く離れたことを実感した。地面の起伏は緩やかで、平らな草原が遠くまで広がっていた。

「大丈夫か」チャルキンが行列を見渡しながら聞いた。

そのかけ声に、行列の歩みはぴたりと止まり、幾人かの狩り人が地面にバタッと座り込んだ。皆の顔は青ざめていた。血や汗の跡が顔に貼り付き、服が血だらけで、あちらこちらが破れていた。狩り人たちはお互いに抱き合ったり、慰め合ったり、泣き出したりする者もいた。それぞれが生きて帰った喜びをかみしめ、分かち合った。

「ちょっと休んで、ケガの手当てをして、荷物を片付けよう…。食事はこの先にある泉に着いてからしよう」

チャルキンは、昨日の昼から何も口にしていない狩り人たちを気遣いながら言った。

ピンク色の霞が東の空へ広がっていた。山や丘が朝の空にくっきりとした模様を作り、丘の上の木々が空の白みに映えて、はっきりと見えた。

「よくやったな」チャルキンがバルの方を向いて言った。

「何とか救われたな。生きて帰れると思わなかったよ。兄貴」バルの目が潤み、朝霞で光って見えた。

「叔父…」アルシが行列の中から出てきて、チャルキンに抱きついた。生きるか死ぬかの激しい戦いを終えたアルシの手は、まだひどく震えていた。彼はチャルキンの胸に顔を埋めて、静かに涙をこぼした。チャルキンは甥の体を抱き締め、背中を優しく撫でた。

実は、チャルキンも先ほどまで、この谷から生きて出られるとは思っていなかった。何十年にわたる狩りの生活で、こんな目に遭ったのは初めてだった。もしかしたら、二度と妻や息子に会えなかったかもしれないのだ。チャルキンは大きな息を吸って、遠くの空を眺めた。

「ションホルはどこ?」アルシは体の震えが落ち着いてきたらしく、叔父を見上げて聞いた。人々は一瞬、シーンとなって周囲を見渡した。誰もがションホルの白く光った不思議な姿を思い出し、その姿を目で探した。

「ションホル…ションホル…」アルシが大声で呼んだ。

アルシの呼び声が終わるや否や、黒い大きな猟犬が太い尻尾を振りながら、狩り人たちの前に現れた。ションホルはふだんの姿に戻っていた。毛先に宿った白い光の滴や目から放たれた白い光は消えていた。アルシがションホルのもとへ走り寄り、その首に抱きついた。ションホルは嬉しそうに尻尾を振りながら、アルシの肩を嗅いだ。狩り人たちもションホルに近付いた。

「ションホルがいなかったら、俺らは生きて戻れなかったな」中年のがっしりとした狩り人モルが、ションホルの背中を撫でながら言った。

「不思議だったね。ションホルの体も目も白く光って、大きな狼をまるで小石を投げるように崖に投げつけていたもんな」アルシの目がきらきらと光った。

「そうだな。あんな不思議な光景は初めて見たさ。神の使者のようだった」バルがションホルの横にしゃがみ込み、ポケットから取り出した乾燥肉を食べさせた。

「あれ…。これ、何?」アルシが、ションホルに抱きついていた腕をほどきながら、驚いた声を出した。指が何か硬いものにコツンと当たったのだった。アルシはションホルの首元の長い毛の間から、硬いものを引き出した。

「これはジョルのペンダントだろう」ションホルのそばにいた若くて小柄なハヒルが言った。

「どれ…」バルがペンダントを手に取った。白い玉が銀にほどこされ、皮の紐でつながれていた。バルがかつてジョルのために作ったペンダントに違いなかった。バルが戸惑ったような目でチャルキンを見た。

「どうしてションホルの首に…」チャルキンは口ごもった。

アルシは無言で、不安そうに立ち竦んでいた。

先ほどまで、ションホルの健闘をたたえていた狩り人たちが、水を打ったように静かになり、周囲に奇妙な空気が流れた。誰もが納得したかのように目を見合わせていた。チャルキンは、狩り人たちの反応を敏感に感じ取った。それはチャルキンにとって馴染みのある感覚だった。妻が息子を妊娠してからというもの、チャルキンは村人の怪訝そうな表情や奇異のものに向ける視線を浴び続けてきた。息子がたった五ヶ月で、すべすべとした白い玉を握って産まれた時は、その噂が一斉に広がり、穏やかな日常が続いていた村が、いや遠く離れた村までが、噂の渦に巻き込まれたのだった。

チャルキンは、ペンダントを手に取り、黙り込んだ。間違いなく、また遠く離れた村々まで白い玉の噂でもちきりになるだろう。人々の怪訝そうな視線を浴び続け、村の子供たちから変わり者にされてきた息子を案じ、チャルキンの心は針に刺されたように鋭い痛みを感じた。彼の手は無意識に胸を撫でていた。誰かが優しく肩を叩いた。チャルキンが顔を上げると、バルが穏やかに微笑んで頷いていた。

「大丈夫さ」

「ひと休みしたし、出発だ」バルが号令をかけた。

チャルキンはジョルのペンダントをポケットに入れた。行列は再び出発した。

チャルキンは歩きながら腕を前後に動かすたび、ケガをした傷跡に服がかすれて痛みを感じた。しかしチャルキンの心を何より憂鬱にしたのは、ションホルがぶら下げていたジョルのペンダントが狩り人たちに見つかったことだった。噂好きな村人たちは、明日からしばらくチャルキン一家をうんざりさせることだろう。同時に、ジョルのペンダントが持つ不思議な力を、こんな形で皆に知られたことも心配だった。誰もがションホルの不思議な行動を、ジョルの生い立ちとつなげて噂するだろう。

朝日が山々の上に顔を出した。その光が山や丘の頂きをオレンジ色に染めた。

チャルキンは草原の香りを久しぶりに胸いっぱいに吸って、朝日に向かって歩くうちに勇気を取り戻した。「とにかく我が家に帰りたい。ほかのことはそれから考えよう」彼は不安な気持ちを風と一緒に吹き飛ばし、仲間を率いて家族の待つ村へ向かった。

60頁3行　オボー

山の頂上や丘の頂上に石を積んだり、木の枝を立てたりして作る聖地。神々や祖先を祀るところ。道しるべとしても使われる。

第六話　予言

森と草原の境を過ぎ、チャルキンたちがしばらく進むと、狩り人たちを迎えにきたチャルンたちと遭遇した。チャルンは皆の無事な姿を目にして、表情を和らげた。ようやく辿り着いた村には、狩り人たちの妻や子供たちが大勢迎えに出ていて、人々は無事で再会できたことを抱き合って喜んだ。

それから数日かけて、男たちは狩りの獲物を村じゅうに配った。これまで見たことのない大きな狼群れに襲われたこと、ションホルが白く光る不思議な姿で狩り人を危機一髪で救ったこと、その首にジョルのペンダントがぶら下げられていたことで、村じゅう噂でもちきりだった。その話に関心を持つ者ばかりではなく、ジョルのペンダントを怖れる者もいた。中にはジョルとペンダントだけでなく、ションホルやチャルキン、アロンも呪われているのではないかと恐れ、チャルキンの家の近くを通ることを避ける者もいた。

数日後、チャルキンは狩りで得た毛並みの艶やかな二頭の兎を持って、オドガンの家を訪ねた。彼が入る時、オドガンは家の西北角に置いた神棚に向いて座っていた。

「座れ」オドガンが神棚に向いたまま言った。

オドガンの家の造りは、普通の家と異なっていた。天井に、表情豊かな人間や動物の絵が描かれた彩布が飾られていた。床の北半分は白い絨毯を敷いた広い厚板に覆われ、南端の中央には低い机が置かれていた。西北の壁には神棚が施され、東北の壁沿いに寝具や木箱が並べられていた。床の中央に柱があり、その手前のトルガに火がついて、天井からピカピカに磨かれた銅のポットがぶら下がっていた。ポットの注ぎ口から水蒸気が微かに吹き出し、ウリル茶の香りがする。その香りは、神棚の細長い器で燃やされている木の葉の香りと混じり合って、家の中に穏やかに立ち込めていた。

チャルキンは持ってきたお礼の兎を外部屋の物置に置き、低い机の左に座った。オドガンは神棚に向いて膝を付き、しばらく祈ってから机の方を向いた。

「そろそろ来ると思って、待っていたわ」オドガンはチャルキンの向かいに座り、真剣な眼差しでチャルキンを見つめた。

「え?」チャルキンは驚きを隠せなかった。

ふだんから何かあるとオドガンに相談し、指示や意見をもらっていたが、こんな真剣な表情をしたオドガンを見るのは初めてだった。チャルキンの体に緊張が走った。彼は不自然にかしこまって座り直した。

「狩りの途中であったことを話しに来たのだろう?」オドガンがチャルキンを見つめて尋ねた。心の中を見通されている気がして、チャルキンは不安そうに頷いた。

「狼は大昔から大地を守る神の犬と見られてきた。そのため人々に尊敬され、恐れられる存在でもあった。狼は神との約束を守り、その物に被害がもたらされない限り、人間を襲うことはなかった。だが、今回は群れで人間を襲ってきた…それも何回もだ」

オドガンは手に持っていたシャガ三つと虎、狼、蛇、鷲の小さい銅の模倣を、机の上に敷いた白い布に向かって軽く投げた。「神の犬は何かに追われているようだな。どこか遠いところから、この地にやってきた。神との約束を破ってまで人間を襲った。何かの理由で…」オドガンは、白い布に散らかったシャガと小さい銅の動物模倣を見つめながらそう告げた。

「それがうちのジョルと何か関係があるのだろうか」チャルキンはできるだけ落ち着いた声で聞いた。

「どこでつながるかはわからないけど、理由もなく起こることはまずないからな」

オドガンは顔を上げてチャルキンを見つめ直した。その眼差しは真剣そのものだった。

「少なくとも狼が君らを襲った。君らが救われることで、ジョルの持って生まれた力が世にばれたのだ…」オドガンはしばらく考え込み、「人間だけじゃなく、そのほかのものにもばれたということじゃ」と言い補った。

「そのほかのものって、どういうことですか」チャルキンの胸に、これまで感じたことのないような不気味な不安が押し寄せた。

オドガンは何も言わず、テーブルの上のシャガと小さい銅の動物模倣を拾って、もう一度投げた。それらを拾って、また投げた。その目はずっとテーブルに散らばるシャガと動物模倣を見つめていた。

「この世の中には、人間以外にも多くの勢力があるんだ。それらのバランスで世の中が成り立っている。その中で一つの勢力が強くなると、ほかの勢力が衰える。力をもった勢力の正非によって、世の中が平和になるか、災難になるかだ」

チャルキンにはその話がうまく理解できなかった。

「そ…それが、うちの子と何か関係があるのだろうか」チャルキンは同じ質問を繰り返して、オドガンの顔をじっと見つめた。オドガンの表情から答えを探ろうとした。

「石一つにも存在する理由がある。もっと言えば、人間には、大なり小なりそれぞれの宿命というものがある。その中でも特に選ばれし者がいて…」

オドガンがチャルキンを見つめた。「君たちはずっと前から白い玉の魔力を知っていたはずだが…」

チャルキンが唾を呑み込んだ。オドガンに心の奥まで見通される気がして、慌てて視線を落とした。バヤン山に白い玉が光ったことは、チャルキン家とチャルン家だけしか知らないはずなのに…。

オドガンがチャルキンの答えを待たず話を続けた。

「今回のことで白い玉の魔力だけじゃなく、ジョルが普通の子供ではないこともはっきりしたんだ…宿命を持って生まれた者は、それなりの試練を受ける…だが、あの子にどんな試練が待ち受けているのか…それをどのように乗り越えるか…これから見守っていくしかない…」オドガンの言葉に、チャルキンの胸は痛んだ。村人たちから奇異な視線を浴びて育った息子に思いを馳せた。これまで起こった様々なつらい出来事は試練としてまだ足りないということか。また、何かの試練が待ち受けているというのはどういうことか。

チャルキンは無言で何度も目礼し、オドガンの家をあとにした。

馬に乗って家に帰る途中、はるか高くまで広がる青い空を見上げた。幼いひなを伴った水鳥が空を飛び回り、これから始まる長い南旅に向けて準備をしているようだった。チャルキンは覚悟を決めた表情で空に向かって呟いた。「我が子は俺が守る」

その呟きの通り、チャルキンは翌日から、ジョルを連れて狩りに行ったり、乗馬を教えたりした。アロンはその理由を聞きたかったが、夫のこれまでになく真剣な様子を見て、何も尋ねなかった。ジョルが何より嬉しかったのは、チャルキンやいとこのアルシから譲り受けた古い矢や弓、ボローから解放されて、自分用の新しい狩り道具ができたことだった。これまで厳しく禁じられていた乗馬も、これからは自由にできる。ジョルは男の仲間入りをしたような気分で、歩き方まで男らしくなった気がした。幼いながらも狩りの技を学び、身につけていく息子の姿を見て、チャルキンの心は少し落ち着いてきた。

一方、村の部族長のチョドンは、この頃、ジョルのことが無性に気になっていた。村じゅうに広がる噂がもし本当だったら、ジョルは何者なのだろうか。マンゴスにしろ、神にしろ、人間を超える力を持っているなら、部族長という自分の座、自分のあとを継ぐ息子リヌの座が奪われる恐れがある…。これまでチョドンが警戒していたのは、ジョルではなく、チャルンの息子アルシであった。彼は村のどの青年よりも賢く、狩りの腕も優れていた。アルシは息子のリヌと同い年ながら、狩りの腕を競えば、比較にならないほどの腕前だった。ジョルは白い玉を持って生まれた変わり者という程度で、その存在が気になるほどではなかった。いつも緑色の鼻水をたらして走り回っているジョルが、自分たちの地位を脅かすなんて、これまで夢にも考えたことがなかったのだ。

何世代にもわたって部族を仕切ってきたチョドン一家は、この地域一帯において威厳のある家門だった。部族の伝統からすれば、部族長の座はチョドンの手に入る予定ではなかったが、チョドンはありとあらゆる力を尽くし、この座を得ていた。その苦労を思い起こせば、息子の代で易々と別の誰かに部族長の座を譲るわけにはいかなかった。

だが村のならわしとして、部族長の座がチョドンからそのまま息子に引き継がれるわけでもなかった。部族長の後継者は、チョドンの家門の後継者であるアルシ、リヌ、ジョルが競い、村の老人会が決めるしきたりになっている。それゆえリヌを部族長の座に座らせるには、リヌのライバルであるアルシとジョルを排除する必要があった。このためチョドンは日頃からひいきの村人たちに様々な利益を施し、後継者を決める時のために念入りな準備を進めていた。

チョドンは、アバガ山の谷でションホルが毛先を光らせて狩り人たちを助けたこと、その首にジョルが持って生まれた白い玉がついていたことを、小柄の男ハヒルから聞いた。

「それはすごかったです、チョドン様。俺はこれまで、こんなへんてこりんなことを見たことも聞いたこともなかったのです。ジョルという子は、いったい何者でございましょうか」ハヒルは唾を飛ばしながら谷での出来事を熱心に語り、目を丸くしてチョドンを見上げた。

「それは白い玉の力か、それともジョルの力か」チョドンはそのことを正確に知る必要があった。いずれの力かによって、これからの戦略が異なるのだ。

「実は…チョドン様…」ハヒルがチョドンの顔に口を近付けて呟いた。卵が腐ったような口臭がチョドンの鼻先をかすめたが、チョドンは我慢した。口臭を気にするどころではなかった。

「狩りから戻ってしばらく経った頃ですが、白い玉の力を信じ込んだ近所の子供が、例の白い玉をジョルから盗んできたのです。それをうちの犬につけて狩りに連れて行きました。ところが途中でイノシシに遭っても、狼に遭っても、白い玉は全く光らなかったのです」

「そうか。ならば人につけてみたか?」チョドンが興味深そうに体を前へ乗り出した。自分の話に珍しく興味を持っているチョドンを見て、ハヒルの目は光った。

「もちろんそれもしてみました。私が白い玉をつけて、家の屋根の高さくらいある崖から飛び降りてみたのです。けれども白い玉は光ったり、不思議な力を発したりすることはなかったのです。俺は危うく足を骨折するところでございました」

ハヒルは武勇伝を語るかのように、よれよれの汚い布を巻きつけた右足を自慢そうに見せたが、それにはチョドンは目もくれなかった。彼の頭はジョルと白い玉のことでいっぱいだった。

「やはり死の危険が迫らないと光らないのかな」チョドンは下顎に微かに生えている黄色いひげを指でいじりながら呟いた。

「俺もそう思ったのです！　チョドン様」

ハヒルは精一杯の愛想を顔に浮かべて、チョドンを見上げた。それから周囲をじっと見回して、人けがないことを確認すると、ひそかに呟いた。「ですから俺は夜、川にいた牛の角に白い玉をつけて、牛の体を矢で射してみたのです。それでもやはり白い玉は反応しなかったのです」

「ハヒル、お前の仕業だったのか？　川でモルの牛が射されて死んでいたのは…」

チョドンは驚いた表情でハヒルを見たが、すぐにその表情を緩めて言った。「丘の裏手で弓の練習をしていたジョルとハルの仕業だと騒ぎになっていたな」

チョドンの嬉しそうな顔を見上げながら、ハヒルもヒヒヒと笑った。

「ということは…」チョドンは目を見開いたまま脳裏にあれこれと考えを巡らせて、「ジョル以外の者はその力を引き出せないということか…」と独り言のように呟いた。

「とにかく不気味な玉です、チョドン様。ジョルだけが何かを知っているとしか考えられないのです」

ハヒルは悔しそうな声を出した。

「それでその白い玉はどうしたのか？」

チョドンが疑い深そうにハヒルの首元を見た。ハヒルが白い玉を首にぶら下げているのではないかと言わんばかりの目付きだった。

「それが、もうないのです」

チョドンの目線に気付いたハヒルが、襟を捲って首元を見せた。汚れがたまった真っ黒な襟の下に、首とは思えないほど荒れてざらついた黒っぽい地肌が見えた。チョドンは嫌なものを見たかのように顔をしかめて、目線を反らした。

「妙なことに、チョドン様。牛が死ぬと、白い玉も消えてしまったのです」

「消えた?」あまりの驚きに、チョドンの声がうわずった。白い玉の力がジョル以外の者には引き出せないことより、消えたことの方が、チョドンには衝撃的な出来事だった。

いったいどういうことだろう、ジョルに白い玉を操る力でもあるのか。チョドンは不気味に思った。白い玉が魔力を持つことより、ジョルが何かの力を持っていることの方が、チョドンにとっては不愉快であり、不都合だった。魔力を持つのが白い玉なら砕いて粉々にすればいいが、ジョルが持っているとなれば事情が違ってくる。

「だったら白い玉はどこにある?」チョドンはしばらく黙り込んでから、口を開けた。拳を強く握り、できるだけ落ち着いた声を出した。ハヒルに本心を明かすわけにはいかなかった。村じゅうの家を転々と歩き、酒をふるまってもらっているハヒルのことだ。チョドンの本心を知れば、とっておきの噂話にするだろう。

「ジョルが白い玉をなくしたという噂は聞いていないが…」チョドンはできるだけ平静を装って尋ねた。

「それがまた大した驚きなんです、チョドン様!」ハヒルが愉快そうに唾を飛ばしながら言い放ち、自分の前に置かれた木製の椀を軽く見下ろした。お椀の中身はからだった。チョドンはハヒルの視線に気付き、そばに置いていた土製の酒ボトルを持ち上げて、ハヒルのお椀に注いだ。ハヒルは好物の酒のためなら何でも喋る。お椀いっぱいに注がれた酒を見て、ハヒルは唾をぐっと呑み込んだ。

「遠慮はいらん」チョドンはそう言って、色がはげて縁が欠けた古びた木製皿に、ほとんど肉のついていない羊の骨を何本か置き、ハヒルの方へ押し出した。

「ではお言葉に甘えて…」ハヒルは手を震わせながらお椀を持ち上げ、のどの乾ききった旅人が水を飲むかのように、ググーッと一気に酒を飲み干した。飲み急ぐあまり酒は口からこぼれ、うす汚れた服の胸元を濡らした。ハヒルは悔しそうに服に浸みこんだ酒の跡を指ですくい、その指を舐めた。それから羊の骨をおいしそうにかじった。その品のない様子にチョドンは顔をしかめ、視線を反らして空咳をした。

「で、大した驚きっていったいなんだい？」チョドンは焦る気持ちを抑えてハヒルに聞いた。ハヒルは「それが…」と答えた。自分がどこまで話したかを思い出そうとしているらしく、両目をぐるぐると回した。

「その次の日に、うちの近所の子供をジョルのところへ行かせて、白い玉を持っているかどうか確かめさせたのです、チョドン様」ハヒルが昔話を語るように、近所の子供に言いつけたことや自分の考えを話し始めた。手に羊の骨をしっかり持ったままだった。

早く結末を知りたいチョドンは、ハヒルの話を遮るように「で、どうだったんだ？」と聞いた。チョドンの苛立った目にハヒルは慌てて話を中断し、「あったのです、チョドン様」と答えた。

「ジョルはちゃんと首に白い玉をぶら下げていたんです」

「そんな…」チョドンは手が白くなるほど拳を強く握り締めた。その険しい様相にハヒルは驚いて、持っていた羊の骨を机に落とした。そうしてしばらくチョドンの様子を窺い見て、おずおずと尋ねた。「だい…大丈夫ですか…チョドン様…」

ハヒルは怯えたような目をしていた。今にも逃げ出さんばかりに、ひそかに足を床に伸ばしていた。

チョドンはハヒルに冷たく言い放った。

「俺が知らないところで、君はいろいろやっているな」

「俺はチョドン様の役に立ちたくて…そうしたのです…」

ハヒルの声は震えていた。「チョドン様が、ジョルと白い玉のことを気になさっていると思い、報告に上がったのです」

「もしもあの白い玉が不思議な力を出していたら、それでも君はここに来たかい？」

チョドンがハヒルを睨み見た。

「力を出していたら、きっと…チョドン様に差し上げて、ジョルを消すことに協力するでしょう、チョドン様…」

ハヒルは何とかしてチョドンの機嫌をとろうとした。チョドンの機嫌が直ったら、酒をもう一杯もらえるかもしれない。そんな希望を抱きながらチョドンを見ていた。

「何だって…、俺がどうしてジョルを消すのだ？」

チョドンの視線が矢のように鋭くハヒルを刺した。予想外のチョドンの反応に、ハヒルは慌てた。「お子様の…」とハヒルが口を開けかけたとたん、チョドンは怒りのあまり体を跳ね上げた。

「とんでもないことを言うな」

チョドンは怒鳴った。その目は怒りに満ち、周囲の様子を用心深く窺っていた。そしてそばにあった酒のボトルと羊の骨を盛った皿を掴んだ。ハヒルはそれらが自分の方に飛んでくるのではないかと身構えた。しかし、それは思い過ごしだった。チョドンはそれらをハヒルの胸元に押しやり、険しい目を凝らして言った。

「余計なことをするな。君は近所の子供にいろいろなことをやらせているようだが、気をつけた方がよかろう。老人会が君のことを疑っていたが、俺が庇ってやったんだ。村を追い出されたくなかったら口を鎮め」

ハヒルは胸元のボトルから漂ってくる芳香な酒の匂いに鼻を近付けながら考えた。チョドン様がこのボトルを投げつけなかったのは幸いだった。いつものチョドン様からすれば、おとがめなしとは珍しく優しいことだ。

だが、チョドンにとっては不幸であった。よりによって口の軽いハヒルに、心の内を覗き見られてしまったのだ。もっとも、ジョルはいったい何者なのだろうか…。

その夜、チョドンは眠れなかった。白い玉を自分のものにして、その魔力を独占しようとしていたもくろみが消えてしまった今となっては、チャルキンやチャルン、老人会にばれずにジョルと白い玉を消すには、どのようにすればいいのか…。チョドンはその解決策が思い浮かばないまま、朝を迎えた。


その日の朝、チャルキンが家を出る時、家の前の馬をつないでいる柱にカラスがとまり、真っ黒な目で家の方をじっと見ていた。家の近くにカラスがいるなんて、何か不吉なことの前兆ではないだろうか。チャルキンは不気味に感じ、壁の横に転がっていた小さい石を急いで拾って、カラスの方に投げつけた。石は柱に当たり、カラスは「ゴワァーゴワァー」と鳴きながら、北の方へ飛んで行った。

チャルキンは再び家に入った。皿を洗っていたアロンは、こわばった顔で家に入ってきた夫を見て「まだ行っていなかったの？」と尋ねた。チャルキンは「うん」と軽く答えて食器棚へ向かい、無言で何かを探していた。食事の時でさえ食器棚に近付かないチャルキンが、何かを探すなんて珍しい…。アロンは夫の仕草を不思議そうに眺めた。何をしているか見ようとしたが、食器棚の半分がチャルキンの体に隠れていた。

「どうしたの？　何を探しているの？」アロンは夫の後ろ姿に向かって尋ねた。食器棚をしばらく探し回っていたチャルキンは、「火の捧げ物はどこなの？」とアロンに尋ね返した。

「太陽が西から出たみたい…」アロンは思わず噴き出した。なんでもかんでも火の神様に祈るアロンをいつもからかっていた夫が、火の捧げ物を尋ねるのがおかしかったのだ。チャルキンは、アロンが笑うのにかまわず、食器棚の中を探し続けた。その夫の真剣な様子に、アロンは笑いをこらえながら洗い物で濡れた手を拭き、家の西北の壁にある小さな木棚に置いてあった小箱をチャルキンに渡した。チャルキンは無言でアロンの渡した小箱からアワと砕いたチーズを取り出し、火に捧げた。

「突然どうして？」アロンが不思議そうに尋ねた。

「家の前の柱にカラスがとまって、家の方をじっと見ていたんだ。気味が悪くて石を投げたら、鳴きながら飛び去った」

チャルキンは火の中で燃える捧げ物を眺めながら、何かを考えているようだった。そして慌てた様子で家の中を見回した。

「ジョルはどこ？」

最近、ジョルのことをやたら気にかけて所在を確認する夫が、アロンにはおかしかった。

「アルシに弓を教わりに行ったわよ」アロンはそう言って、夫の硬い表情を見た。

「そうだった」チャルキンの表情が少し緩んだ。自分を見つめている妻の視線に気付いて、「行ってくるよ。ジョルが帰ってきたら、家から出さないで…」と言い残し、慌てたように家を出て行った。

「狩りから戻って、ちょっとおかしいな」アロンは呟いた。「村人の噂を気にしているのかな」

母として、村に飛び交うジョルの噂をこれまで無数に乗り越えてきたアロンは、ある種の知恵を身につけていた。噂は気にするほど、自分の身の回りにつきまとう。自分が気にしなければ、そのうち消えるものだった。夫もそのことを十分わかっているはずだったが、最近のチャルキンの様子はそのようには見えなかった。アバガ山の谷で狼に襲われたショックから、まだ立ち直れていないのかもしれない…。

アロンは洗った皿を食器棚に片付けながら、考えを巡らせていた。

第七話　塩の旅

秋の色が深まった。草の葉が濃い緑から薄い黄色に染まっていた。広い谷のあちらこちらに建つ土色の家々が、柔らかい風にそよぐ薄黄色の波と一体化していた。

日が沈む直前、アルシとジョルが羊を追って帰ってきた。一日中、野原を駆け回った二人は、アロンが作って待っていたご飯を口の中にかきこむように食べた。

「ゆっくり食べてよ。まだいっぱいあるから」アロンが何度言っても、お腹の空いた二人の箸を止めることができなかった。何も言わず夢中で皿に箸を滑らせる二人を見て、アロンが微笑んだ。

「ケガをした鳥の足を包んであげたんだ」ジョルはおかわりをする合間に、ご飯を頬張りながらそう言い、破れた服の裾を母に見せた。

「それで、鳥はどうだったの？」アロンがお椀にご飯を盛りながら聞いた。

「大きな木の穴に巣を作って入れておいた。昼ご飯の餅と水を少し置いてあげたよ。二、三日でよくなると思うな」

アルシはそう言いながら、ジョルより大きなお椀をアロンの方に差し出し、おかわりをした。

ジョルは嬉しそうに「うん」と頷き、誇らしい表情で母の方を見た。

再び無言で食べ始めたジョルとアルシは、しばらくしてようやく箸を止めた。アロンが食器を片付けている間も、二人は昼間の出来事を楽しそうに話し合っていた。アルシが家に帰るために起き上がった時、ジョルは残念そうにアルシを見上げ、見送りに家を出た。

「アルシは帰ったの？」しばらくして戻ってきた息子に、アロンが尋ねた。

「うん」ジョルはテーブルの上に用意された父のお椀を見て聞いた。

「父ちゃんは？」

「隣の村に行ったの」アロンが火を足しながら言った。

「どうして？」ジョルは自分のベッドの先に置かれた引き出しからシャガを取り出して聞いた。

「塩の旅に行く人を尋ねに行ったの。そろそろエジ湖に行って、塩を運んで来る時期だからね」

「父ちゃんが行くの？」母を見上げて尋ねるジョルに、「行くかもしれないわ。モルが怪我して行けなくなったみたいだから」とアロンは答えた。

「僕も行きたいな」ジョルはシャガで遊びながら呟いた。

「塩の旅は遠くて何ヶ月もかかる旅だから、子供を連れて行けないの」アロンが微笑んで息子に言った。ジョルは一日中アルシと弓を射たり、ブヘを取ったり、木に登ったりしたので、何度も欠伸をした。「父ちゃんを待つから」と言いながらも、シャガを握ったまま寝ころんで眠ってしまった。アロンは灯をつけて、チャルキンの戻る馬蹄の音を、耳を澄ませて待ちながら、昼間ジョルが鳥の足を包むために破った服の裾を縫い直した。


ジョルは一人である丘に立っていた。浅い緑に覆われた広々とした谷が遠くまで伸び、とてもきれいな場所だった。心地良い柔らかな風が草の香を運んでいた。ジョルは両手を伸ばして新鮮な空気を胸いっぱい吸った。

突然、足元で、何頭もの牛を呑み込めそうなほど大きな口が開き、ジョルの体を呑み込んだ。ジョルは吸い込まれながら、「アァァァ…」と大声で叫んだ。


ジョルは自分の叫び声で、目が覚めた。

「どうしたの?」母がジョルの伸ばした手を握っていた。「悪夢でも見たの?」

ジョルは起き上がって周囲を見渡した。オレンジ色の灯光を透かして、壁がぼんやりと見えた。家の中だった。ジョルの体はわなわなと震えていた。

「大丈夫だよ。もう大丈夫だから」アロンがジョルを強く抱き締めた。

「母ちゃんがいるから、もう大丈夫だよ」アロンはジョルを胸元に抱いて、頭や背中を撫で慰めながら、顔を曇らせた。前回のことが蘇った。チャルキンが狩りに行った時もジョルが悪夢にうなされた。そして、その夢が現実となった…。

「もう大丈夫だよ…」アロンができるだけ落ち着いた声で繰り返した。彼女の胸元で、ジョルの心臓が口から飛び出しそうに強く打っていた。アロンはジョルを抱いているというより、大きな心臓を抱いている気分だった。その夜、ジョルは両親と一緒に眠った。


それからしばらく経ったある日、驚くべき神力を持つという噂の占い師がオボート村にやってきた。その占い師はとても大らかで人が好さそうで、物事の道理を知り尽くしているようだった。彼は村人から報酬を取らず、いろいろなことを占った。占いは驚くほど正確だった。村人の他人に内緒にしている秘密や考えまで言い当てた。村人は占い師に敬意を抱き、「大師様」と親しく呼んで、自分の悩みや未来を相談して助言を受けた。占い師の話によれば、彼ははるか北の霊山で修業を積み、神力を身につけたあと、世の中を歩き回って人々を悪から救っているのだと言う。村人はその話を信じた。噂を耳にしたほかの村の人々も、占い師を頼ってオボート村にやってきた。占い師の神力は広く認められ、もはや疑う人はいなかった。人々の崇拝ぶりは凄まじく、次第にオドガンのもとを尋ねる人はほとんどいなくなった。

チョドンはこの占い師を家に招くことにした。本当の物知りならば、彼の悩みを見抜くはずだ。もし本当に言い当てたら信じよう、とチョドンは考えていた。

占い師はチョドンの家に入り、何かに引きつけられるように、あちらこちらを歩き回った。時折、何かが見えるかのように宙を見つめたり、立ち竦んで目を瞑り、口の中でもごもご呟いたり、手に持っていた小さな黒い旗を振ったりしていた。

「知恵と力を持ったお方だな」占い師は家の中を何度も歩き回ってから、細い鼻声でチョドンを賞賛するように言った。

もし名の知られた占い師でなければ、もし自分が悩みを抱えていなければ、チョドンはそのおかしな鼻声を聞いたとたん笑い出しただろう。実際に、後ろにいた息子リヌがクスクス笑ったのと同じように。だがチョドンは笑うどころではなかった。

チョドンは息子を睨みつけた。それから敬意あふれる視線を占い師に向けた。占い師は背丈が低く太った体に黒ずくめの服を着ていた。首がとても短くて、太った体の上に丸いスイカのような頭がぽんと置かれたような体型だった。いくら悩みで頭がいっぱいのチョドンでも、占い師の太い体型と細い鼻声のアンバランスには気付いたはずだった。だがチョドンの顔は、やはり笑っていなかった。

「どうぞ、中へ…」チョドンが敬意を込めて占い師を応接間に招き入れた。

「さすがチョドン様のお宅だ。この俺がこれまで見た中で、一番富を蓄えた家だ」

占い師は先ほどよりさらに高い鼻声で言い、微笑みを浮かべた。「そして、この子は誰よりも賢い」とまたしても鼻声で言って、リヌを見た。リヌにしてみれば、こんなに間抜けでおかしくて笑いを誘う者に、敬意を払う気にはなれなかった。今もリヌの顔にはあざ笑う表情が浮かんでいたが、占い師は気にしていないようだった。大師らしい笑顔を浮かべて「父よりも高い地位と富を手に入れるはずだけどな…」と告げてから少し言いよどみ、小さな黒い旗を振り、二重アゴで緩んだ顔を悔しそうに曇らせて、頭を横に振った。

先ほどまで占い師に褒められて心が踊っていたチョドンは、一瞬、全身の血が凍りついたように冷えを感じた。占い師の言いよどんだ言葉と曇った顔の裏に、何かが隠されているような気がした。会ったばかりなのに、自分の悩みをもう見抜いたのだろうか…。

「…と…というのは…」チョドンは泣きそうな顔で占い師を眺めた。

占い師はチョドンの動揺を薄目で見て、青味の帯びた顔に、満足そうな笑みを一瞬浮かべだ。そして目を瞑って、口の中でもごもごと何かを呟いてから、頭を横に振ってため息をついた。

しかしチョドンは、不吉な占いを易々と受け入れるタイプの人間ではなかった。彼は素早く妻を呼んで食事を準備させた。これまで自分が欲しいものを必ず手に入れてきたチョドンは、今回もどうすればよいかがはっきりわかっていた。テーブルには魔法がかけられたように、あっという間においしい料理がいっぱい並べられた。その豪華さは占い師の告げた通り、裕福そのものだった。肉料理一つとっても、この土地で見たことのない豪華なものだった。白い蒸気に包まれておいしそうな匂いを放つ肉の煮込み、時間をかけて丸ごとこんがり焼き上げられた、ゴールデン色のグリル焼き…。羊肉、牛肉、野生の鶏肉、兎肉など、様々な肉料理がずらりと並べられた。肉の匂いと野草の香りと、酒の香りに、占い師の視線がせわしくテーブルの上を動いた。これまで嗅いだことのない豊かで芳醇な香りに、鼻も満足していた。

リヌが占い師を指さし、またしてもクスクスと笑い始めた。占い師の口から、よだれがだらりと垂れていたのだ。リヌの嘲笑で我に返った占い師は慌てて掌で口を拭き、横に置いていた黒い旗を握り締め、目を瞑って、もごもごと呟いた。その間、チョドンが鋭い目で息子を睨みつけ、妻に息子を連れて出るように合図した。

「僕も食べたい…」リヌは母ヤシルに引っ張られながら、わめいた。「新年でも、こんなに豪華なものを食べたことがない…」

チョドンが怒ったように、チェッと口を鳴らした。扉が閉められ、チョドンと占い師が残った。チョドンは席を立ち、酒を注ぎ、占い師に捧げた。肉の一番おいしい部分をいくつか大きく切り取って、占い師の前に置いた皿に入れた。占い師が唾を大きく呑み込んだ。チョドンは食べ物が人を惑わす威力を知りつくしていた。今こそ絶好のタイミングだ。

「大師様、大したものではないが、ごゆっくりお召し上がりくださいませ」

その声色は謙虚そのもので、さすがの占い師もチョドンの本心に気付きそうになかった。占い師は、自分自身が大師であることを十分に意識しながら、皿へ手を伸ばした。皿に盛られた肉のうち、一番大きな切り身を口に入れた。チョドンは最高級の気配りをした。肉のおいしいところや、香り高い酒を、惜しみなく占い師にふるまった。自分はたまに一口食べ、たまにおちょこに口をつけるだけだった。

そのうち占い師は、我を忘れたように皿の料理を平らげ始めた。口の動きは止まることがなく、その目はテーブルの上の食べ物を常に欲深く眺めていた。まるで口とお腹と目がばらばらに動いているようだった。チョドンは食事に没頭する占い師の姿を見て、安堵していた。

チョドンは欲の強い者が好きだった。欲を満たせば言うことを聞く者は、どんなにありがたいか。目の前のものに強欲な者は、見えないところでも欲深いものだ。だからチョドンは、人が食べる姿を観察するのが好きだった。食べ物に向かう姿で、その人の本性がわかるような気がした。実際、彼はこれまでこの方法で多くの人を試してきた。外れはほとんどなかった。ハヒルとフィトンはその代表例だ。ただ二人が欲しがるものは少し違っていた。ハヒルは酒に目がなかった。フィトンは物質に対する欲が深かった。こういう者には、欲しいものを限りなく与えれば、限りなく何でも言うことを聞く。

チョドンはひそかに笑みを浮かべた。占い師が大口で肉を飲み込む音が聞こえた。彼は食べるというより、飲み込んでいるのだ。その凄まじさにチョドンも驚いた。これまでこれほど欲深い者を見たことがなかった。その深さに計り知れないものを感じた。警戒も必要だ。チョドンの目の奥がずる賢く光った。

テーブルの料理が少なくなり、占い師は満足そうに皿を前に押し出し、椅子の背もたれに背中をあずけ、お腹を撫でた。チョドンが愉快そうにお茶を入れた。

「大師様、弊家にお越しいただき、私どもは光栄です」

チョドンが本題に入った。焦る気持ちを隠しながら、ゆっくりと話し始めた。

「先ほど大師様がうちの息子を見て、頭を振って溜息をついたのはなぜだろうか」

占い師は、自らが大師であることを思い出したように、もったいぶった咳払いをして、裾に落ちていた肉切れを手で払い落とし、油っぽくなった口の周りを袖で拭き、いつの間にか横に落ちていた小さな黒い旗を手に取り、目を瞑ってもごもご呟いた。

チョドンは占い師を見上げ、彼の口の動きをじっと見ていた。占い師はすぐに返事をしなかった。しばらく目を瞑って、小さく呟いてから言った。

「もともとお宅の息子さんが手に入れるはずだった地位と富が、誰かに奪われていくだろう…」占い師が鼻声で言い、薄目を開けてチョドンの表情を窺った。

「どういうこと？　地位と富が奪われる？」チョドンはまるで蛇にかまれたように、びっくりした声を上げて席から跳び上がった。息は上がり、顔が青ざめ、拳を握り締めていた。

「誰に？　誰に奪われるんですか」チョドンが歯の隙間から声を絞り出すように言った。その声は微かに震えていた。チョドンの反応に、占い師は満足した表情で、咳払いをした。チョドンは占い師に見られていることに気付き、笑顔を繕った。だがその笑顔は泣き顔よりも醜かった。

「誰か…お宅がよくわかっているはずだけど」占い師は黒い旗を目の前で三度回して、何かが見えているふりをして鼻声をうわずらせて言った。「疑ってはいるな…」

「俺が疑っているとは…」チョドンが考えながら呟いた。ハヒルやフィトンの前なら、めったなことは口にしないが、今はためらっている場合ではなかった。それに占い師のあの食べっぷりを見たからには、多少の本心を告げても良さそうな気がした。

「アルシかな…」憎しみに満ちた声で言った。

「それは昔で、今はほかに気になることが増えたのではないか」

占い師はチョドンの心を見透かしているようだった。

「まさか…」チョドンが声を失った。心のどこかでジョルではないことを期待していた。どんな力を持っているかもわからないジョルより、力が強いが一剣で息が止められるアルシの方が扱いやすかった。

「ジョル?」チョドンが呻いた。

占い師は目を閉じて呟き始めた。チョドンはお腹いっぱい氷を飲み込んだように、体じゅうが冷え切っていた。手の甲で拭いた鼻水を頬に付けたジョルの、子供とは思えないような鋭い目付きが、脳裏に浮かんだ。チョドンはその目で見つめられるのが不愉快で大嫌いだった。同時に、心のどこかでジョルの目を怖れていた。チョドンの頭がいつもより素早く回転していた。様々な考えが、光のようにめまぐるしく脳裏で入り乱れる。

自分が直接ジョルに手を下すのは無理があった。チャルキンは村に二人といない優れた狩り人で、チョドンはもちろん、村の誰もかなわなかった。何でもチャルキンの肩を持つ兄チャルンも憎らしかった。その息子アルシもまた、憎らしいほど何でもできて、チャルキンの立派な右腕になっていた。その者たちがいる以上、ジョルには手出しができないと、チョドンは思っていた。

チョドンは目の端に見える占い師の方に向き直り、敬意あふれる笑みを浮かべた。

「大師様、何でも見抜ける貴方様の前で、嘘をつくつもりはございません。俺が息子に期待を寄せていることを隠すつもりはありません。何よりも大切なことに、祖先から受け継いだこの土地を守るのが、部族長である俺の務めだと存じております。だが…」

チョドンはいかにも困り果てたような顔をした。

「弟チャルキンの息子ジョルが白い玉を握って生まれてから、この村には怪しいことが絶えません。もしジョルが普通の子供だったら…、リヌとアルシと三人で次の部族長の座を競っても、俺は何も言いません」

チョドンは、自分でも言っていることが白々しいと思っていた。

「けれども、マンゴスだの、化け物だの…信じがたい正体を持つその子に、この村をまかせるわけにはいきません」

チョドンがテーブルを拳で叩くと、上にあった食器がカタカタと鳴った。占い師は目を瞑ったままだった。もうモゴモゴと呟いてはいなかった。

「チョドン様は偉い…」占い師が満腹の敬意を込めて、鼻声で言った。

「この土地も、この村も…幸いだ。俺がこれまで見た部族長の中で、貴方は一番優れている」

「だが、村の平和を守れないことには…」チョドンが深いため息をついた。

チョドンの作戦は成功し、占い師の心を動かしたようだった。占い師はこの家に来て初めて見せるような真剣な顔で黒い旗を振り、ボトルに入ったハエの鳴き声のように、微かに震える鼻声で歌い始めた。占い師の座っている椅子はギシギシと鳴り、空中で振り回す小さな黒い旗は、トルガに置かれたポットから噴き出る水蒸気を切り散らしていた。占い師はしばらく激しい動きを見せたあと、旗を止めて歌い終えた。

「ご心配はなさらず…」占い師が意味ありげにチョドンを眺めて、はっきりとした鼻声でゆっくりと言った。

「道はきっと開けるでしょう。機会を逃さずにいれば…」

「悟らせてくれたこの恩恵を、何で返しましょうか…」チョドンは目を光らせて、占い師を拝むように体を屈めた。

「俺…いや我が家…いや村人が、あなた様の恩を忘れることなく…感謝するでしょう」

占い師は満足そうに微笑んだ。


村では一年に一度、村人たちがエジ湖に行って、塩を運んで来るならわしがあった。昔はモルが仕切っていたが、今年は彼が怪我したため、老人会の指名とチョドンの強い勧めで、チャルキンが塩の旅を仕切ることになった。塩の旅は何ヶ月も続く長い旅なので、オボート村の力だけで行うのは困難だった。以前から塩の旅は東村と協力して、人手や物資を出し合って進めていた。

チャルキンは東村の塩の旅の長者と話し合って、準備を整えた。チャルキンたちは、牛車十台に牛二頭ずつ当て、五頭の牛を万が一の時の備えに用意した。牛車には二台ごとに男一人がついた。できるだけ牛の世話、炊飯、牛車の修理などができる人を選んだ。

「僕も行きたかったな」アルシがチャルキンを手伝って牛車に荷物を積みながら言った。

「俺もバルも行くから、君が残って家のことをしないとな。ほかに任せる人がいないのだから。今回は留守番をしてもらって、来年は一緒に行こう」チャルキンが汗を拭きながら、アルシに言った。

「バル兄も初めてだろう。僕の方が彼よりもっと牛の世話ができるし、料理も上手だと思うけど」アルシは納得がいかないようだった。

「バルは、牛の世話というより、牛車の修理だ。昔修理を担当していたダライ兄貴の体調が悪くて、今回の旅に行けなくなったからさ」チャルキンが言った。

「アルシ兄、…来年、僕も行くから、その時は一緒に…行こうね…」

ジョルが大きな袋に入れた白い粉を抱えて出てきて、喘ぎながら言った。前が見えない上に、袋の重さでまっすぐに進めず、酔っ払いのように体が左右に揺れていた。

「君は、これを片手で持てるまで待たないとな」おぼつかない足取りで歩くジョルの腕から、アルシが笑いながら白い粉の袋を片手でひょいと取り上げた。

「来年は考えると父ちゃんが言ったよ」顔から膝まで粉で真っ白になったジョルが、希望に満ちた目で、アルシを見上げて言った。アルシは重い袋を軽々と牛車に載せていた。

「君を残したのは、もう一つ頼みがあるからさ」チャルキンがアルシだけに聞こえるような小さな声で言った。アルシは、真剣な表情をした叔父を見て驚いた。

「ジョルを頼むぞ」チャルキンが、別の白い袋を抱えて体を左右に揺らしながら歩いてくるジョルの方を見て言った。

「どうして?」アルシが戸惑った。「父さんもそう言っていたけど…」

「まあ、どうということはないけど。ジョルはいつも何かに巻き込まれやすいからな。俺がいない間、いつもより目配りしておいてくれ」

それは軽い口調だったが、気持ちは重そうだった。

チャルキンは「宿命を持って生まれた者は、それなりの試練を受ける。ジョルにまた何かの試練が待ち受けているかもしれない」というオドガンの予言をずっと気にしていた。だが、今のところ何事も起こっていないし、ジョルのことをチャルンやアルシに頼んだから、ひとまず安心ではあった。

アルシは、ジョルの方に向かう叔父の背中を眺めながら、数日前に父チャルンにも同じように頼まれたことを思い出していた。

その日、チャルンは老人会から戻ると「これからジョルに目配りをしてくれ」とアルシに言った。それをきいたノミンは「今も十分目配りしているじゃないか。ジョルはアルシの尻尾みたいなものだし」とかん高い声でからかった。アルシは父の真剣な表情を見て「どうしたの?」と尋ねた。

「大したことはないけど、先日もハルと一緒にモルの牛を射殺したといって大騒ぎになっていたし…モルはチャルキンと仲が良いから助かったけど。もしほかの人だったらどうなったことか…」チャルンが考え込んでいるふうに言った。

「あれはジョルたちじゃないよ。彼らはそんなことをしたりしないさ。まさか父さん、村人の噂を信じているの?」アルシは怒りと失望が入り混じった声で言った。

「ジョルたちじゃないと俺も信じているのさ。けど、村人が信じないと…。老人会が信じないと…。誰かに悪用されたらとんでもないことになるから」チャルンは小さくため息をついて言った。

「誰かがジョルを利用しようとしているの?」アルシは父の言葉に含みを感じて、きつい口調で尋ねた。

「そんなことが起こらないように気をつけてくれ、ということだ」

チャルンは黙った。詳しく話をする気はなさそうだった。

「二人とも何してるの?」ノミンが驚いた顔で父と弟を見た。「何のつもり?　そんなに言葉を荒げて…」ノミンが不満そうに弟を見つめた。

チャルンとアルシは黙り込んだ。母を亡くしてからのノミンは父を手伝い、家事を一手に引き受け、弟を育ててきた。一家の支えとなっているノミンには、アルシだけではなくチャルンも逆らえなかった。

「アルシったら、ジョルのこととなったら一生懸命に庇ってあげるのね。私のことはちっとも気にしないくせに」

「ことが違うんだよ」とアルシは言った。

「どこが違うの？」ノミンは譲らなかった。

「姉のことはミルクや塩があるかどうかのことで、ジョルのことは…」アルシの言葉を遮って、ノミンは厭味たっぷりの声で「狼とか…、射殺された牛とか…、白い玉をなくしたのに、気が付かずに川で見つかったとか…」と言い放った。

アルシは鼻を不満そうに鳴らして家を出た。扉がバタンと大きな音を立てて閉まり、ノミンのかん高い声が扉に遮られた。

村は既に夜色に包まれていた。アルシは歩きながら考えてみた。父チャルンがジョルへの目配りを突然自分に頼むのもおかしいが、姉の言う通り、ジョルのまわりでは説明がつかない変なことが起きている。そして噂がどんどん広がっている…。人々の怪訝そうな目も…。アルシは叔父チャルキンの家からこぼれるぼんやりとしたオレンジ色の灯を見つめながら、軽くため息をついた。

その夜、チャルキンはテーブルでお茶を飲みながら、ベッドを整えているアロンに言った。「チョドン兄貴が牛を二頭も貸してくれたの」

「また何か企んでいるんじゃないの。得にならないことには、羊の毛一本でもあげない人だから」アロンが厳しい口調で言った。

「モルもそう言っていたけど…。余計な心配じゃないか…。根っから悪い人はいないからさ」チャルキンは自信のなさそうな声を出した。

「私がこの家に嫁いできてから、あんたのチョドン兄貴がたった一度でも人のためになることをした覚えはないけど…まさか、あんたはチョドン兄貴がいい人になったとでも思っているの？」

アロンが容赦なく言い放ち、ぼんやりとした灯光を透かしてチャルキンを見つめた。

「さあ……」チャルキンは動揺を隠せないようだった。いつもならチョドンの思惑に思い当たるが、今回は見当がつかなかった。村の誰もが知っている通り、チョドンは遠い東の土地から運ばれて来る高級な塩をいつも食べている。チャルキンたちが運んで来るエジ湖の塩には、興味がないはずだった。それなのにどうしてわざわざ二頭の牛を貸してくれたのだろうか。バルの嫁の実家から二頭の牛を借りて行くはずだったのに、チョドンが自ら進んで二頭の牛を貸してくれた。そのおかげで塩の旅に早めに出発できるのだが、チャルキンの心は落ち着かなかった。自分の財産を命と同等に惜しむ兄貴が、どうして突然こんなに大らかなことをする気になったのか…。


チャルキンたちが塩の旅に出る朝、チャルキンとアロンが家から出たり入ったりを繰り返し、最後の準備を急いでいた。

「ジョルを連れて占い師のところに行ってみようか」アロンが荷物を確認しているチャルキンに、ふと言った。アロンは、チャルキンが占いを嫌っているのを知っていながら尋ねてみたのだった。村人は占い師の神力に魅了され、オドガンよりも尊敬し、彼の助言を受けている。

「どうして?」チャルキンは神経を逆なでされたように不愉快な思いで立ち竦んだ。

「ジョルのことを見てもらおうかと思って。みんな、良く当たると言っているし」

アロンはできるだけチャルキンの気を静めるような口調で言った。

「いつも言っているけど、占ってもらったって起こることは起こるだろう。逃れられないことなら、前もって知って心配するより起こった時に何とかすればいいじゃないか」と、チャルキンはいつも通りの理屈を述べた。「それに何を根拠に、その占い師の言うことを信じるの」

「いつも頑固なんだから。ほかの人たちは占ってもらっているじゃないか。占いをしてもらうだけで、何がいけないの」アロンはむくれた。「オドガンの言葉も根拠がないのに信じてきたじゃないの」

「オドガンとは比較できない…」チャルキンの声がうわずった。「オドガンは何世代にわたってこの土地で我らとともに生きてきた。でもその占い師は何者かよくわからない。どこにいて、どうしてここに来たのか。それに顔を見ただけで人の心を計り知れるか…」

チャルキンが妻を見つめて言い続けた。「占い師に見せていいと言われたらいいけど。悪く言われたらどうするの？　しかもそれを変えられない、逃れられなかったら…」

チャルキンはため息をついた。

「ハエ声占い師のところなんか行かないよ…僕は…」いつの間にか牛車のそばで立ち竦んでいたジョルが、言い争う両親の顔を交互に見上げて言った。

ハエ声占い師というのはアルシがつけた綽名だった。占い師の声が、ボトルに入ったハエの鳴き声に似ているからだった。

「どうして…」アロンは、父の肩を持つ息子の言葉にガッカリしたように聞いた。

「先日ハルと一緒にチョドン叔父の家に行ったら、ハエ声占い師が叔父と食事をしていたんだ。テーブルの上に皿いっぱいおいしい肉があったのに、僕らに小指よりも小さい脂身しかくれなかったの」ジョルは不満そうな口調で言った。

「まあ、君のチョドン叔父のことだから…その占い師とはうまが合っているようだね。ほとんど毎日一緒にいるみたいだし」

アロンはチャルキンに向かって、わざと厭味を込めて大きな声で言った。チャルキンも間髪を容れずアロンに尋ねた。

「それでも…ジョルを連れて行ってみたいか」

「まだあるよ」ジョルはさらに不満をぶちまけるように大声で言った。

「ハエ声占い師は、僕の白い玉をずっと睨んでいて欲しがっていたよ」

「何?」チャルキンとアロンはびっくりして、ほとんど同時に視線をジョルに移した。ジョルは両親にやっと振り向いてもらえたことに満足した。

「どうかしたの?」アロンが腰を下ろして、ジョルの両腕を握った。母の大げさな驚き方に、ジョルもびっくりした。ただ、おいしい肉の切り落としの脂身しかもらえなかったことに、不満を言いたかっただけなのに…。

「何も…。チョドン叔父が、僕の白い玉は他人には役立たずの石だよと言ったんだ」

ジョルはちょっとためらって言葉を続けた。「でも、僕…ハエ声占い師が嫌いだよ」

チャルキンとアロンは無言で視線を交わした。二人とも不安と警戒が入り混じった目をしていた。

「ジョル、俺は水袋を家に置いていたかな。見て来い」チャルキンがジョルに微笑んだ。ジョルは走って家の中に入って行った。

「その占い師のところには行くな。それに夜はソムン親子を呼んできて。ションホルも残すから」チャルキンの顔から先ほどの意地っ張りな表情が消え、心配が宿っていた。

「それに何かがあった場合、慌てずにチャルン兄に言ってよ。アルシもいるから。ジョルにはできるだけアルシについてもらって。とりあえず俺がいない間は、くれぐれも気をつけてよ」

チャルキンはオドガンの言ったことをアロンに告げるかどうか迷った。今言えば、余計な心配をさせてしまうかな…。チャルキンは考え込んだ。ジョルのことはチャルンやアルシに頼んでおいたし…。今のところは特に何事も起こっていないし…。

「わかっているわ。心配しないで」アロンが穏やかな口調で言った。

「長い旅なんだから、あんたもくれぐれも気をつけてよ。家のことは心配しないで。私がいるから」チャルキンに不安を悟られないよう、アロンが笑顔で言った。だが心の中は夫との別れを惜しむ気持ちや、息子と二人で残る不安な思いでいっぱいだった。

「水袋はなかったよ」ジョルが家の方から息せき切って走ってくる姿が見えた。

「荷物の中に入れたと思うけど」アロンが思い出したように言った。

「知っていたよ。ただジョルのそばで話すと心配しちゃうから」チャルキンは走ってくる息子に目をやったまま、アロンに静かに呟いた。チャルキンはその場に腰を下ろして、ジョルが来るのを待った。ジョルは自分の小さな水袋を右手にぶら下げていた。

「これでいい？　父ちゃんのが見つからなかったから」慌てていろいろ探したらしく、顔が真っ赤になっていた。

「ごめんな。ジョルに余計なことをさせてしまったな。父ちゃんの水袋は、母ちゃんが荷物に入れておいたようだな」チャルキンが、今にも目に入りそうなジョルの前髪を指で梳かしながら言った。

「荷物の中にあったの？」ジョルは嬉しそうに父から母に視線を移した。

「あったよ」アロンが優しく言った。

チャルキンはジョルが手に握ってきた水袋を、ジョルの帯につけてあげた。そして荷物の中から自分の弓と矢を取り出し、「これをあげる」とジョルに手渡した。

「自分で持って行ってよ。ジョルは、この前作ってくれた弓と矢があるから」

二人のそばからアロンが言った。

「いや。これは僕のお爺さんが使っていた弓と矢なんだ。とても丈夫だから、ジョルに残しておくよ。僕が帰って来るまで、この弓を引けるようにしておいて。それに旅の途中でとてもいい弓や矢が作れる森を通るから、その時に新しいのを作るつもりなんだ」

チャルキンは再び腰を下ろして、息子に優しく微笑んだ。「ずっと男らしい大きな弓を使いたがってたからな」

「本当にこれを僕にくれるの？」ジョルの目がきらきら光った。これまで使ってきた弓は父やアルシの弓より一回り小さくて、いつかこんな弓をもらえることがジョルの夢だった。

「この弓と矢を持つと本物の男になるから」チャルキンがジョルを見つめて言った。それからジョルの耳に手を当てて、何かを呟いた。

「約束するよ」ジョルは元気よく答えた。

「どんな約束？」アロンが興味深く聞いた。

「男同士の約束だからさ」チャルキンが秘密っぽく言って、ジョルを見つめて頷いた。ジョルも満面の笑顔で頷いた。

「お…お…本当に何かの約束をしているみたいね」アロンが楽しそうに笑い、「いいもん…。知りたくないもん」とすねるふりをした。

チャルキンとジョルはアロンのそぶりを見て、大きな声で笑い合った。

チャルキンたちは、やがて出発の時を迎えた。牛車列が動き出した。アロンは村人と一緒にチャルキンたちの後ろからミルクを捧げながら見送った。ジョルはションホルを連れて丘に登り、父の行列を眺めていた。旅について行けなかったションホルも悔しそうにジョルの隣に立っていた。出発の直前、チャルキンは考えを急に変えてションホルを家に残すことにした。アロンは夫の思いを汲み取って何も言わなかった。

ジョルは自分と同じように寂しがっているションホルの背中を撫でながら、行列が遠く見えなくなるまで丘に立っていた。

第八話　火の獣

チャルキンたちが塩の旅に出かけて数日後、ハシおじの家で、秋の毛を刈るために羊小屋に閉じ込めていた数頭の羊が、何者かに襲われた。羊が襲われた痕跡はこれまで見たことのないほど残忍で、人々は目にすることさえ怖がった。何の足跡も残っていないことから、狼などの猛獣の仕業ではないことは確かだった。とすると、この土地に狼よりも残忍なものが潜んでいるのか…。人々は不安に襲われた。村人は神力に頼ろうと、チョドンの家に住み込んでいる占い師のもとへ駆けつけた。

「これまでにない恐怖が、この村、いや、この土地を襲うだろう」占い師のその一言で、村じゅうがこれまでにない大きな恐怖に襲われた。人々は家畜をできるだけ安全なところに囲い、夜の外出も控えた。老人会の決定で、男たちが毎晩順に村じゅうを巡回した。

アロンはチャルキンに言われた通り、夜になるとソムンと息子のハルを家に呼ぶか、ジョルを連れてソムンの家に泊まりに行った。アルシは羊群れを自宅の近くに囲い、ションホルに夜の見張りをさせた。

秋が一段と深まり、黄色になった草の葉が肌寒い風になびかれて、ゴールドン色の波を作っていた。赤や黄色にぽつぽつと染まった木の葉で、山々は鮮やかな色の帽子をかぶっているようだった。チャルキンが塩の旅に出かけて一ヶ月が過ぎていた。人々はハシおじの家で起きた恐ろしい事件を次第に忘れ、いつもの生活を取り戻しつつあった。

「父さんはもうそろそろ戻る頃なの？」ジョルは何度もアロンに聞いた。

「まだだよ。まだエジ湖についていないと思うから」アロンは答えた。

「いつ頃帰ってくるの？」ジョルは質問を変えてみた。

「山に雪が降り始める頃には戻ると思うよ」アロンが明かり窓からのぞく青い空を眺めて言った。

「だったら雪はいつ降るの？」ジョルの気持ちは収まらなかった。

「草が白くなって、木の葉っぱが落ちて、アルシが去年くれた薄いコートを君が着始める頃かな」アロンは息子に微笑んだ。

「まだずっと先のことだね」ジョルは窓辺に行き、外を眺めて言った。


その夜、ジョルたちはいつもより早めに寝床に入った。

ジョルはなぜか村の東端に住んでいるモルの家の前にいた。家の中から争う声が聞こえてくるのに気付いたジョルは、窓辺に近付いて家の中を見た。ぼんやりとした灯の下で、モルおじと誰かが机を挟んで座っていた。窓の方に向かって座っているモルおじは、怒っているような、怯えているような表情だった。何か不愉快な会話をしているようだった。

「チャルキンは…命の恩人だ。狩りに…、何度も救って…。その息子にそんなことはしない…」モルおじの声は低く小さく、ところどころ話が途切れてはっきりと聞こえなかった。だが父の名前を聞いて、ジョルは窓の隙間にぴたりと耳をつけた。

「やらないと、君の家族が無事でいられない」窓の方に背中を向けて座る黒い影が、鼻にかかった声で怒鳴った。

「あんたの正体をばらすと、あんたこそ、この村にいられないぞ。俺を脅かしても、あんたらの思いのままにはさせん」モルおじは怒りをあらわにしてテーブルを叩いて立ち上がった。モルおじの影が灯で壁に大きく映った。その影が玄関へ近付こうとした時、黒い影が袖から縄のようなものを取り出し、モルおじの方へ投げた。モルおじはとっさに体を屈め、手で首を何度も掴み、短い悲鳴を上げて玄関の近くで倒れた。

灯が消えて、家の中で不気味な騒ぎが続いた。

「いや…」ジョルが家の中に走って入ろうとすると、白い光が光り、彼の体は何かに引き寄せられるように引っ張られ、モルの家から引き離された。

ジョルは悲鳴を上げて夢から覚めた。

心臓が口から飛び出しそうに激しい鼓動を打ち、体は汗だくで、あちらこちらが痛い気がした。行かないと…。ジョルの中で誰かが叫んでいる気がした。ジョルはベッドから起き上がり、上着も着ずに家を飛び出した。

「どうしたの？　ジョル…ジョル…」ジョルの悲鳴で目覚めたアロンが、ジョルの後ろから叫んでいた。ジョルは返事をする余裕もなく、モルの家に向かって走った。父が秋狩りに行った時に見た夢を思い出した。その時より夢は鮮明で、今も脳裏に焼きついていた。早く行かないと…間に合わない…。ジョルの頭の中にはその思いしかなかった。

昼間晴れていた空が厚い雲に覆われていた。月も、星も見えなかった。周囲は真っ黒だった。ジョルは走り続けた。あちらこちらに生えた灌木や転がった石に何度も転んだ。顔や手足にかすり傷ができて痛んだが、かまっている余裕はなかった。ジョルは広い谷に沿って東に向かった。だが、暗闇の中で視野は悪く、何も見えなかった。彼は、自分がどこにいるかがわからず、たまに体を屈めながら、地面よりは少し薄色をしている空と重なる地形で、進む方向を決めていた。

やがて暗黒の空にモルの家が重なって見えてきた。家には灯がついていなかった。ジョルは玄関まで走って、扉をそっと押した。鍵がかかってなく扉が開いた。部屋の湿気に混じって強烈な匂いが届き、吐きそうになった。ジョルは体を屈め、手で鼻を覆った。何の匂い…。血かな…。何かが起こったのだろう…。また夢が現実になったのか…。不気味な予感がした。

ジョルは疲れと恐怖で足が震えてうまく立てない。「モルおじ…モルおじ…　サナおば…　トリー…」ジョルは震えた声で、一家三人の名前を呼んだ。そしてガタガタと音を立てんばかりに震える足を必死で運びながら、暗闇の洞穴のように静まった家の中に入った。

誰からも返事がなかった。吐き気を誘う強烈な匂いはますます濃くなり、掌を透して鼻や喉を刺激した。ジョルは左手を前に伸ばして、おそるおそる進んだ。突然、床に横たわった何かにつまずき、暗闇の中で転んだ。手にべたっとした液体がついた。ジョルはかまわず足元に横たわるものに手を伸ばして触った。人だった。

ジョルは夢を思い出した。夢の中でモルおじは玄関近くに倒れた。ジョルは床にはいつくばりながら進み、手探りでその人の体に手を触れた。大柄な体型、短い巻き髪。モルだとわかった。

「モルおじか…モルおじ…」ジョルはモルおじの肩を力一杯揺すりながら叫んだ。体はぴくりとも動かずに横たわったままだった。ジョルはモルおじの頭の下に手を入れ、力の限り起こそうとした。モルおじの頭や床は濡れて気味悪い感触だった。

「モルおじ…」声を振り絞って叫びながら周囲を見渡したが、真っ暗で目に留まるものはなかった。「助けて…　誰か助けて…」暗闇のどん底に突き落とされたように感じて、ジョルは叫び続けた。しかし彼がどんなに激しく悲鳴を上げても、モルおじは目を覚まさないし、家にいるはずのサナおばとトリーも現れなかった。もしかして自分が悪夢にうなされているのだろうかと疑い始めた時、家の外から騒がしい足音が聞こえて、扉が全開して灯が現れた。

「早く助けて」ジョルは藁にすがる思いで灯に向かって叫んだ。だが灯の数は増えても、ジョルのもとに助けに来る人はいなかった。人々は扉のそばに群れて呟き合っていた。「やはり彼だったか…」「不気味なものだ…」呟きは広がるばかりだった。

人々の群れが両側に分かれ、誰かが部屋の中に入ってきた。灯の下でその姿を見たジョルは、期待に満ちた声で言った。

「チョドン叔父、モルおじを助けて…」

「こんな夜中に、ここで何をしているの？　君は…」チョドンは冷ややかな声で言い、一歩も前に進み出ようとしなかった。

「僕…夢を見て…」灯のもとで人々がおびえた目で睨む中、ジョルはこの事態をどうやって説明したらいいかわからなかった。「モルおじが…襲われて…」

ジョルが戸惑ったのは、誰もモルおじを助けようとしないことだった。

「こいつがマンゴスだったか…」

「村にこんな不気味な者が潜んでいたとは…恐ろしいことだ」

「いつかは正体をばらすだろうと思っていたが…」

「ハシおじの羊をやったのもこいつだな…。あの時は逃げられたが、今回は…」

村人たちは怒りや恐れが入り混じった声で呟き合った。ジョルにはその意味がわからなかった。人々がなぜ自分を睨んでいるか。なぜ誰もモルおじを助けないのか。

「君、モルに何をしたの」チョドンが問い詰めるように言った。

「助けに…来たの。夢を見て…」村人が恐怖に満ちた目でジョルを見続けていた。

「嘘だ…。俺らは村じゅうを巡回していた時、モルのところから悲鳴が上がって、ここに来たよ。そうしたら、こいつがモルの上に乗って血を吸っていたさ」

長い剣を握った馬顔の大男が言った。フィトンだった。「見て。こいつの顔、手、服に塗られた血を…」

フィトンはジョルを指さした。フィトンの背中に隠れていたハヒルが進み出て、灯でジョルを照らした。ジョルは気付いていなかったが彼の全身は血だらけで、灯に照らすと、衣服のあちらこちらに血の跡が黒い大きなマークを貼り付けたようについていた。

これまでも何度も村人から疑われ、噂の種にされてきたジョルだったが、今度ばかりは頭が真っ白になっていた。訳のわからない罪をかぶせられている…どういうことか…何をすればいいのかな…。最悪の状況だった。ジョルは必死で助けを求めようと、周囲を眺めた。灯やたいまつの光に映し出された村人の目は、ジョルが夢の中で見たアバガ山の谷の狼群れの目よりも冷徹だった。何人かの大男が前に進み出てジョルの肩を掴み、両腕を後ろに組ませた。

「このマンゴスをどうする?」男たちはチョドンに聞いた。

「柱に縛れ。モルにどんなことをしたのかを明らかにしないと…」

チョドンはもったいぶって言い、顎をしゃくって柱を指した。

「僕やっていない。放してくれ…」ジョルはもがいた。全力で抵抗したが、何人かの大男に押されて身動きできず、太い縄で柱に縛られた。

村人たちがおそるおそる床に横たわるモルに近付いた。がっしりした中年男ハンガイはモルの首に手を当てて、「もうダメだ」と頭を振った。人々が悲鳴を上げた。怯えた目でジョルを見て数歩下がった。ジョルが縄を解いて襲ってくるのではないかと疑っている目付きだった。

「ここにも…」奥部屋から叫ぶ声が聞こえた。何人かが奥部屋へ走って行った。

「モルの妻と娘もやられている…」モルの家の近くに住む中年男ハスが奥部屋から出てきて、息せき切って言った。「何の恨みがあって、ここまでひどいことをするの…」彼はジョルに向かって震える声で叫んだ。

玄関近くに立ち竦んでいた人々は再び悲鳴を上げ、さらに後ずさりした。人々の混乱の中で、玄関に、黒い服に体を包み、四角い黒い旗を握る占い師が現れた。村人が二手に分かれ、占い師を招き入れた。夢の中でモルの家にいた黒い人影の鼻にかかった冷たい声が、ジョルの脳裏にこだました。

「彼だ…」ジョルは全身の力を振り絞って叫んだ。きつく縛られた太い縄で、皮膚がこすれる痛みにもかまわずもがき、片腕を引き出して占い師を指した。

「モルおじを殺したのは彼だ…。モルおじを脅かしたが、彼の言うことを聞かなかったから、縄のようなものを投げて殺したんだ」

占い師の顔から血の気が引いて青ざめた。一瞬表情を硬くし、これまで見たことのない残忍な目付きでジョルを睨みつけた。そばで見ていた村人たちは後ずさりした。その異様な雰囲気に気付いたチョドンは、慌てて人々の方を向いた。

「そんなはずはない。大師様はさっきまで俺のところにいたのさ。俺が先にここに来て、大師様にあとから来るよう頼んでおいたから、今駆けつけたばかりなんだ」

チョドンがごまかし笑いをした。占い師の顔に笑みが浮かんだ。

「ばかばかしいことだ。俺はこの家に来たことがなく、彼らに会ったこともない。なぜ知らない人を殺すか。この俺が…」占い師が両手を広げて堂々としゃべった。

村人はガヤガヤと呟き始めた。「このかたがそんなことをするはずがないよ」「モルは占いが嫌いだし、信じていない。彼は大師様に会ったこともないはずよ」

チョドンの思惑通り、村人の疑念はさざ波のように引いていった。チョドンは口元にずるい笑みを微かに浮かべ、占い師を見て頷いた。

ジョルは占い師を睨み続けていた。占い師も考えを巡らせている目付きで、ジョルを何度か睨みつけた。どこか驚いたような、警戒したような目付きだった。

村人の疑いが再びジョルに移ると、占い師の顔にずるい微笑みが浮かんだ。その瞳は、人々を思いのままに操る快感で満ちていた。ジョルが占い師からチョドンに視線を移すと、チョドンは慌てて視線を反らし、体の半分を占い師の背中の陰に隠した。

「すぐに始末しよう」男たちがひどく騒ぎ出した。

「こんな獣を始末せずにいると、俺らも同じ目に遭うぞ…」刀を引き出す音が聞こえた。占い師は事態の展開を満足そうに冷たく眺めていた。

「静まれ。何の騒ぎ?」聞き慣れた声がジョルの耳に届いてほっとした。チャルンとアルシが家の中に入ってきた。アルシは真っ先にジョルの方に駆け寄った。「どいて…」アルシは目の前に立ち竦むハヒルを横にどかし、ジョルの縄を解こうとした。

「子供が手を出すことじゃない」ハンガイが怒鳴りつけた。だが、アルシはやめなかった。邪魔をする男がいれば投げ飛ばしてでも、ジョルを助けようとする勢いだった。

チャルンが素早くアルシの肩を掴み、首を微かに横に振った。

「どういうことだ？　ハンガイ」チャルンはハンガイに向き直った。

「見ての通りさ。先日、ハシおじの羊を襲ったものが、今度は人を襲った。モル一家が殺された。その現場にジョルがいた」

ハンガイは、床に倒れたモルと奥部屋から運び出してきたモルの妻と娘を指さした。

「ジョルが、そんなことをするはずがない」アルシが怒鳴った。

「ジョル…ジョル…」アロンが息を切らしながら入ってきた。ジョルのあとをついて家を飛び出したものの、暗闇の中でジョルの姿を見失っていたのだった。村のあちらこちらを探し回って見つからず、たいまつの光が集まるここに来たのだった。

「母ちゃん…」ジョルは叫び、縄の間でもがきながらアロンの方に手を伸ばした。これまで我慢していた涙がどっとこぼれ落ちた。

「ど…どういうこと？」アロンは目を疑った。先ほどまでベッドで寝ていた息子が、家から駆け出して、こんな姿で柱に縛り付けられているとは…。ジョルは頭のてっぺんから足まで血だらけだった。アロンはジョルを囲む男たちの間に懸命に割り込み、息子の手をやっと握った。ジョルの手に付いた血は乾きかけていた。

「何…この血は…」アロンの声が震えた。血の匂いが鼻を刺激した。「どういうこと…」

「僕じゃない…母ちゃん」ジョルは喘ぎながら言った。

「うちの息子がどうして…ここに」アロンは涙を流しながら、縄を解こうとした。

「誰もその縄を解けない…」アロンの背後で、ハンガイの怒鳴り声がした。「今は君の息子というより…この村の敵だ」

「ど…どうして。ど…どんなことになっているの…」アロンは涙でかすむ目をハンガイに向けて、声を詰まらせた。

「君の息子がやったことだ」ハンガイが、並べ置いているモル一家の死体を指さした。アロンは血まみれになった死体を見た。三人とも仰向けに寝かされ、青ざめて恐怖に満ちた表情で死に絶えていた。

「どういうこと…」アロンの頭は真っ白だった。ジョルの手を握ったまま、その場にしゃがみこんだ。悪夢としか考えられない出来事だった。

「親の気持ちはわかる…認めたくないだろう…だがこれはジョルの仕業だ…」

耳に水が入ったように、ハンガイの言葉が遠のいていった…。アロンは床にしゃがんだまま、ジョルを見上げた。息子は号泣していた。意識が現実に戻った。「そんなことがあるはずがない」アロンはとっさに立ち上がり、力いっぱい叫んだ。耳の水が抜けたように、自分の声や周囲の雑音が鮮明に聞こえてきた。「そんなわけがない」アロンは男たちに向かって繰り返し怒鳴った。アロンの剣幕に驚いて、後ずさりしたり、たいまつの陰に身を隠したりする者もいた。

「この子は、こんな残酷極まりないことをしない…。モルのような立派な狩りの腕を持つ者が、青二才の子供に殺されるわけがない…」

村人が持つたいまつの火がアロンの目に映り、まるでアロンの目から火の粉が噴いているようだった。

アロンは男たちを見渡して、震えながらもしっかりとした声で言い放った。

「この子はさっきまで家で寝ていた。悪い夢を見たらしく、家を飛び出して行ったばかりなの…」

部屋の中が、水を打ったように静かになった。チャルンがその静けさを破った。

「みんな、よく考えてみなさい。俺らはジョルを幼い時から見てきた。これまで何もなかった。もしこの子が噂しているように怪しい者だったら、これまでどうして一度もこんなことがなかったのか」チャルンは落ち着いた声で言い重ねた。「みんな、チャルキンをよく知っているだろう。あの父がいて、この子がいるんだ。彼の息子がこんな恐ろしいことをするわけがないだろう」チャルンはそう言って、鋭い目で村人たちを見た。

「俺たちは表面的な現象に騙されて、真実を見失っているんじゃないか。本物の犯人はどこかに潜んでいて、俺らが仲間割れをするのをひそかに見て笑っていると思わないか。本当の犯人の正体を暴くことが、俺らが村のためにできることじゃないか」

チャルンはそう言って、チョドンとその隣に立っている占い師の方へ目線を移した。

「本当の犯人ってどういうこと。何か心当たりでもあるのか」ハンガイが鋭い目をしてチャルンに尋ねた。村人がまたしてもガヤガヤと呟き始めた。

「本当だな。俺らが何かに騙されているのかもしれない」

「ジョルは怪しい者だと言われてきたが、これまで一度もこんな残忍なことが起きなかった」

「前回、秋狩りの時、俺らを救ったのはジョルの白い玉の力だったかもしれないが、俺らや動物に被害をもたらしたことはなかった」

「俺らをいつも助けてくれるチャルキンの息子がこんなことをするはずがない。俺はずっとそう思っていたよ」

人々は正気に戻ったように、ジョルの身を庇い始めた。その時、「これ何?」ハヒルが声を上げて、モルの娘トリーの死体を指した。人々の視線がトリーに集まった。ハンガイがたいまつを持って、ハヒルの指すところを照らした。トリーの手に何かが握り締められていた。ハンガイが腰を下ろして、硬直しつつあるトリーの掌を広げた。

「何これ?」ハンガイが紐の付いた血まみれのものを持ち上げて灯に当てた。覗き込んでいた人々は悲鳴を上げて後ずさりした。そして怒りに満ちた目をジョルに向けた。

「これが…どうしてここに…」アロンは、ハンガイがぶら下げているペンダントを見つめて声を失った。

「ジョルのペンダントじゃろう」老人会のメンバーである小柄の老人が唸った。そして「これをどう説明するか…」と怒鳴り、ジョルを庇うアロンとチャルンを鋭い目付きで見つめた。

「これでも無実か…」ハンガイは震えた声で問い詰めた。

ジョルは確実に罪を被せられた。トリーの手から動かぬ証拠が見つけ出されたことで、もはや誰もがジョルを疑っていた。チャルンがどう言い重ねようと、耳を傾ける者はいなくなった。

この展開にチャルンは戸惑った。彼はしばらく考えを巡らせ、怒りに満ちた目で弟のチョドンを睨みつけた。チョドンは不敵な笑みを浮かべて、占い師の横に立っていた。チャルンの鋭い視線とぶつかると、自分は関係ないと言わんばかりの顔をした。そして彼は別の方向に視線を反らし、残忍な笑みを浮かべた。チョドンの満足そうな表情と裏腹に、占い師は餌のおあずけをくらった猫のように、不満そうな目付きでチョドンを見つめていた。

空が白むと、村人たちがさらに集まってきた。白い玉のペンダントが見つかったことで、誰もが犯人はジョルだと決めつけていた。村の老人会の決定で、人々が村のホールに集まった。ジョルはホール近くの物置小屋に閉じ込められ、数人の村人に見張られていた。小屋は太い枝で造られ、枝の隙間から中が見通せた。アルシは見張りに選ばれなかったが、小屋のそばでずっとジョルを見守っていた。アロンやソムンも小屋のそばにいた。アロンは枝の隙間から手を入れて、ジョルの手を握っていた。ジョルは落ち着いた様子で、無言のまま立ち竦んでいた。泣いてもわめいても仕方がないと悟ったようだった。

「オドガンが呼んでいる」ハシおじがアロンに近付いてささやいた。

「行っておいでよ。私がいるから」ソムンが泣き腫らした目を大きく見開いて言い、アロンにかわってジョルの手を握った。アロンはハシおじのあとについて、足早にホールの向こうに行った。

「ペンダントがあったから、ジョルが犯人というわけではない…」

ホールの前を通り過ぎる時、チャルンの声が聞こえてきた。ホールの中では、老人会や村の男たちが大きな机を囲んで座っていた。人々の顔はふだんの穏やかな表情が消え、怒りや不安や恐怖に覆われていた。チャルンは皆の前に立ち、喉がつぶれそうな大声で熱弁していた。前屈みのチャルンの背中を見て、アロンは切なく感じた。チャルンに味方してくれる村人は、おそらく一人もいないだろう…。

二人は春の子羊用小屋の近くに着いた。ハシおじは用心深く周囲を見渡して「わしがここで見張っているから、君が会って来い」とアロンにしか聞こえないささやき声で呟き、小屋を指さした。アロンは一人で小屋に向かった。オドガンに会うのに、なぜこそこそと隠れるように行かなければならないのか、アロンにもわからなかった。子羊用小屋は、春以外の季節は物置として使われていた。アロンは体を屈め、小屋に入った。粗末な木の机と椅子が置かれていた。オドガンはいつもと違ってフードのある黒いコートを着ていた。椅子の端に腰をかけ、両手を握り合わせて、不安そうな目で玄関の前に立つアロンを見つめた。

「ハシが外にいるの?」オドガンがアロンに椅子を指しながら尋ねた。アロンは頷いて、机を挟んでオドガンの向かいに座った。アロンの乱れた髪の毛や、涙のあとがついた顔、目の下にできた黒いクマを見て、オドガンがため息をつき、アロンがこれまで見たことのないような真剣な表情で言った。

「もう時間がないんだ。だから理由を聞かずに、私がこれから言うことをよく聞け。それから私と会ったことも、そなたに言ったことも、誰にも言うな。誰かに知られたら、君らがもっと不幸になる」

オドガンは深く息をして続けた。「チャルンには私から言う。君はこれから言われる通りにするんだ…」

アロンは大きく頷き、わなわなと震える手で膝を強く握った。

……

オドガンの話が終わり、アロンは無言で小屋を出た。彼女はホールの方にも、ジョルの方にも戻らなかった。全速力で家に駆け戻り、大急ぎで何着もの服を着重ねて、ポケットに母が残してくれた櫛を入れ、短い刀を長靴に挟み、水袋を服の下に隠し、チャルキンがジョルに残した弓や矢を背負って家を出た。そして家の前に繋いでいたチャルキンの馬に乗って、村のホールに戻った。村の男たちはすでにジョルを連れ出し、牛車に縛り付けていた。ジョルが閉じ込められていた小屋の中に、誰かが倒れていた。背中の姿でアルシだとわかった。数人の男たちの話し声が、アロンに聞こえてきた。

「アルシが狂ったように襲いかかってきて…」フィトンが口元に付いた血を拭きながら、隣に屈む男に言った。隣の男は膝を痛そうに抱えて、顔をしかめていた。フィトンのいとこのトガイだった。

「命がけだったな。数人でも抑えられなくて…」トガイの兄フブチが、破れた服の裾を帯に挟みながら唾を吐き捨てた。

「俺らの面目は台無しだぜ」とフィトンは冷たい目で人群れを見渡した。

「君が彼を後ろから棒で殴らなかったら、あのジョルを逃がしていたさ…」

フィトンが手に持っている太い棒を、フブチが見下ろして言った。

「本当に…危機一髪だったな。もしチャルキンもいたら、うちらはとっくにのびてたな」とトガイが膝を揉みながら体を起こした。

「まあな…幸い塩の旅に行っているんじゃないか」フィトンが冷たく笑った。「それに、アルシが目覚める頃には、マンゴスを始末してるさ」

男たちはジョルを乗せた牛車に向かった。アロンは心配そうにアルシを眺め見て、動き出す牛車を追って走った。体を縛られて牛車に乗せられたジョルの寂しそうな後ろ姿を見て、アロンは思わず涙がこぼれてきた。

「それどころじゃないよ」アロンは自分に言い聞かせて涙を拭いた。ソムンが今にも倒れそうなふらふらとした足取りで走ってきた。

「…どうする？　アロン…」ソムンの声は涙で掠れていた。「ジョルをマンゴスだと判決したから、火刑をするって…今日中に…洞窟で…」

「私がついて行くから、あなたは残ってアルシたちの世話をして…」

アロンはそう言いながら、自分の気持ちを抑えきれず、ソムンに抱きついて泣き出した。オドガンの話を聞いて覚悟を決めたつもりであったが、突然襲ってきた不幸によって、大切にしてきた暮らしが泡のように消えてしまったことに、切なさや情けなさ、無力さ、悲しみ、恨み、憎しみが、涙とともにあとからあとから押し寄せてくるのだった。アロンは涙でかすむ目で、ジョルを乗せた牛車を眺めた。ジョルは頭を左右に振りながら、懸命に何かを探していた。母の姿を探しているのだろうか…。アロンの心はちぎれるように痛かった。

「あの子には今、私しかいないんだ」アロンは涙を拭いて、ソムンから体を離した。そうして「家のことを頼むよ」と、覚悟した口調で言った。

「…どうするつもり…」ソムンは泣きながら尋ねた。

「行くわ」アロンは意を決したように牛車を追いかけ始めた。

「アロン…アロン…」ソムンもアロンのあとを追った。

牛車を囲む十数人の男たちは、秋狩りの時より武装していた。彼らは西北に聳える高い山に向かっていた。山々の中で一段と高く聳えるのがブルグド山だ。その頂上にはこの周辺の人々がめったに足を踏み入れない洞窟があった。そこでは昔から、残忍な罪を犯した犯人に火刑の罰が下されるのだった。

行列が山の麓に着いた。木立が茂り、大きな石があちらこちらに転がって急な斜面が続いていた。ここから先は獣道だった。

「ここから先は歩くしかないな」チョドンが馬から降りた。

「洞窟まではまだかなりございますが」チョドンは占い師に向かって愛想良く「大師様には申し訳ありません」と言った。

「マンゴスを除き、世の中を救うのがわしの務めじゃ」占い師はもったいぶった口調で言った。人々が立ち止まる中で鼻を鳴らし、耳を前後に動かしていた馬が、じっとしていられないらしく前後に足を踏み鳴らした。占い師は馬の手綱を手にしっかり巻き、鞍に掴まりながら下りようとしたが、短い足が地面につかず、鞍の片方にぶら下がったままだった。足で何度も地面を探るうち、馬は忍耐力を失って暴れ出した。占い師の顔が青ざめた。藁にもすがる思いで踏んだ石を踏み外し、占い師の体は地面に転げ落ちた。

行列にいた幾人かの若者が小さく吹き出した。チョドンが険しい目で睨みつけたので、手で口を覆い、できるだけ声を出さないよう笑いをこらえていた。

「大師様、大丈夫でございますか」チョドンが猫なで声で言った。

「あ…マンゴスに…や…やられた…」

占い師は起き上がり、凄まじい目でジョルを睨んだ。顔が青ざめ、唇がわなわな震えていた。四角い小さな黒い旗の竿が折れていた。自分から逃れて小走りで遠くに駆けていく馬を睨みながら、旗の竿を拾い上げた。占い師の無事を確認したチョドンは、牛車のそばに立つフィトンに、ジョルを牛車から下ろすよう合図した。

「下ろせ」フィトンが、占い師の方を見ていた男たちに命じた。

男たちは太い縄を解いてジョルを牛車から引き下ろし、山へ引っ張って行った。馬と牛車を麓に置き去りにして、行列は灰色の雲に覆われた高い山の頂上を目指した。高く聳えた岩の間にある狭い獣道にそって木の茂みをくぐり、急な斜面を登った。頂上が近付くにつれて木の茂みは少なくなり、道はさらに狭く険しくなった。足を少しでも踏み外せば、底の見えない深い谷に落ちていきそうだった。

行列は山の頂上を覆う雲を分け入りながら、前に進んだ。目の前がだんだん霧で白くなり、汗で濡れていた体を冷たい湿気が包み込んだ。毛穴を通して冷気が体の中に忍びこんでくるようで、人々はぞっとして周辺を眺めた。厚く白い霧を透かして、あちらこちらに高い黒い岩がどすんと聳えていた。まるで霧の上に浮いているかのようだった。あたりはしんと静まっていた。これまで道端で鳴いていた虫や鳥の声や風の音も、周辺の白さに遮られていた。高い山を休まず登って来た人々の喘ぎ声だけが、山の静けさを破っていた。

「何か見えるか…」緊張気味のうわずった声が、行列の後ろから響いた。

「白くて何も…」行列の先頭の方でくぐもった声がした。

「どういうことか…こんな光景を見たことがない…」「獣道を離れるな」男たちは不安そうにお互い叫び合っていた。人々は白い霧の間に消えた獣道に沿って、手探りで慎重に歩みを進めた。白い霧はしばらく続いた。

「何だ…これ…」前方から呆気にとられた声がした。

「どうしたの…」後方から神経を尖らせた声が届く。

何と言うべきか。行列が騒然とし、人々はぽかんと口を開けて周囲を見渡した。これまでこの一帯を覆っていた霧が雲の形にまとまり、地形を覆い尽くし、目の前に真っ白な世界が無限に広がっていた。その中に険しい崖が聳え、雲海に浮いているようだった。洞窟が崖の中央にへこんで見えた。日差しは、真っ白な雲海を眩しく照らし、現実とは信じがたい光景だった。男たちは自分たちの役目を忘れたように、ぼんやりと立ち竦んでいた。あまりのまばゆさに、涙をこぼす者もいた。

「どうやって洞窟に行くの」

行列の後方に立っていたハヒルが震えた声で叫んだ。人々は我に返って、洞窟への道を眺めた。洞窟はまるで雲海の彼方に浮いているようだった。その登り道は、底の見えない雲海にいくつかの敷石を置いたかのように、点々と見えるだけだった。男たちは両足を目に見えない縄で縛られたかのように立ち竦み、誰も前に進もうとしなかった。

「チョドン様、必ず洞窟まで行かねばならないのですか」

ハヒルがチョドンの顔色を窺いながら、おずおずと尋ねた。

「老人会の命令を聞いていないか?」

チョドンが咎めるような口調で答え、それから男たちの方を向いた。

「幻影に騙されるな。雲に覆われているだけだ。洞窟はこの山の頂上で、間に谷などはない」

チョドンがハンガイに念を押した。「そうだろう。ハンガイ!」

男たちの目線がハンガイに移った。ハンガイは目の前の景色に圧倒されて、口をポカンと開けていた。

「若い頃に一度だけ、罪を犯したやつの罰を下しに、大人たちについて洞窟に来たことがあるけど…」

ハンガイはためらいながら「その時はこんな道はなかったような気がする…」と口ごもった。自信がなさそうだった。男たちは不安そうに視線を交わした。誰も前に進む気はなさそうだった。

「そんなバカな…」チョドンが怒鳴った。「道となる柱に、太陽のマークがあるはずだ。その印で洞窟に辿り着くんだ」チョドンは動物の皮に描いた地図を胸から取り出し、ハンガイの手に押しつけて「老人会の命令を忘れるな」と冷たく言い放った。

行列はおずおずと前に進んだ。「足元に十分気をつけて。踏み外せば底のない谷に落ちるということを忘れないでくれ」ハンガイが地図を持った手を微かに震わせながら、男たちに注意を促した。

「気をつけた方がいいな」行列の前方を歩いていた初老が、後ろを歩く若い男に言った。手に持っていた棒を杖がわりに使ってゆっくりと足を進めながら、「この洞窟の周辺は険しい崖で、前を向いてしか登れない細い道になっているそうだからな」

「だからマンゴスを燃やすにはぴったりなのか」若い男が呟いた。

男たちは全神経を集中させて、霧に覆われた細い獣道を登った。恐怖のあまり、誰一人景色を眺める余裕はなかった。行列はついに洞窟の入口に着いた。

洞窟の入口は南に向いていた。洞窟の中は天井が高く、東西に狭く、南北に長く伸びていた。洞窟の奥は暗闇に覆われ、鳥肌が立つような冷たい風が奥に向かって吹き込んでいた。湿りけがあってカビ臭い空気が、男たちの鼻を刺激した。洞窟の前は何人かの男がやっと立てる程度の平地がわずかにあったが、周囲は真っ直ぐに切り立った険しい崖で、その底は白い雲に覆われて見えなかった。

男たちは青ざめた表情で、入口の前の平らな場所に身を寄せていた。足を運ぶのに怯えながら、ようやくのことで乾燥した木の枝を洞窟の壁半分まで積み上げて、その間に立てた太い木の枝に、ジョルを縛り付けた。

ジョルは落ち着いた様子で木の枝に立っていた。もうもがいても、泣いてもいなかった。ただ、涙のくすんだ目でアロンを眺めていた。

「チョドン様、準備が整った」フィトンがチョドンを見上げた。

「俺らは老人会の命令に従って、マンゴスを燃やしに来た。これ以上犠牲を出すわけにはいかない…」

チョドンはジョルから目線を反らしたまま集まった男たちに向かって声を上げた。そして意味ありげにフィトンを見た。

「モル一家の仇を打とう！　マンゴスを消そう！」フィトンが拳を上げて叫んだ。その叫び声に、男たちの胸にたまった恐怖が炸裂した。

「燃やせ…燃やせ…」

男たちは自分たちが背負ってきた恐怖や怒りの矛先を一斉にジョルに向け、洞窟の壁に立てかけていたたいまつを彼に向かって投げた。あっという間に煙と赤いほのが洞窟を覆った。男たちは入口に退いた。乾燥した木の枝に縛られていたジョルの姿が、人々の視界から消えた。

男たちの後ろで、拳をぎゅっと握り締めて息子を見守っていたアロンが、前に立つ男たちをはねのけながら洞窟に駆け込んだ。

「アロン…」ソムンが叫んで、アロンの後ろから駆け込もうとしたが、男たちに引き止められた。彼女はもがきながら倒れて悲鳴を上げた。ソムンの悲鳴が山にこだました。男たちは恐怖に満ちた表情で立ち竦み、洞窟の入口から噴き出る黒い煙と赤いほのを見つめていた。誰も洞窟に入ってアロンを助け出そうとはしなかった。

「見て…君らのやったことを…あんな幸せだった一家をバラバラにした…。チャルキンの恩を、君らはこのように返すのか…」ソムンは泣きながら叫んだ。

「チャルキンにはすまなかったけど、俺らも守らないといけない家族がいるから」ハンガイは声を震わせながら口ごもった。

「天の罰を待て…」ソムンが歯の隙間から言葉を吐き出すように叫んだ。彼女は涙を流しながら、白い雲の隙間から見える青い空を見上げた。

「ジョル…ジョル…」

遠くから誰かの呼び声が届いた。ひんやりとした冷気が鼻をまとい、息が楽になった。ジョルは目を開けた。アロンがそばにいて、彼の肩を揺らしていた。

「母ちゃん…」ジョルは力なく呟いた。

「目覚めた？　ジョル…」アロンの涙がこぼれた。

「息を吸って…」彼女は手の甲で涙をぬぐい、濡れた布切れをジョルの鼻に当てた。ジョルは息を大きく吸った。体が感覚を取り戻すようだった。ほのが降りかかった顔や手、足が、やけどで傷んでいた。

「ちょっと待って」アロンが太い枝に縛られたまま横に倒れていたジョルの手足を縛っていた縄を解いた。そして煙に咳込みながら、ジョルを起こした。

「もう大丈夫だから」アロンは泣きながらジョルを抱き締めた。

母に抱き締められながら、ジョルは周囲を見渡した。まだ洞窟の中にいた。ほのが舌を長く伸ばした獣のように、勢いよく渦巻いていた。そして風で溝を作り、洞窟の壁に強く当たった。周囲は煙で包まれてはっきり見えなかったが、壁のあちらこちらが崩れ落ちている音が聞こえてきた。濡らした布切れを鼻に当てても息苦しくてせき込み、目も痛くて涙がこぼれていた。

「ここで待っていて」

アロンは服の裾からもう一切れの布を破り取り、水袋の水で濡らして自分の鼻に当てた。そして咳込みながら身を屈め、洞窟の壁に沿って進んだ。出口を探しているようだった。ジョルはアロンのくれた布切れを鼻に当て、洞窟を包む黒い煙と、その中で時々姿を現す赤いほのを眺めていた。

黒い煙と赤いほのの向こうに、洞窟の入口が白くぼやけて見えた。男たちがまだ見張っているはずで、そこから出ることはできない。彼らは火が燃え尽きるまで待ち、ジョルの死骸を確認して帰るのが任務だった。入口の方へ戻れば確実に死が待っているが、このままここにいるのも死を待つことと同じような気がした。これだけほのと煙の勢いが激しければ、焼け死ぬことを逃れたとしても、煙で息が詰まって死ぬに違いなかった。

黒煙の先に、何度も転びながら懸命に出口を探す母の姿がぼんやりと見えた。母は時折壁に体をもたげ、深く咳込んでいた。煙はさらに勢いを増し、母が先へ進むほど、その姿は遠くかすんだ。洞窟の中は煙でどんどん暗くなっていた。

その時だった。「暗闇の中で光を探せ」と言ったチャルン叔父の言葉が、ジョルの脳裏に浮かんだ。アルシがジョルを救うために起こした事件の中、チャルン叔父は人々が騒ぎ立てる隙に、その言葉をジョルに言い残して、人群れの中に姿を消したのだった。

「暗闇の中で光を探す…」とジョルは口の中で言い重ね、煙で涙がこぼれる目を服の袖で拭いて、目を細めて洞窟の中を見回した。

ふと見た西壁の先に、細長い銀の針のような一筋の光が見えた。その光は、洞窟に充満した黒い煙の間に、微かに細く射し込んでいた。

「母ちゃん…母ちゃん…光…」

ジョルは咳をしながら、洞窟の西壁を指さした。

「よ…よくやったね…」アロンが喘ぎながら、命からがら声を出した。

それは失望の中の一筋の光だった。アロンはジョルを抱き上げて西壁に進み、光の方に顔を向けさせた。ジョルの肺に新鮮な空気が入ってきた。アロンも光の方へ身を寄せ、ひと息を吸った。そして服の袖を腕にしっかり巻きつけ、長靴の中から刀を取り出して、壁を懸命に削り始めた。

だが、二、三度岩に刃を当てると、刀の先は折れ曲ってしまった。ほのは勢いを増し、洞窟の隅々まで燃やしていた。煙の中からあちらこちらの壁や天井が崩れる音が響いた。崩れ落ちた石や土が積み上がり、アロンとジョルの足元に迫っていた。

どういうこと…。ただ一回でもいい、天が道を開いてくれないか…。アロンは嘆きながら、光の射し込む穴を指で掘った。硬い石で指先が切れ、血がにじんだ。穴はちっとも大きくならなかった。ジョルは母の腕を引っ張った。そして自分の長靴の中から短い太刀を取り出して、アロンに渡した。

「君は…これをどこから…」アロンはジョルの機転に驚いた。これまで自分が守らなければと思っていた息子が、今は自分を守ってくれている。アロンは感激の涙をこぼした。

「アルシ兄がくれた…。命が危ない時に出せって」

ジョルは、母がいつも大人の刀を持ち運ぶのは危険と言っていたことを思い出して、もごもごと申し訳なさそうな声で言った。

「ありがとうございます」アロンは刀を見つめて言った。「君のお爺さんがアルシに授けた刀だわ…。きっと守ってくれている」

アロンはジョルのおでこに軽くキスをした。そして勇気に溢れた顔で岩に向かった。彼女は全身の力を絞って、光の射す隙間を掘った。アルシのくれた刀は鋭く頑丈で、岩に当たっても小さい火花が散るだけで折れることはなかった。光のこぼれる穴が次第に大きくなっていった。隙間から涼しい風が入ってきて、洞窟にたまったほのや煙を入口の方へと追い払った。黒い煙とほのの合間から、男たちの悲鳴や騒ぎ声が聞こえてきた。

ジョルは母が掘り進めるたびに大きくなる穴を眺めながら、外の騒ぎに耳を傾けていた。そして背後で何かがうごめいた気がして振り返った。あまりの驚きに声が出なかった。洞窟の入口へ向かったはずの煙やほのがまとまって、洞窟の天井で渦巻いていた。渦巻く速度はどんどん激しくなり、何かの形を作りつつあった。煙の渦が黒く濃くなり、その尖った先に一塊の赤いほのが現れた。目のようだった。

「火が…」ジョルは母の服を引っ張った。

「もうすぐだから。我慢してちょうだい…」アロンが壁を向いたまま言った。

煙の渦が、猛速力でアロンに襲いかかってきた。

「母ちゃん…」ジョルは叫んで、アロンの体をとっさに横に押し倒した。だが、遅かった。煙の渦の一部はアロンの肩に強く当たり、アロンの体が投げ飛ばされた。アロンの体に当たらなかった煙の一部は洞窟の西壁に激突した。壁はガラガラと崩れ、人が何人も出入りできるような大きな穴が開いた。強い風が吹き込んだ。崩れ落ちた石や土、燃え残った煤が強い風とともに吹き飛んだ。

「母ちゃん…」ジョルは母の方に駆け寄った。アロンの左肩から赤黒い血が流れていた。アロンが涙でうるんだ目でジョルを見て、右腕を微かに上げて洞窟の天井を指した。

「火の獣…」アロンが力を振り絞って呟いた。

風に吹かれた煙が再び渦巻いて、一つにまとまり始めた。ジョルはアロンを洞窟の崩れていない壁の方に移し、母の持っていた刀を手に握った。

崩れ落ちた大きな石の上に立って、ジョルは火の獣を待った。火の獣は煙巻いた頭を深くもたげた。そして頭の真ん中にある一個の赤いほのの目でジョルをじっと見下ろし、襲いかかった。ジョルは刀を外向きに握り、黒い煙に包まれた赤いほのの目を狙った。体を横に素早く退け、襲いかかる煙の中で、赤いほのを横に切った。耳をつんざく悲鳴が上がり、煙の塊がジョルの右脇を通り抜けて、洞窟のあちらこちらにぶつかりながら大暴れした。ジョルの右腕に、無数の針で刺されたような強い痛みが走った。

西壁にできた穴から入ってきた日差しで、右腕から指先にかけて血が滴るのが見えた。右手は感覚を失っていた。でもかまっている余裕はなかった。洞窟が崩れ落ちる前に、ここから出なければならない。ジョルは左肩で母を支えながら、洞窟の崩れた穴から外の崖に出た。

崖の先に平らな大きな岩が突き出ていた。周囲は真っ直ぐに切り立つ崖だった。その下に白い雲に覆われた谷が見える。もう逃げ場はなかった。ジョルは母を崖沿いにできた浅い窪みに立たせ、自分は洞窟の崩れた穴に向かった。

「気をつけて…」アロンが呟いた。

ジョルは母を見つめた。母の肩から流れ出た血が服を濡らし、体の半分が赤に染まっていた。顔や手に無数のケガをして、やけどの跡も見えた。髪の毛や服は焼かれて、元の色がわからなくなっていた。崖沿いの窪みは足も思うように置けないわずかな隙間しかない。そこに危うく立つアロンの服の裾が通り風に激しくあおられ、アロンは全身の力を絞ってかろうじて体を崖に留めていた。

「僕が守るから」ジョルはそう呟き、刀を左手に握って、火の獣の方を振り返った。

「本物の狩り人は、両手を同じように使いこなせるのだ…」ジョルの耳に、父の言葉がこだました。

「父ちゃん、心配しないで。僕が母を守るよ」

ジョルは、崖の先に限りなく広がる雲海と、その上にドームのように大きく広がる青い空を眺めた。そして、こぼれて落ちる涙を拭いて言った。

「約束通り…」

洞窟が崩れ、火の獣が現れた。半分に切られた赤い目から黒い煙が湧き出ていた。火の獣の背後に見えていた入口が、崩れ落ちた天井で塞がれた。ジョルたちは、空に突き出た岩に押し出されていた。

火の獣はジョルを睨みながら、頭をもたげ、体を伸ばした。洞窟にいた時よりずっと長く見えた。足らしきものは見えない。尾で体を支えていた。ジョルはじっと見つめた。白雲を背景に、煙が渦巻く火の獣の細長い体の芯が赤く見えた。赤いほののようだった。「それを切ろう」ジョルは決めた。

火の獣がこれまでになく猛速力でジョルへ襲いかかってきた。ジョルは素早く退いた。獣が勢いあまって岩から落ちそうになったが、かろうじて岩の端で止まった。獣とぶつかり砕けた石が谷に落ちていった。だが、谷底に着く音は聞こえなかった。ジョルは崖沿いにいる母の近くの端に立った。火の獣を、母に近付けるわけにはいかなかった。

アロンは空に尖り出た大きな岩に立つ息子を見上げた。ジョルの髪の毛と服が通り風で大きくなびいていた。その前に、火の獣が頭をもたげてジョルを見下ろしていた。風になびくくっきりした少年の模様と、高々と伸びた火の獣の半透明な模様が、白い雲に映し出されていた。

アロンは、これが夢だったらと願った。だが心臓まで響くケガの痛みに、現実であることを思い知らされていた。

「永なく天、聖なる大地、この子だけは助けてくれ」

アロンは祈った。彼女の閉じたまぶたから涙がこぼれ、通り風に吹き流される髪の毛に沿って飛んでいった。

ジョルは得意な横切りに構えた。火の獣が体を縮め、煙の矢のように襲ってきた。ジョルは火の獣と体をギリギリ交わし、煙の芯となる赤いほのを思い切り切った。耳をつんざく悲鳴が上がり、黒い煙の渦がジョルの体を何度か巻き上げながら上空へ昇り、青空のもとで散った。煙に巻かれてバランスを失ったジョルは、仰向けのまま谷に落ちていった。

「ジョル…」

ジョルを見上げていたアロンも谷に飛び込んだ。彼女は落ちながら両腕を精一杯広げて、空から落ちてくる息子を受け止めた。ジョルは気を失っていた。アロンの黒い髪の毛と血に染められた服が下からの風にあおられた。ジョルはその中に囲まれ、無邪気に眠っている赤ちゃんのようだった。アロンはジョルを胸に抱いたまま体を丸め、谷を覆う白い雲の間に落ちていった。

谷が静けさを取り戻した。

雲海に浮かぶ黒い崖の崩れたところから、煙が湧き出て上空へ細く延びていた。谷に広がる白い雲の上を、大きな黒い鳥が飛んでいた。時に鳥の鳴き声が谷の静けさをわずかの間破ったが、かえってその鳴き声が、谷の静けさをより強く感じさせていた。

第九話　隠し湖

洞窟の入口で待つ男たちは、誰もが手を握り締め、一刻も早く、マンゴスが焼き尽くされることを祈った。だが、それは容易なことではなかった。突如、風に吹き飛ばされてきた赤いほのに、男たちは顔や髪の毛、服を焼かれた。黒い煙に息を詰まらせ、目を痛めた。男たちは洞窟の入口から階段状の獣道を慌てて下り、横たわった大きな岩の裏に身を隠したが、そこでさえ赤いほのと黒い煙の襲いを逃れることができなかった。

その直後、山にこだまする風の音と洞窟の崩れ落ちる音に混じって、耳をつんざく大きな悲鳴を聞いた。その声を、男たちは一生忘れることができないだろう。

「やはりマンゴスだったな。ジョルは…」

洞窟の中の騒ぎが収まり、入口から噴き出ていた赤いほのや黒い煙の勢いが衰えると、フィトンが岩の裏から、眉毛を焼かれて頬が赤く腫れた顔を出して言った。

「行ってみる？」ハヒルが怖気づいたような声で言った。ハヒルの顔も煙で墨色になり、目を赤くしていた。

「このような場合、最後に必ず確認するのがならわしだよ。今回はジョルの死体を確認するようにと、老人会にいつもより厳しく言われたじゃないか」

フィトンは帯に挟んだ刀の杖を握った。

「もしも…まだ生きていたら、どうするの…」両足がわなわなと震えて立ち上がれないハヒルが、岩にもたれたまま掠れた声で言った。

「臆病者…。真っ先に走り降りたな…君」

フィトンが軽蔑するような目でハヒルを見た。このような時、いつもなら笑う男たちも、みんな笑いを忘れたように表情を凍らせていた。

「君は怖くないか…。突然赤いほのが襲いかかってくるし…不気味な悲鳴が聞こえてくるし…」ハヒルは逃げ出したそうな格好で洞窟の方を見やり、「そんなに偉かったら、君が行って見たら」と、厭味たっぷりの声でフィトンに言い返した。

「何が怖い」フィトンは刀を取り出して、洞窟に向かってゆっくりと獣道を登って行った。ほかの男たちが緊張気味に眺めていた。

「行くぞ…」ハンガイが大きな息を吸って、フィトンの後ろについて行った。ほかの男たちもおずおずとあとについた。誰もが無言で、武器を取り出して握り締めていた。

青ざめた顔をしたチョドンは行列の最後尾にいて、男たちがいた岩より下ったところにある大きな石の後ろに立ち竦んでいた。その隣で、まぶたにケガをして目を赤くした占い師が獣道に座り込んでいた。

「も…もう死んだと思うか…」

チョドンは占い師にひそかな声で聞いた。占い師は目を瞑ったまま、微かに頷いた。チョドンは安堵した表情で行列の後ろについて進もうとしたが、足の力が入らずに危うく転げ落ちるところだった。

「君が行って確認して」チョドンは大きな岩にしがみついたハヒルを睨みつけて命じた。ハヒルはおずおずと行列の後ろについた。チョドンは体の力が抜けたように、占い師の隣に座り込んだ。震えの止まらない足を、わなわなと震える手で強く握った。

「あの子の白い玉はどこ?」占い師がふと思い出したようにチョドンに聞いた。

「老人会に…」チョドンにはどうでもよいことだった。「それがどうした?」

「約束したな…白い玉を…俺に渡せと…。なのに、せっかく手に入れたものを君は…」占い師は怒りを込めた声で言った。

「もし…俺が手下に命じて、白い玉をモルの娘の死体に握らせなかったら、こんなにうまくことが運んだと思うか…」チョドンは言い放った。

「あの子の手に渡っていないのか? 白い玉は…」占い師は突き刺すような冷たい目で、チョドンを見た。

「ないのさ…。誰が…」

チョドンは老人会のメンバーである兄チャルンのことを思い出して、顔をしかめた。ジョルに白い玉を渡せる人は彼しかいなかった。だが、すぐに開き直った。たとえ誰かがこっそり白い玉をジョルに渡したって、今は何もかも火に焼かれてしまっている。

占い師は考えふけりながら、「なぜか…変に…強くて…」と呟いた。

洞窟の中では、男たちがビクビクしながら奥へ進んでいた。あちらこちらに木が焼け残ってパッパッと音を立て、崩れ落ちた洞窟の天井が行く手を塞いでいた。焼け焦げた匂いが充満して、息が詰まるようだった。洞窟の地面も壁も、天井も黒く焦げ、何もかもが真っ黒だった。その黒さは奥へ進むほど濃くなり、暗黒の世界に吸い込まれそうな不気味さだった。

「何もかも燃え切ったな。これだと骨まで燃え尽きただろう」

ハンガイが周囲を見回して言った。しかし男たちはどうでもいいと言いたそうにハンガイに軽く頷くだけで、踵を返して急ぎ足で出口を争った。

ジョルを胸に抱いたまま白い雲の中に落ちていったアロンは、地面に近付くにつれて、大きな木の枝に何度もぶつかって、やがて気を失ってしまった。しかしジョルを抱く手はけっして離さなかった。アロン親子は鈍い音を立てて、谷底の湖に落ちた。湖の表面に波ができ、その波はだんだん岸へ広がって、再び消えた。湖はもとの静けさを取り戻した。

気を失ったアロンは、ジョルを抱いたまま湖の底に沈んだ。彼女の体がゆっくりと湖底に横たわり、髪の毛や服の裾が水の流れで微かになびいた。ジョルはまるで赤ん坊のような無邪気な表情をしていた。その時、ジョルの胸に白い光が眩しく点った。その光で湖の中が明るく照らし出された。清らかな水の中で細長い緑の水生植物が繁殖し、赤や黒の小さな魚が泳いでいた。白い光の照らす範囲は次第に広がり、ジョルの髪の毛が頭皮から毛先まで白く光っていった。やがて細長い水生植物が、ジョルとアロンの体を下からゆっくりと支え上げた。小さな魚たちは彼らの体に集まり、傷跡を舐めるように癒していた…。

ジョルは体が温かくなるような気がした。針に刺されたような痛みが消え、柔らかい布団に包まれているような心地良さに、そっと目を開けた。真っ白な高い天井の下で、真っ白な服を着た母アロンに抱かれていた。

「もう大丈夫か?」小さい男の子が、ジョルをのぞきながら聞いた。

「もうすぐ治ると思うわ」アロンが言った。

「僕と遊べるようになれるの？」男の子の目が期待に満ちていた。ジョルはその子にどこかで会ったような親しみを感じた。

「なれるわ。アルシ」アロンが男の子に向かって優しく微笑んだ。

アルシ？　何ということだ。ジョルは驚いた。その男の子は四、五歳頃のアルシだった。

「アルシ兄…」ジョルは叫ぼうとしたが声が出ず、口だけが動いた。

「ゲセルが僕に話しかけている」アルシが喜んだ声を上げた。

「兄を知っているの。ゲセル」アロンがジョルに話しかけた。

ジョルは事態がのみこめず動揺した。どうして母までが自分のことをほかの名前で呼ぶのだろうか。どうしてアルシが四、五歳の子供になっているのだろうか。

「母ちゃん…」ジョルは母に呼びかけたが、やはり思うように発音できなかった。

「聞いた？」アロンは晴れ晴れしい顔をアルシに向けた。「さっき、母ちゃんと呼んだね…この子が」

「父ちゃんと呼んでいるんじゃない」チャルキンが笑顔で覗き込んだ。父はこれまで見たどんな時よりもりりしく見えた。いつの間に塩の旅から戻ったのだろう。ジョルは父を眺めた。懐かしくて目が潤んだ。

「僕には兄ちゃんと聞こえたよ」アルシがジョルの鼻の近くに顔を寄せて、興味深く覗き込んでいた。

「もう一回言ってね。ゲセル。母ちゃん…母ちゃん…」アロンが繰り返した。

「初めての言葉…母ちゃんと呼んだね。君は…心優しい子になるわね」

アロンの顔は喜びに輝いていた。

アルシが玄関から外へ出ようとした時、アロンがアルシに話しかけた。

「アルシ、今日ゲセルをうちに泊めると、母さんに言っておいて」

「人の子供なのに、こんなになつかせて」とチャルキンが言いながら、ジョルの手に軽くキスをした。あごの硬いヒゲがジョルの掌をチクッと刺した。

「明日送って行くわ。この子と私は深い縁があるみたいなの。君だって、この子が好きじゃないの」アロンが微笑みながらチャルキンに言った。

ジョルにはわけがわからなかった。僕は別の人の子供だったのか。ジョルは母に聞きたかったけれど言葉が出なくて、ただ胸が苦しかった…。


「ジョル…ジョル…」誰かが遠くから呼んでいるようだった。水を吐いて、ジョルは目を覚ました。アロンが上から覗き込んでいた。

「母ちゃん…」ジョルは弱い声で呼んだ。

「大丈夫？　痛くない？」アロンは不安そうに見つめていた。

ジョルは体を動かしてみて、首を横に振った。刺されたような体の痛みはなくなっていた。アロンがジョルを起こした。

「どこ？」ジョルは、母の背後に見える高い緑のドームを見上げて聞いた。

ジョルに気を取られて周りを見る余裕がなかったアロンも立ち上がり、はじめて周囲に目をやった。緑色の湖が広がり、湖岸のあちらこちらに白く太い幹をした高い木が立っていた。その枝は空高くで絡み合い、湖の上に緑のドームを作っていた。太陽の光がその間から長い剣のように射し込んでいた。木の間には草がところどころ茂り、白色や黄色の蝶が飛んだりとまったりしていた。

「ここはどこ？」ジョルは質問を繰り返した。

「どこだろう…」アロンも周囲を見渡しながら呟いた。

ジョルは母を見上げた。驚いたことに、母の顔や手のやけどや傷跡はきれいになくなっていた。肩から流れていた血も止まり、服についた血の跡も消え、服の破れたあとだけが残っていた。ジョルは自分の右手を上げてみた。痛みはなく、腕の傷ややけどもなくなり、体が軽くなっていた。

「なくなった…」ジョルは驚きの声を上げた。

「何が？」アロンはジョルを見た。

「傷ややけどがなくなっている…母のも…僕のも…」ジョルは目を疑った。夢の中にいるようだった。

「本当だね」アロンが自分の肩を触り、そしてジョルの顔や手を見た。

「まさか…」アロンは自分の耳をつまんで引っ張った。「あ…、痛い」そして嬉しそうに微笑んだ。「まだ生きている」

ジョルも母の真似をして、自分の耳を引っ張ってみた。痛かった。

「どういうこと？　誰が助けてくれた？」アロンは周囲を見渡して、大きな声で呼びかけた。

「誰かいるの…誰かいるの…」

返事はなく、周囲は静かだった。

「人はいないみたいね」アロンは腰を下ろしてジョルを見つめた。そして、彼を優しく抱き締めた。「よかったね。無事で生きていて」

ジョルは母に抱き締められながら、深く頷いた。崖の上から落ちる時、もうろうとした意識の中で、母とはもうお別れだろうと思っていた。ジョルは母の肩越しに、自分たちを救ってくれたこの不思議な世界に感謝した。

母とジョルの胸の間で、何か固いものが触れた。ジョルは母の首に抱きついていた手を放し、自分の胸元のポケットを触った。

「どうしたの?」アロンが聞いた。

「チャルン叔父がくれたの」ジョルはポケットに手を入れて、ハンカチに包まれた硬いものを取り出した。チャルン叔父が、アルシが起こしたジョルを救う騒ぎの中で、ひそかにジョルのポケットに入れてくれたものだ。ジョルはゆっくりハンカチを開いた。

「君のペンダントじゃないか」

アロンが弾んだ声で言った。二人はほっとした表情で、ペンダントについた白い玉を眺めた。


その頃、オボート村は恐怖のどん底に突き落とされていた。男たちが山から戻るまで、村人たちは家に閉じ込もり、誰ひとり外に出なかった。いつもは子供たちで賑わっている村も疲れ果てたような静けさと不気味な不安に包まれていた。午後、男たちが戻る馬蹄の音や犬の吠え声が聞こえて騒々しくなったが、夕刻には再び静かになった。

アルシはまだ小屋に閉じ込められていた。誰も小屋には近付かなかった。アルシは目覚めると喉が腫れるまで叫び、手足に血が滲むまで小屋を蹴ったり、叩いたり、引っ張ったりしたが、太い木枝はびくともしなかった。一日中わめいて疲れ切ったアルシは小屋の隅に座り込んで、ジョルと一緒に遊んだこと、狩りに行ったこと、ジョルがいつも自分の言うことを信じ込む癖や、鼻水と埃でいつも頬を黒くしていたことなどを思い出し、涙を流した。

やがて誰かが小屋に近付く足音が聞こえてきた。小屋の前に疲れ切った表情のチャルンが現れ、無言で扉を開けた。アルシも何も言わなかった。チョドンや占い師、老人会、村人に逆らわず、その連中の思いのままにジョルを犠牲にした父チャルンの臆病な気性をアルシはひどく疎んだ。それ以上に自分を責めた。無謀にも力でジョルを救おうとして、結局彼を守れなかった自分が、誰よりも憎かった。アルシの頭や顔には血の跡が残っていて、手足からも血が滲んでいた。目は憎しみと悲しみに満ちていた。殴り合って真っ二つに折られた棒を拾い上げ、小屋から出ようとしたところで、チャルンに腕をつかまれた。

「どこに行くの？」チャルンの声は低くすごみがあった。

「臆病同士の親子だな。何か話でもあるの？」アルシが冷たく言い放って、父の腕を振り払った。

「僕が危険にさらされた時、チャルキン叔父は命をかけて守ってくれた。ジョルが掴まった時、君は何をした…」アルシの声は悲しみに震えていた。そしてアルシはチャルンの方を振り向きもせず、馬に乗ってジョルが燃やされた山に向かった。

洞窟に近付いたところで、暗がりの中から女性の泣き声が聞こえてきた。

「アロン叔母…」アルシが駆け寄って膝をついた。

「彼女ももういないんだ…」涙声でそう言う女性の横顔を、アルシは薄明かりに照らして見た。ソムンだった。洞窟の前に膝をついて、髪の毛を振り乱して泣いていた。洞窟の中には火が点され、お酒が捧げられていた。

「アロン叔母は？　アロン叔母、ジョルは？」アルシは洞窟の中へ飛び込んだ。ひどく焼け焦げた匂いが鼻を刺した。

「二人ともあの世に行ってしまった」ハシおじが火の横に座り込んでいた。

「そんなはずがない」アルシは思いの限り叫んだ。「そんなはずがない…そんな…」

ハシおじは腕で涙をぬぐい、掠れた声で言った。

「アロンはジョルの後ろから火の海に飛び込んだそうじゃ。かわいそうに…親子とも骨一つ残らず燃え尽きた」

「骨一つ残らずに…」アルシが呟いて、涙が溢れる目で洞窟の中を見回した。ハシおじの点した火は、ほんの数歩先しか照らしていなかった。洞窟の中の暗闇は、限りなく続いているようだった。アルシは、ハシおじがアロンとジョルに捧げるために点した火の中から一枝を借りてたいまつにし、洞窟の奥へ進んだ。崩れた壁を掘ってみた。だが、何も見つからなかった。もしジョルたちが被害に遭っていたら、彼がジョルにひそかに渡した刀がどこかであるはずだった。その刀は代々受け継いだ刀で驚くほど頑丈だった。試しにバルの家で鉄を溶かす窯に刀を入れてみたこともあったが、切れ味は全く変わらなかった。火の海でも易々と溶けるような刀ではないことを、アルシは知っていた。もしかして、ジョルたちはどこかで生き延びていて…どこかで自分が救いに行くのを待っているかもしれない…。

アルシは洞窟の崩れたところにしゃがみ込んで、考えを巡らせた。

「どうしたの？」ハシおじが背後から尋ねた。

「何でもない…」アルシが立ち上がった。

「静かに眠らせてあげてよ」ソムンが洞窟に入ってきて、掠れた声で言った。

「村人が帰ったあと、人影が見えなかった？」アルシが周辺を見回した。

「わしはチャルンに頼まれて村に残っていたから知らないんじゃ」

ハシおじはそう言って、ソムンに尋ねた。「君はずっとここにいただろう」

ソムンは顔を両手で拭いて「でも人影はなかったけど…」と掠れた声で呟いた。

「ただションホルが見えたけど…」

「ションホルが？　ションホルがここに来たの？」アルシの目が一瞬光った。

「オドガンに会ったあと、アロンに頼まれて、その犬をわしが柱に結んでおいたが、ションホルは皮の縄を噛み切って跳び出たな。ここに来たのか」

ハシおじが重い声で言い、寂しそうに溜め息をついた。「人間よりも情が深いな」

「アロン叔母に何と頼まれたの？」アルシは問い重ねた。

「チャルキンが戻ってくるまで世話をしてくれと。自分が亡くなることに気付いていたみたいじゃ」

ハシおじが哀れむ声で言った。

「ソムンおば、ションホルが来てどうかしたの？」

アルシが希望に満ちた目でソムンを見た。

「どうするって。特に何もしなかったよ」

ソムンは腫れたまぶたを大きく見開いてアルシを見た。

「その時、火が消えそうになったけど、ほのがまだ赤く残っていて…。ションホルが洞窟に飛び込んで、あちらこちらを嗅ぎ回っていたけど…。突然走り出したの」

「そうか」アルシが大股で洞窟の入口に向かった。

「どこに行くのか？　捧げ物をあげないのか？」ハシおじがアルシの後ろから尋ねた。

「明日…明日…ちゃんと準備してからするよ。今日は帰る」アルシは洞窟から大急ぎで去りながら叫んだ。「二人も早めに帰ってよ」その声色は明るかった。

「わしが持ってきた捧げ物を使ってもいいけど」ハシおじが一人言のように言った。

「もう行こうか」アロンが水袋に水をいっぱい入れて、帯に挟みながら言った。

「どこに？」ジョルは母を見上げた。村に帰れないことをジョルも知っていた。

「北に」アロンが言った。

「北のどこ？」

「母ちゃんもはっきりわからないけど、ずっと北に行くんだ。北の果てまで…」

アロンがジョルの手を引いた。ジョルは立ち竦んだまま「父ちゃんは？」と聞いた。

「父ちゃんは私たちのあとから来てくれると思うわ」アロンが息子の不安そうな目を見つめて言った。

「もし僕たちを見つけられなかったら…」ジョルの目が涙でかすんできた。

「きっと見つけてくれるわ」アロンはジョルのそばに腰を下ろして言った。

「だって君の父ちゃんはものを見つけるのが得意じゃないか。私がおいしいものを隠すと、必ず見つけたね」

「でも家は小さいから」ジョルは掌で涙をぬぐった。

「爪より小さな飴も見つけたじゃないか」アロンが微笑んだ。

「あれは匂いがしたから見つかったんだ、と言っていたよ」ジョルが涙目で笑った。

「君の父ちゃんは犬よりも匂いに鋭いからね。きっと私たちを見つけてくれるよ…。どこにいても…」

アロンはジョルの顔についた涙の跡を拭いて言った。「今、父ちゃんがいないから、母ちゃんはジョルを頼りにしているわ」

ジョルは両腕で素早く目を拭いて、大きく頷いた。アロンは歩き出した。だがジョルはその場から動かず、母の腕を引っ張った。

「こっちが北だよ」反対方向を指さした。

「そうなの？」アロンが四方を見回した。

「父ちゃんが言っていた。迷った時は草の影を見れば、方向がわかると。今、日が沈む前で、草の影がここにあるから、こっちが北だよ」

「さすが…頼りになるわ…」アロンが微笑むと、ジョルは母の手を引いて歩き出した。


森に埋もれたこの谷に、この一帯の人々は昔から足を運んだことがなかった。村に近い谷口は密林に埋もれて昼間でも暗かったため、森の中に入った者は生きて出られないという言い伝えがあった。村人たちはこの谷を敬遠していた。

洞窟の崖から谷奥の湖に落ちて奇跡的に命拾いをしたアロン親子は、この谷を訪れた初めての人間であった。谷は緑の芝生と湖に覆われていた。湖の浅いところは底まで見えるが、たまに深いところでは射し込んだ太陽の光が濃い緑の湖に深く潜り、湖底は全く見えなかった。湖岸には、木立が作った天然のトンネルのような長い緑の空間が遠くまで続いていた。アロンとジョルは湖岸に延びる絨毯のような緑の芝生の中を進んだ。木立のトンネルは先に進むにつれて狭くなり、草の丈は高く茂みが増えて、湖も見えなくなった。木の枝の間から射し込む光の力も次第に弱くなり、トンネルの中は暗くなった。

「日が沈む前に谷から出ないと…」アロンは自分の横にぴたりとついているジョルに言った。ジョルは黙ったまま、母に遅れまいと小走りで進んだ。やがて日が暮れ、森の中が暗くなった。寒気が押し寄せて二人の背中を冷やした。湿気に混じって、閉ざされた森のカビ臭い匂いが鼻を刺激した。

「手探りで行こう」アロンの声にジョルは「うん」と頷き、右手で母の手を強く握ったまま、左手を前に伸ばした。二人はゆっくり前へ進んだ。

「あ〜」アロンが大きな悲鳴を上げて転んだ。母に引っ張られるようにジョルも倒れた。繋いでいた手が離れた。「大丈夫か」と暗闇の中から母の焦った声がした。「母ちゃん…」ジョルは母の声の方に手を伸ばした。

「ケガをしていない？　大丈夫？」アロンがジョルを抱き締めた。ジョルは母の胸に頭を寄せて首を横に振った。

「母ちゃん、どうするの？」ジョルは少しの間を置いて尋ねた。アロンは何も答えず、ジョルを強く抱き締めた。

「北に行け」アロンはジョルを抱きながら、オドガンの言葉を思い出していた。

「北の果てまで行けば、この子に起きた災いが解ける」オドガンが小屋でひそかにアロンと会った時に言ったのだった。故郷を離れて逃げろという忠告を、アロンはためらいながら聞いていた。オドガンは真剣な顔つきでアロンを見つめて言い続けた。

「この子がこの村にいるほど危険だ。この子だけではなく、彼を守ろうとする人までが死の危険に追い込まれる。だからこの子を連れて早く逃げるんだ」

「どうやって逃げるのですか」アロンが涙を流しながら聞いた。「もうすでに小屋に閉じ込められている子をどうやって…」アロンは声を詰まらせた。

「私がこれから言うことをしっかりと聞くんだ。今、君にも、ジョルにも、この道しかない」オドガンの忠告に、アロンは涙をこらえて頷いた。

「これから村人がジョルをマンゴスと見なし、火刑にするという結論を出すだろう…だが誰の力も借りようとするな。誰が助けても、この子はこの運命から逃げられない」

オドガンは声を低くした。「何とかして洞窟から生きて出て…。それさえできれば、生きるチャンスがある。でないとこの子の運命はこれまでだ」

オガダンの言葉を、アロンは口を手で押さえ、こぼれそうな悲鳴を必死にこらえながら聞いていた。

オドガンはアロンの反応を無視して、さらに声を低くして言い続けた。

「洞窟から出たら北へ行け。すべてのことを解く謎は北の果てにある。誰にも君らの行方を知らせるな。チャルンにも、アルシにも。村人に君らが死んだと思い込ませてこそ、君ら親子の生きる道が開くんだ」

アロンとジョルが再び歩き始めた時、突然、遠くの暗闇から悲鳴のような声が聞こえてきた。ジョルは耳をそばだてて、その声に聞き入った。

「ションホルの声だ」

アロンの耳にも何かの悲鳴のように聞こえたが、ションホルの声とは思えなかった。ただ、この森に自分たち以外の何かがいるのは確かなようだった。

「ションホル…ションホル…」ジョルは立ち止まって、大声で叫んだ。

「ちょっと待って。本当にションホルなの？」アロンはジョルの叫びを止めようとした。

「本当にションホルだよ。母ちゃん…。ションホルが僕たちを探して来てくれたんだ」

ジョルは、喜びのあまりさらに大声で叫んだ。暗闇の静けさにジョルの叫びがこだまして届いた。

「ションホル…ションホル…」アロンが止めるのもきかず、ジョルは暗闇に向かって叫び続けた。その声は森中に響き渡るようだった。大きな木から鳥が飛び立つ音があちらこちらから聞こえてきた。そのうち暗闇の木立の間から、激しい息の音と駆けてくる足音が聞こえてきた。湿気を含んだ森の清涼な風の中、黒くて大きなものが暗闇から飛び出してきた。ジョルは自分のもとへ駆けてきた黒いものを抱き締めた。その太く短い吠え声を聞いて、アロンも黒いものがションホルであることに気付いた。

「ションホル…よく来てくれたな」

ジョルは喜びの声を上げた。ションホルも嬉しそうに長い薄い舌でジョルの顔や手を舐めた。ジョルはくすぐったくて笑い出した。ションホルが尻尾を大きく左右に振るたび、尻尾に付いた水がしぶきとなって飛んだ。

先ほどまでアロンとジョルが感じていたそこはかとない恐怖が和らぐようだった。アロンは大きく息を吸った。

第十話　荒地

アロン親子はションホルとともにさらに北へ進んだ。

「北の果てで、謎が解ける…。誰にも行方を知らせるな…。死んだと思い込ませてからこそ、生きる道が開く…」アロンはオドガンの言葉を何度も思い出しながら、できるだけ早く村から遠くに離れるように旅を続けた。

北の大地はオボート村よりひと足早く秋を迎えていた。ゴールドン色の草が遠くまで続く平らな大地を飾っていた。水鳥たちが、青い空に線を引いて、鳴きながら南へ飛んでいた。ジョルは道の途中で無限に広がる大地を眺めながら、何度も同じ質問を繰り返していた。

「うちの村もこんな色になってるかな」

「まだこんな金色にはなっていないと思うわ。秋は北から南へ移っていくからね」

アロンが秋の日差しで日に焼けた息子の顔を見て言った。

「父ちゃんはまだ戻っていないの？」ジョルの気持ちは揺れていた。

「たぶんそうだと思うわ。父ちゃんたちはもう村に向かっていると思うけど、牛車いっぱいに塩を詰めているからゆっくり進むの。だから、帰りは行きより時間がかかるの」

アロンが、夫チャルキンの牛車を追う姿を思い出しながら言った。

「この水鳥たちは父ちゃんの上を通って行くかな」

ジョルは青空を過ぎて行く鳥の列を眺めながら聞いた。

「通るかもしれないね。南に行っているから。父ちゃんの塩の旅もここよりは南だから」アロンは眩しい日光を手で遮り、水鳥の列を見上げて言った。ジョルは立ち止ったまま、遠くに向かう水鳥の後ろ姿をしばらく眺めていた。

「何をしているの？」アロンがジョルの隣に腰を下ろして聞いた。

「父ちゃんに伝言したの」ジョルは手の爪をいじりながら言った。

「何て伝言したの？」アロンが優しく尋ねた。

「父ちゃんが帰ってきた時、僕たちがいなくても、心配するなと言っておいたの」

ジョルは目を潤ませたが、慌てて掌で涙をぬぐった。

「父ちゃんはきっと大丈夫だよ。チャルン叔父やアルシがいるから。きっと父ちゃんを慰めてくれると思うよ」アロンはジョルの頬についていた乾いた鼻水をほぐしとった。

「父ちゃんはいつ僕たちを探しに来るのかな？」ジョルはそう言って母を見つめた。

「どうだろうな…」アロンはじっと考えるような仕草をして、それから楽しそうな表情を浮かべて言った。「春になって大地が緑になる頃には、探しに来てくれるだろう」

ジョルはゴールドン色の草の波を見渡した。

「遠いな…まだ草の種も落ちていないから…」ジョルは呟いた。

「そういえば、父ちゃんが言っていたね。この弓を引けるようになってと…」

アロンはジョルが大切そうに背中に背負っていた弓と矢を指して、「君がこの弓を引けるようになった頃に、きっと来ると思うわ」と言い重ねた。ジョルは大きく頷いて、空を見上げた。

北への地平線は、平らに続いていた。地面の起伏が緩やかで、丘や山などはなかった。悠々たる平地には木らしきものはなく、細く短い灌木がたまに見えるくらいだった。人影や動物の姿も見当たらない。アロン親子とションホルの姿だけが無限に広がるゴールドン色の大地に小さい点を作っていた。北の果てはどこにあるのか、アロンにもわからなかった。ただ北の方へ、行けるところまで進むしかなかった。

北に行くほどに風が冷たく、草は次第に薄く短くなり、植物の乏しい硬い地面が目立ってきた。ジョルは旅の途中でションホルを伴って狩りをした。アロンは野の菜を拾い、火を点して食事を作った。

「北に行くほど獲物が少なくなったな」ジョルは火でこんがり焼けた鳥の肉を串から離しながら言った。

「そうだね」アロンは、道の途中で運よく拾った小さいポットに水を沸かし、野で摘んだ菜を煮ながら言った。「これでも食べるものがあることに感謝しないとね」

「ここから先は、ションホルがお腹を空かしそうだな」ジョルは、横に寝そべっている猟犬に自分のわずかな焼き鳥の半分をあげた。

「この野菜スープもあげるね」アロンは木の切れ端を掘って作った粗末なお椀にできたばかりの野菜スープを入れ、ションホルの前に置いた。ションホルはスープが冷めるのを待てないようで、お椀の端から音を立てながら少しずつ舐めはじめた。

ジョルとアロンの前にも、木で作った粗末なお椀が置かれていた。アロンは二人のお椀にもスープをよそった。ジョルがアルシのくれた刀で太い木の枝を掘って作ったお椀だった。粗末な造りだが、軽く、背負って歩くには便利だった。何よりもお椀を作ったことで、温かいお湯や野菜スープを飲めるようになった。

秋の涼しさが続くこの時期にしては、その日は暑かった。長旅に疲れたジョルの目に、遠く湖がキラキラとした銀色の波を立てて見えた。

「母ちゃん…母ちゃん…」ジョルが、野の菜を摘んでいた母に向かって叫んだ。

「どうしたの?」アロンが疲労のたまった腰を手で押しながら息子を見た。

「あそこ…見て。湖だ」ジョルが叫んだ。

アロンは日光を手で遮って、ジョルの指す方向を見た。丸い湖が大地に施された宝石のように、太陽の光でキラキラと輝いていた。

「ありがとうございます。助けてくれて…」アロンが天に向いて呟いた。

何日もの間、湖や泉が見つからず、二人は水袋に残ったわずかな水で喉をうるおしてきた。その水も昨日きれて、今朝は野菜を噛んで、喉を少ししめらせたところだった。

ジョルは湖に向かって走り出した。ションホルも競争するように、ジョルを軽々と追い越して湖の方へ走った。アロンの服を破って作った小さい荷物袋がジョルの背中で上下に跳びはね、中の荷物がぶつかり合って鈍い音を出していた。緩やかに下る地面は、ジョルの走るスピードを加速した。湖に近付いたところで、ジョルの荷物袋の中身が次々に転げ落ちた。ジョルはかまわず湖岸に着き、手で水を酌んで大口で飲んだ。先に着いたションホルは、湖の中で気持ち良さそうに泳いでいた。日差しで暖かくなった水を思い切り浴びているションホルを見て、ジョルも湖に飛び込んだ。

ジョルとションホルのあとをついてきたアロンが、ジョルの落としたお椀や小物を拾い上げながら、湖岸にたどり着いた。ジョルは楽しそうにションホルの体を洗っていた。ションホルは気持ち良さそうに頭を水の中に入れたり出したりしていた。

「母ちゃん…母ちゃんも入って」ジョルは母に叫んで手を振った。

「気を付けて。湖の中へ行かないで」アロンは湖岸にしゃがんで、手で水を酌んで飲み、濡れた手で顔や髪の毛を拭いた。

アロンは大きな石三つを三角に置き、乾燥した草の葉っぱや細い枯れ枝を間に置いて火を付けた。その上にポットを置いて、数日ぶりの野菜スープを作った。荷物の中から乾燥しかけた肉を何切れか取り出し、串に刺して熱くなってきた石の上に置いた。もう一切れの肉は刻んでスープに入れた。

遊び飽きたジョルが、水を滴らせながら湖から出てきた。

「私の荷物の中に乾いた服があるから、それを着て。濡れた服は向こうにある大きな石の上に干して」アロンが火を足しながら言った。

ジョルが服を着替えた頃、ションホルも湖から出てきた。ションホルは体を振り続けながら周囲に水しぶきを飛ばした。ジョルはキャッキャッと笑いながら、ションホルを横に押しやった。

「もうご飯だよ。早くこっちへ来て温かいものを飲んで。じゃないと風邪をひくよ」

「母ちゃん、ションホルがまた湖に入って行ったよ」

ジョルは遊び心が尽きないらしく、先ほど着た母の服の裾を地面でズルズルと引きずりながら、アロンのそばにやってきた。

「ほら、これで頭を拭いて…」アロンはジョルに自分の頭巻きを投げた。「いくら天気がいいといっても、やはり秋になったから」

そしてアロンはそばにあった小さめの平らな石を拾って二つの大きな石の間に置き、その上にジョルの作ったお椀と木の枝で作った箸を置いた。

「もうすぐ戻って来るだろうから、先に食べていよう」アロンは湖で泳ぐションホルの背中を見ながら言った。ジョルは頭を拭いて、アロンが用意していた石の上に座った。石は日光で温まって気持ちが良かった。湖で泳いでいた時は楽しくてお腹が空いていることも忘れていたが、食べ物を見たとたんお腹がギューッと鳴った。

ジョルは母の入れてくれたスープを大口で飲んだ。野菜が多く、肉の味もしっかりついていて、おいしかった。

「おいしい」ジョルは大口でスープを飲みながら、焼いた肉を食べた。

「ゆっくり食べたら…」アロンが音を立てて食べるジョルを見て微笑んだ。親子で食事をしているところへ、ションホルが何かをくわえて戻ってきて、ジョルの隣に置いた。

ジョルはションホルが置いたものを見た。大きな魚だった。動いていなかった。ションホルはその匂いを嗅ぎながら、ジョルの顔を何度もチラチラと見ていた。その目は魚から離れず、口水をごくりと呑み込んでいた。

「魚だね」アロンが言った。

「母ちゃん…どうする?」ジョルは母を見た。

「うちらはこの湖の水を飲むだけでありがたいわ。魚は食べないようにしよう」

アロンはスープの入ったお椀を持ち上げた。

「君が食べてもいいよ。湖の神様は君には怒らないと思うから」

ジョルは木の枝で魚をションホルの方に押し出した。主から食べる許しをもらった猟犬は、嬉しそうに魚をくわえて近くにあった乾燥した草の上に置き、モゾモゾと食べ始めた。食事が終わったジョルは、しばらく温かい石の上に座っていたが、秋の太陽に包まれて心地良いのか、いつの間にか熟睡していた。

「地面は冷たいよ。起きたら…」耳慣れた声が聞こえて、ジョルは目覚めた。石から落ちて地面に寝転んでいたジョルを、アロンは抱き起こした。

「もう行くの」ジョルは目をこすりながら、母を見た。

片付けた荷物が、母の座っていた石の近くに置いてあった。

「着替えてきたら…」アロンが三個の石の間にできた炭を土で覆いながら言った。

ジョルは石の上で乾かしている服の方に向かった。

「行こう」着替えてきたジョルは、大きな石のそばで眠っていたションホルを呼んだ。ションホルは気持ち良さそうに背伸びをして、アロンとジョルの後ろから小走りでついてきた。

さらに北に行くと、自然環境はますます厳しくなった。地面には針のように尖った草がまばらに生えているだけで、茶色の土が目立っていた。川や湖はほとんど見当たらず、アロンたちの旅は厳しさを増してきた。小動物が見つからず、木や草もほとんどないため、火を付けることもできなくなった。水溜りを一つ、二つ見つけたが、そこにあるのは汚れて腐った水だった。おまけに天気が悪化してひどく冷え込んできて、アロン親子の服では寒さをしのぐことが難しくなった。アロンは自分の服の一着をジョルに着せて、長い袖や裾をジョルの体に巻きつけた。ジョルの長靴は大きな穴があいて、靴底もとれて履けなくなった。アロンは自分の服の裾を破り取って、ジョルの足に長靴を縛りつけた。

夜の冷え込みも厳しかった。アロンはジョルを抱き締めて、ションホルの体に寄り添って眠った。ションホルも旅の過酷さと自分の役目を知っているかのように、いつもアロンとジョルの風上に身を置いて寝ていた。食べ物の不足と、寒さと、旅の疲れで気力が失せそうになった頃、二人の視界に大きな黒い山脈が入ってきた。山は墨を塗ったように黒々としていて、山裾は彼らの行く手の左右に限りなく延びていた。山々の形は尖ったりへこんだりしていて、灰色の霧の中に天に向かって聳え立ち、その上に漂う黒雲を刺しとめているようだった。

「これ、何という山？」ジョルは空腹でグーグーと音を立て続けているお腹を手で押しながら母を見上げた。

「さあ。知らないな」アロンが疲れ切った声で答えた。残りわずかな食料をジョルに食べさせるため、アロンは何日も腐った匂いのする水だけで喉をしめらせていた。

「僕たち、あの山を登るの？」ジョルは足指の出た長靴に目線を落として聞いた。

「行ってみないとわからないね。人影も煙も見えないな」

アロンが前に聳えている黒い山々を眺めて言った。旅の疲れがたまった二人にとって、この山を登って越えるのは無理なことだと、アロンには十分わかっていた。

「また荒れているのかな」ジョルは通り過ぎてきた荒れた野原を思い出して言った。

アロンは何も言わなかった。ただ、これまでにない失望感に襲われた。足がまるで他人のもののように、自分の思い通りに動かなくなっていた。体力が限界に達していることを知ったアロンは、ションホルに身を寄せながら、前を歩くジョルを心配そうに見つめていた。

「少し食べてから行こうか」アロンがジョルの背中に向かって言った。

「大丈夫だよ。母ちゃん。お腹は空いていないから」

ジョルはひび割れた唇を舌で舐めながら言った。

「食べ物はまだあるから。来て。ちょっと食べよう」アロンが背中の荷物を地面に置いた。

ジョルはションホルを連れて、アロンの隣に座った。アロンはほとんど空になった袋の中に手を入れて、乾燥した肉の小さな切れ端を取り出してジョルにあげた。

「これ、母ちゃんが食べて。僕は野菜が好きなんだ」

ジョルは肉の切れ端を母の口に近付けた。

「まだあるから、それは君が食べて」

アロンは再び袋に手を入れて、さらに小さい肉片を取り出して、自分の前に置いた。それから少し肉のついた骨を取り出して、ションホルにあげた。アロンはそのあと、もう一つの小さな袋から乾燥して黒くなった野菜の塊を出し、ジョルに一つ、自分に一つ取り分けた。そして水袋の水をジョルに渡した。

ジョルは唇をしめらすと、すぐに母に戻した。

洞窟での死の危険と、この長い旅を通して、ジョルが一気に成長したことを、アロンはしみじみと感じていた。同じ年頃の子供たちは何の心配もせず、両親のもとで甘えているのに、ジョルは想像を絶する危険にさらされ続けてきた。アロンはそのことを思い返し、目を潤ませて遠くの山を眺めた。

肉片のついた骨を音を立てながら噛み切ったションホルが、ジョルの手元をじっと見ていた。「まだお腹が空いているんだろう?」ジョルは自分の食べていた野菜の塊を半分ちぎり、ションホルにあげた。

「お椀が重くて捨てたから、しかたがないな」ジョルは立ち上がって近くから凹みのある石を探して来て、水を少し入れてションホルにあげた。がっしりとした体格をしていた猟犬も、長い旅で痩せこけて、体毛が長くなっていた。いつもピカピカしていた黒い毛は色あせて、村にいた時とは別の犬になったようだった。

「君も苦労したな」アロンが、腐っている水をかまわず音を立てて舐め続けるションホルの頭を撫でた。アロンは空になった袋を畳んで荷物に入れ、軽くため息をついた。

「母ちゃん、この山にはきっと人がいると思う。人がいなくても、水や小動物はいると思うから、大丈夫だよ」ジョルは母の顔を見て、精一杯微笑んだ。


山に近付くほど、二人を失望感が襲った。地面のでこぼこは増え、あちらこちらに岩が転がっていた。不思議なことに、たまに見かける植物も黒い色をしていた。枯れて黒いのではなく、もともと黒いようだった。ひ弱に立つ細々とした木も、根から梢まで黒ずんでいて、枝に垂れている二、三枚の葉っぱの色も黒かった。見渡せる一帯がすべて凍りついているように、生命の息吹を感じさせるものがなかった。

ジョルは寒さに震えながら、風上に立つションホルに体を寄せて、頭上を見上げた。黒い雲が太陽の光を遮って、風の勢いを強めていた。その風は二人の服を通り抜けて、肌を冷たく刺した。周囲には鳥肌が立つような不気味な光景が広がっていて、寒さ以上にぞっとするのだった。

「誰も、何も、いないね」ジョルは、顔が青ざめる母を見た。アロンは途中で拾った木の枝を杖にし、失望しきった目で山を眺めていた。

「風から身を守れる場所を探そう」アロンがひび割れた唇を重そうに動かして、力なく言った。ジョルは母を支えて歩き、身を隠せる場所を探した。母がひどく震えているのがジョルに伝わってきた。心配そうに母を見上げた。母は自分に食べさせるため、水と食事を控えてきた。今や歩く力さえなさそうだった。

少し歩いたところに大きな岩があった。ジョルは母を岩場の陰に座らせて、母の帯から水袋を取り出し、蓋を開けた。水は一滴も入っていなかった。荷物を開けて、肉と野菜の入った袋を開けてみた。何も入っていなかった。ジョルが軽くため息をついて顔を上げると、母が見つめていた。

ジョルは何も言わずに苦く微笑んだ。立ち上がって周囲を見渡しても木や草はほとんどなく、ただ黒い大地が広がっていた。墨絵の中に入ったかのようだった。

「雪だ」ジョルは風に飛ばされた白い粒が、真っ黒な空間に舞い降りるのを見上げて、震える声で言った。アロンも空を見上げた。大粒の雪が風に吹かれながら吹雪となって、地面に叩きつけられていた。

「神様、ここまでしか行けないか」アロンが厚い雲に覆われた空を見上げて呟いた。

「永なる天、聖なる大地、この子だけはどうしても救ってくれ」

アロンの目から涙が溢れ、頬をつたって流れ落ちた。

「ジョル、来て」アロンは体を震わせながら、ジョルの方に手を伸ばした。ジョルは母の手をつかんだ。氷のように冷たかった。顔も血の気が失せていた。アロンはジョルを抱き締めた。「僕は大丈夫だよ」ジョルは手を伸ばして母の首に抱きついた。二人の横にションホルが体を寄せてきた。

雪はやむ気配がなく、曇った空が暗くなってきた。寒さで体に痛みを感じ続けていたジョルも、次第に寒さを感じなくなって、眠気を覚えた。唯一、自分を強く抱き締めている母の腕が、浮いていくように感じている彼を引き留めていた。父チャルキンは雪が降る頃に村に戻ってくると、母は言っていたな。父は帰ってきたかな。アルシ兄は何をしているかな。ジョルの脳裏にいろいろな思いが浮かんでは消えた。岩を通り過ぎる風の音が遠くなり、ジョルは眠りに落ちていった。アロンとジョル、ションホルの体が厚い雪に覆われていった……。

しばらくの間、大地は動きがなく、静かだった。風の悲鳴がこだまする吹雪の中で、微かに煙の匂いがションホルの鼻に届いた。猟犬はビクッと動いた。飛び起きて大声で吠えて、アロンとジョルを頭で押した。だが二人は動かなかった。二人の服をくわえて引っ張ってみた。反応はなかった。ションホルは吠えながら二人のそばを何度も走り回り、突然走り出した。厚い雪が地面を覆う中、風に運ばれてきた煙の匂いをかきながら、平らな谷を越えて山を登って行った。

ションホルは懸命に前に進み、小高い崖の前に辿り着いた。そこは雪が積もっているものの、風が弱く穏やかだった。ションホルは崖に向かって大声で吠えた。崖の上の方にある小さな穴から煙が出ていて、横風に飛ばされていた。ションホルは崖の前を左右に走り、大声で吠え続けた。

しばらくすると崖に細い隙間ができて、矢の先端が突き出た。ションホルは立ったまま吠え続けていた。

「犬のようだな」矢先の暗い穴から、男の子の声が聞こえた。

「荒地に犬なんかいないよ。騙されるな」女の子の警戒したような声がした。

「何をする？」女の子が驚いた声で聞いた。

「出てみるよ」男の子が、矢の先端を外に向けたまま崖の扉をそっと開けた。

「気をつけてよ。兄ちゃん」女の子が崖の中から心配そうに言った。

近付く男の子を見て、ションホルは前足を立てて座り、尻尾を動かした。「どこの犬？」男の子は好奇心に満ちた声で言った。彼は弓を下ろして、ションホルに近付いた。ションホルは座ったまま尻尾を振って、男の子が差し出した手を匂った。男の子は、ションホルの頭を撫でた。

「あんた、何でここに?」男の子がションホルの背中を撫でて聞いた。ションホルは男の子の質問に答えるように、主人の倒れている方向を見て吠えた。そして、男の子の服を軽く噛んで引っ張った。

「何だよ。僕を外に連れ出そうとしているぞ」男の子は、崖に開いた穴からこぼれるぼんやりとした光の方を向いて言った。

「どこにも行くな。夜、外出はいけないよ。森の中では昼間も危険だろう」女の子が不安そうに言った。

「でも、この犬の様子から見ると、何かあるな」男の子はションホルの激しい吠え方を見て言った。

「何と言っても行くな」女の子が大声を出し、家の中に向かって叫んだ。「お婆さん、兄が出かけようとしている。止めて」

「何の騒ぎ?」床をコツコツと叩く杖の音がして扉が大きく開いた。中から白い髪の毛をしたお婆さんが現れた。

「お婆さん、兄ちゃんを止めて」女の子は大声で言い、お婆さんの体を急いで支えた。

「婆さん…」男の子がションホルから離れて、お婆さんの方に歩み寄った。「犬の様子からして、主人に何かあったんじゃないか」

お婆さんはしばらく黙ってから言った。「行ってみろ。ただ、どんなことがあろうと、死の森には入るな」男の子に向かって真剣な声で言った。「皮のマントを着て、馬に草のマントを被せて行け。くれぐれも気をつけてな」

「お婆さん、そんな…」女の子がびっくりした声を出し、お婆さんに向かって叫んだ。「お婆さんは見えないからわからないだろうけど、今は雪が厚く積もっていて、吹雪も強くて、もう夜になっているよ」

女の子は、夜空を白く染めた雪の嵐を見上げながら言った。

「わしの目は見えないけれど、耳や体の感覚でわかっているさ」お婆さんは夜空の様子を見抜いているように、暗闇を見つめて言った。「その犬の吠え方には何かがある。そして、その時が来てもおかしくない」

若い兄妹は、ぼんやりとした灯の中で無言で目線を交わした。男の子は馬屋から急いで馬を出し、扉の前に戻ると、妹から皮のマントを受け取った。彼は馬を連れて崖から下りる斜面に向かった。ションホルが小走りでついてきた。

人の声が遠くに聞こえ、ジョルは目覚めた。目の前が白くぼんやりと霞み、そして次第にはっきりと見えてきた。家の中に火が点り、その周りに人が座っているようだった。人の影が、火の明かりでオレンジ色に染められた低い石の天井と壁に映し出されていた。ジョルの体は重くて、石に押されているようで、動けなかった。全身が痺れ、ところどころ激しい痛みが骨の髄まで届いていた。声も出なかった。

足音が近付いて、ジョルの上から覗き込んだ。自分より幼く小さい女の子だった。結んだ長い髪の毛と、くっきりとした目が、ぼんやりとした灯に照らし出されていた。

「目覚めた」女の子がかん高い声で叫んだ。

「本当に…」驚いた声と慌てた足音が近付いてきて、ジョルを上から覗き込んだ。「生き運があったな」アルシぐらいの男の子だった。

助かった、ジョルは思った。そして母を思い出した。母のことを聞きたかったが、声が出なかった。

「何か言ってるよ。唇が少し動いた」女の子がジョルの顔を見つめながら言った。

「聞こえるか。僕の声が?」男の子がジョルを見つめて言った。「聞こえていないかな?」

女の子が目を丸めながらジョルの目を見た。「聞こえているの？　声が出なくてもいいから、目玉を動かしてみて。こうして」女の子が自分の目玉を上下に可愛く動かした。ジョルは目玉を動かした。

「聞こえてる」女の子が嬉しそうに、隣に立つ男の子の腕を引っ張った。

「本当か。もう一回目玉を動かしてみ…」男の子がジョルに顔を近付けて言った。ジョルは力を振り絞って、もう一度目玉を動かした。

「婆さん、目玉を動かしてる。聞こえてるみたい」男の子が嬉しそうに言った。

「兄ちゃん、見て…。何か言ってるみたい。また唇を動かした」女の子が注意深く目を細めて、ぼんやりとした灯の中でジョルの顔を見つめた。

「何を言ってるの？」男の子がジョルの口元に耳を寄せた。「何も聞こえないな…」

「母の事を聞こうとしてるんじゃ」しばらくの間があって、火の方からお婆さんの落ち着いた声が聞こえた。

「君の母さんは、そこのベッドにいるよ」男の子が顎でジョルの足元の方を示した。

「君が大丈夫だから、君の母さんもきっと大丈夫さ。まだ目覚めていないけど、ちゃんと薬酒を飲ませたよ。うちの婆さんの練った薬酒は万病を治すからな」男の子が朗らかに言った。ジョルは目玉を動かし、わかったという合図をした。

「君の犬も大丈夫だ。餌を食べさせて、寝床を作ってあげたから」女の子が兄の隣に立ったまま言った。

「その子にこの薬酒を飲ませて、休ませておけ」お婆さんの声が兄妹の後ろから届いた。

男の子はジョルの体を少し起こした。ジョルは、自分の足元にあるベッドにアロンの姿を見つけた。

母はうつむいて寝ていた。ぼんやりとした灯の下で、母の顔が白く見えた。呼ぼうとしたが、舌が思うように動かず、涙がこぼれた。

「心配するな。次に君が目覚める時には、君の母も目を覚ましていると思うから…」男の子は、ジョルが涙をこぼしているのを見て言った。なぜか男の子の言葉を聞いて、ジョルは胸のつかえがおりたようにほっとした。

ジョルは家の中を見渡した。小さくて簡素な家だった。大きな石を掘って造ったらしく、天井や壁に刀で刻んだ凹凸の跡が残っていた。家の真ん中に石を並べた炉があり、天井からポットがぶら下がっていた。その向こうに真っ白な髪の毛をしたお婆さんが座っていた。お婆さんはジョルをじっと見つめていた。

「飲んで…」男の子は女の子が持って来たお椀をジョルの口に近付けた。薬酒の苦い匂いが鼻を刺激した。一口飲み込むと、やけどしそうなくらい熱い薬酒が喉を通り過ぎた。そして体の隅々まで熱くなっていった。

女の子は、先ほどジョルが涙をこぼした時も、今、苦さのあまり顔を歪めた時も、ジョルをじっと見ていた。ジョルは格好悪いところを見せた気がして、女の子から目を反らした。男の子がジョルを寝かして首元の枕を整え、布団をかけてくれた。

ジョルの体が気持ち良く温まり、眠くなった。

165頁13行　口水　　　唾液のこと。

第十一話　崖の広場

ジョルは眩しくて、目が覚めた。小さい明かり窓から、ゴールドン色の太陽の光が溢れるように入ってきていた。

「明かり窓を閉めなさい」と男の子の声。

「何年かぶりの晴れ日だよ。家の中がカビ臭くて大変だから、もうちょっと開けておくよ」と強気な女の子の声。

「病人もいるし、森の連中に居所がばれるよ」と男の子が主張すると、「吹雪も耐えたから、このぐらい平気だよ。森の連中は闇の中でしか、うろうろしないわ」と女の子も意地を張る。「つまらんケンカはおやめ」とお婆さんが怒鳴った。「ナム、切り枝を持って来い。ハニは雪を井戸に入れなさい」

屋外の足音が遠ざかり、静かになった。ジョルは起き上がった。体の調子がすっかりよくなっていた。顔、耳、指先、踵は痛んでいるが、体の感覚が戻り、力が蘇っていた。お婆さんが自分をじっと見つめていることに、ジョルは気付いた。

「こ…こんにちは…」ジョルは慌てて、不器用に挨拶した。

昨夜お婆さんの声を何度も聞いたが、顔をはっきりと見るのは初めてだった。お婆さんは小柄できびきびとした雰囲気だった。白い髪の毛を黒い布で後ろに結び、黒い服を着ていた。白目がほとんどなく黒く光る目で、ジョルを興味深そうに見つめていた。

「目覚めたか…」お婆さんはジョルをじっと見たまま、はきはきとした口調で言った。

ジョルは頷いて、慌てて目線を反らした。お婆さんに自分の気持ちを見抜かれているような気がした。

ジョルは視線の先に母の姿を見つけた。アロンはまだ寝ていた。

「母ちゃん…」ジョルはベッドから滑り下りて、母のそばに行った。ベッドは低く、天井が近かった。家の真ん中に炉があり、その周囲の狭い床に、三つの低いベッドが壁に沿って置かれていた。一つがお婆さんのものらしく、彼女の背後にある。もう一つに母が寝て、残りに自分が寝ていた。兄妹は床に寝たらしく、厚い皮のシートと布団が壁の隅の物置に畳まれていた。玄関近くに古い木製の食器棚があって、その上に木製のお椀や銅製の食器がごちゃごちゃと置かれていた。扉の幅は狭く、厚い木扉が内側に開き、その横に狩り道具が並べられていた。厚い皮のマントが使われた歳月の長さを示すように黒光りしていた。その下に、よれよれの破れた長靴が転がっていた。扉と小さい明かり窓から、新鮮な空気が流れ込んでいた。扉の向こうには、雪が日差しを浴びてまばゆく光り、何一つ遮るものがない真っ白い世界が広がっていた。

「君の母はもう大丈夫だ。昨夜一回目覚めて、薬酒を飲んで寝た」

お婆さんは、ジョルから目線をそらさずに言った。ジョルは母のベッドのそばにしゃがんで、低い声で「母ちゃん…母ちゃん…」と呼び、母の腕を動かした。

アロンがゆっくりと目を開けた。

「母ちゃん…」ジョルの声が震えた。

「ジョル…」母の頬を涙がつたった。そして、アロンはゆっくりと腕を伸ばした。

「母ちゃん…」ジョルは母の腕の間に潜り込んだ。

ジョルはこれまでにない安堵感に包まれて、心が落ち着いてきた。だが、誰かに見られているような気配がして、体を少し起こして玄関の方を見た。雪を高く積み上げた木のバケツを片手で持った女の子が立っていて、こちらを見つめていた。

初めてここで目覚めた時、ぼんやりとした灯を通して女の子の顔を一度見ただけで、姿をはっきりと見たことがなかった。兄と口論する彼女のかん高い声を何度か聞いた。その女の子が、玄関から射し込む金色の日差しの中で立っていた。とても清らかで濃い青色の長服を着て、髪の毛を二つに結んでいた。

昨夜、女の子に格好悪いところを見せてしまったことを思い出して、ジョルは恥ずかしさで視線を反らし、母に抱きついていた手も離して、身を起こした。アロンも人の気配を感じたらしく涙を拭いた。女の子は無言で家に入って、奥に向かった。そして、周囲よりやや色の薄い壁の石を押した。驚くことに、壁沿いに置いた大きな石が横に動き、壁に大きな穴が開いた。女の子はその中に雪を入れて、また出かけて行った。ジョルは好奇心をそそられて、穴の中を覗いて見た。横に動いた大きな石はみずがめだった。その裏に開いた穴の中は暗くて、はっきり見えなかった。だが闇の暗さで、その穴はけっして小さくないことがわかった。

「井戸の中に潜るつもり?」穴の中を覗くジョルの後ろから、女の子のきびきびとした声が届いた。ジョルが慌てて振り向くと、女の子が後ろに立っていた。目が鋭く光っていた。そして、きびきびした声で「今、水が少ないから、頭から落ちると…」と言い、舌を半分出して死ぬふりをした。

「大嘘…」ジョルは口ごもった。

「信じていないなら、試してみ…」女の子は井戸を顎でしゃくった。

「ジョル、仕事の邪魔をするな」アロンが力なく体を少し起して言った。ジョルは母の方に駆け寄った。

「お婆さん、どうしたの？」女の子が木のバケツを持ってアロンとジョルの前を通る時、何かをじっと見つめているお婆さんを見て言った。

「私はいじめていないよ。ただ…」と女の子が言い訳めいて言うと、「その子は、どんな様子なの？」とお婆さんが女の子の言葉を遮って言った。

「ちっぽけな黒い坊や」女の子はジョルを一目見て、大人っぽい口調で言った。

黒い坊やという言い方にむっとしたジョルは女の子を軽く睨んだが、彼女はジョルを見ていなかった。

「何か光ったものを体に付けているの？」お婆さんはまた尋ねた。

先ほどまで自分をずっと見ていたお婆さんがそんな質問をするのを聞いて、ジョルはびっくりした。

「光るもの？」女の子は気取った声で言い、ジョルの頭から足まで見下ろした。ジョルは不愉快そうに視線を反らした。

「光るもの？」女の子は同じ言葉を繰り返した。その目線はジョルの体を突き刺すように鋭かった。どこかお婆さんの目付きに似ていた。「あった」女の子がかん高い声で笑い出した。「頬が黒く光っているし、袖も黒く光っているけど」

「賑やかだな」玄関から男の子の声がした。「また人の悪口を言ってるの？」

男の子はジョルに近付いて、朗らかにこう話しかけた。「気にするな。ふだん僕しか相手がいないから寂しいんだよ。口は悪いけど、実は喜んでいるのさ」と微笑んだ。

「誰が喜ぶもんか。食いぶちが増えただけじゃない」女の子がひねくれたように言った。

「ごめんね。迷惑ばかりかけてしまって…」アロンが力なさそうな声で言った。

「おばさんのことじゃなくて…」女の子は顔を真っ赤にして、唇を噛んだ。

「気にするな。二人とも無事で何よりじゃ」お婆さんが穏やかに言った。

「この恩をどうやって返せばいいのか…」アロンの声が震えた。「本当にありがとうございます」

アロンはよろよろしながら立ち上がり、三人にお礼を言った。足が力なさそうに震えていて今にも倒れそうだった。ジョルは母を支えて、ベッドに座らせた。

「これも何かの縁だろう。気にしないでくれ」お婆さんが言った。「見た通り、わしは目が見えない。彼らはわしの孫ナムとハニだ」お婆さんが朗らかに続けた。ナムとハニが、アロンに向かって丁寧に挨拶した。ナムはジョルに微笑んだが、ハニはナムの陰に身を隠して、舌を半分出して鬼顔をした。

ジョルはアルシと同じ年くらいのナムに親しみを覚えたが、ハニの態度は気に入らず、一言言ってやりたい気分になった。だがお婆さんとナムのことを思い、ハニのことは無視することに決めた。

「私はアロンで、息子のジョルです。お世話になります」

アロンがそう言い、不器用に突っ立っているジョルの裾を引っ張った。

「お…お世話になります」ジョルは、板の間に挟まれたような、もじもじとした声で言った。その声が変にこだまして恥ずかしく、顔が一気に熱くなるのを感じた。

「ところで、どうしてここに来たの?」お婆さんはアロンではなく、ジョルを見て聞いた。「この土地の者は逃げる者は逃げ、隠れる者は隠れた。ほとんど人の気配がないじゃろ」お婆さんには何かが見えているようだった。

「…話は長くて…」アロンは少し黙り込んでから言った。「ここへ来るしかない事情があったの」アロンの口調は重かった。ジョルは母の手を強く握った。

「この子のためか？」お婆さんはジョルを見つめて聞いた。

「ええ」アロンが頷いて、軽くため息をついた。

ジョルはお婆さんと母の会話を聞きながら、体の芯が冷える気がした。ここからも追い出されてしまうのか、と不安が押し寄せた。そして目の不自由なお婆さんには、何かが見えていると確信した。

ナムとハニもジョルを見つめていた。靴に穴が空き、足指を出したこの子が、どうしてここに来なければならなかったのか。二人も目を丸くして、ジョルの様子を窺っていた。とりわけハニは、君の秘密を暴き出すぞと言わんばかりの目でジョルを見ていた。ジョルはその気配を察して、アロンの背後に身を隠した。


その数日後、ジョルはナムを手伝って馬屋を掃除した。馬屋から戻って来た時、アロンがお婆さんと何かを話していた。母の腫れた目を見て、ジョルは母が泣いたことに気付いたが、お婆さんやナムが隣にいたので、何も言わず母に体を寄せて座った。自分のぬくもりで母を慰められたらと思った。

「ナム、両親の家を片付けて、アロンおばとジョルが住めるようにしておけ」お婆さんがいつもより低い声で言った。

「婆さん…それは…」ナムは驚きを隠せない顔をした。

「君の父が帰って来たら、その時に家をあけるなり、ベッドを作るなりしよう」お婆さんの声は穏やかだったが、その中に何か重い気持ちが入り混じっているようだった。

「でも…」ハニも何かを言おうとした。

「わしは君たちの気持ちをよくわかっている。だが君たちの親がいても、こうすると思うのじゃ」お婆さんの真っ黒な目に涙が溢れ、声が詰まった。

ナムとハニは何も言わず、家から出て行った。

「お婆さん、そこまでしなくても…」アロンは慌てた。

「この家も、この土地も、変わる時が来たのかもしれないのじゃ」とお婆さんは意味ありげに言った。「とりあえずこのようにするのは、君たちのためだけじゃない。あの子たちのためでも、わしのためでもあるから、心配しないでくれ…」

その日、ナムとハニは隣の家を片付けて、アロン親子が住めるようにした。驚いたことに、気取り屋のハニは一日中何も喋らなかった。それにきれいに畳んだ衣料品を家から運び出す時、静かに涙を拭いていた。ナムはハニほどではなかったが、ずっと無口だった。お婆さんは何も見えないのに、家の中の物の位置をきちんと把握していて、アロン親子に簡単な食器や寝具、厚い服を分けてくれた。

ジョルたちのために用意された家は、お婆さんたちの家の左にあり、小さな明かり窓と細長い扉がついていた。家の中は狭いが、アロン親子には十分な広さだった。ジョルは刻み跡が残ったでこぼこのある壁を手で触りながら、崖の広場での初めての日を思い出した。

その日、ジョルはこの家で目覚めて初めて屋外に出た時、ションホルと遊びながら、家と崖が一体になっているのを発見して、驚きの声を上げた。

「何だ、これ…この家は崖を掘ったみたい」

「そうだよ」庭で雪かきをしていたナムが、細長い木の枝を束ねて作ったほうきを動かす手を止めて、ジョルのそばに来て崖を眺めて言った。

「本当に？」ジョルはびっくりして、口をポカンと開けた。

「本当だよ。この二つの家だけでなく、馬屋も崖を掘って作ったんだ」ナムが微笑んで言った。

ジョルは家の上に聳える高い崖を見上げた。崖の表面には、雪で何辻もの白線が引かれていた。この崖は周囲に聳える黒く高い山より低く、頂上が平らで黒い色も薄かった。家は崖の下半分の中央に掘られていた。崖の中心にあるため北風の影響を受けにくく、風の鳴る音がしても、風の冷たさは全く感じなかった。窓と扉が、崖の色と似た薄い黒色の厚い木で作られていた。

「近くに来ないと、家があることがわからないな」ジョルは家と崖を交互に見ながら言った。

「森の連中から身を隠すには、こうするしかないよ」背後からナムの声がした。

「なぜ身を隠すの？」ジョルは好奇心いっぱいに振り返った。

「君がここに長く住むことになったら教えるよ」ナムがほうきを肩に載せて、馬屋に向かった。そして「崖の先には近付くな」と、ジョルの方を振り返って言った。「雪で崖の先がはっきり見えないから」

雪が地面を厚く覆い、見渡す限り真っ白なので、どんな地形かもよくわからない。ジョルの心は躍った。自分たちが崖の上にいるなんて、夢にも思わなかった。崖を掘って家を作っただけでなく、その家自体が崖の上にあるとはどういうことなのか…。

ジョルはナムの雪かきのあとに現れた黒い地面に沿って、ゆっくりと前に進んだ。

「崖から跳び下りたいの？」背後からかん高い声が聞こえた。ハニだった。切った木の枝を何個か抱えて、家の方に行きながら叫んでいだ。

ジョルは立ち竦み、周囲を見渡した。自分が立つすぐ先で、雪が凹凸の淵を作っていた。そこが崖の端だった。その手前に大きな石で低い壁が作られていて、崖の端と家の間がかなり広い平らな広場になっていた。ジョルは崖の下をそっと眺めてみた。何本かの黒い木が積もった雪から頭を出していた。その様子から見ると、崖はかなり高かった。

……

物思いにふけっていたジョルの耳に、「ジョル、木の枝をもう少し持って来て…」というアロンの声が届いた。母は火に木の枝をくべていた。ジョルは家を出て、馬屋の左に積まれてある切り枝の方に向かった。そこから遠くを眺めた。数日前に一日中日が照って、積もった雪がほとんど溶けた。太陽の光が届かなかった山の裏や丘の裏には雪が白く残っていた。崖の南方には緩やかな黒い谷が遠くまで続き、他方は黒い山々に囲まれていた。

「実は、この土地はこう見えても不思議なものがいっぱい隠されているんだ。いろんな意味で…」ナムから聞いた言葉が耳に蘇った。

「何が隠されているのだろう…この土地に…」ジョルは呟いた。

ハニとナムの会話に出た荒地、死の森とは…。待っているのに帰ってこない父とは…。

第十二話　死の森

アロン親子が崖の広場に住みついて一ヶ月が経った。荒地はさらに寒くなり、雪がますます積もり、家から出るのもひと苦労になった。荒地の生活に慣れていない親子は、ナム一家に頼りっぱなしだった。

「雪が解けてバザルに行けるようになるまでまだかなり時間がかかるから、アワを節約し、狩り肉を多めに出してきてよ」

木の物入れからアワを出そうとしている妹に向かって、ナムが言った。

「兄ったらわかっているのに、何度も言って」ハニはもごもごと呟いた。

「バザルって何?」ナムの破れた服を縫っていたアロンが、お婆さんに尋ねた。お婆さんは目が見えず、ハニは縫いものが苦手なため、一家三人の服は太い糸で粗雑に縫われていた。アロンはここで暮らすようになって、縫いものの仕事を引き受けた。

「バザルは、この土地に生活している人々が生活品を交換する市場じゃ。昔はわしの息子が行っていたが、今はナムが行って狩り物で食料品や生活品を交換してくるのじゃ」とお婆さんが言った。

「バザルは遠いの?」ここに来て崖の広場しか知らないジョルが、わくわくして聞いた。

「馬で往復一日ぐらいかかるさ」ジョルの向かいに座るナムが、狩り用道具を直しながら言った。

「君は馬がないから、犬に乗って行くかしら?」ハニは皮肉たっぷりのかん高い声で言って笑った。ジョルは何かにつけて突っ込んでくるハニに、次第に慣れてきていた。彼女はナムにも同じ態度だった。どんなことも批判しないと気が済まないようだった。ナムはハニの言葉を聞こえなかったふうに無視するが、ジョルはいつも機嫌悪く顔を反らしたり、睨んだりした。そのたびにハニは鬼顔をするのだった。

「君はこの崖から下りたことがあるの?」ジョルはわざとハニの弱みをつくように、からかった。ナムに聞いた話では、お婆さんが心配のあまり、これまでハニを崖から下ろしたことがあまりなかったそうだ。「もちろんよ」ハニの顔が赤らんだ。

「ハニに無礼なことを言うな」アロンがジョルを咎めた。「いいの。いいの」とナムが笑った。「ハニの相手をする人ができて良かったのさ。僕は何を言われても、返事するのが面倒くさくて」

「面倒くさいからじゃなく、いつも負けるからじゃないの」ハニはナムに反発するようにひねて言った。

「二人とも口を慎まないか…」お婆さんは目を閉じたまま唸った。

「冬はやはりつまらないな。寒くて雪が深く積もって、外にも自由に出られないな」ナムが修理の手を止めて、腰を伸ばした。

「どのぐらい積もるの?」ジョルの目が輝いた。

「深いところは馬が入っても見えないのさ」ナムがうんざりとした声で答えた。

ジョルはわくわくしながら、明かり窓を眺めた。

「それを試そうと思うな。新しく降った雪は入ったとたん崩れて、どこに入ったかもわからなくなるから」ナムがジョルの思いを見抜いたような口調で言った。

「はっきり言っておくけど、深い雪に沈みこんだら馬も人間も生きて出られないから…。君みたいにちっぽけだとなおさら…」ハニはジョルの思いを踏んづけるような勢いで釘をさした。

「昔は、ここに雪がこんなに深く降っていなかったのじゃ。最近は雪が深くなって、冬が長引き、太陽の光がほとんど見えなくなったのじゃ」お婆さんは軽くため息をついた。「どうしてだろう…」ジョルは知りたかった。だが、お婆さんには尋ねにくかった。またじっと見つめられるに決まっている。

ある日、ジョルはナムを手伝って雪に埋もれた枯れ枝を探し出した。雪は厚く降り積もり、ジョルの背丈よりずっと高かった。枯れ枝を出すには、積もって硬くなった雪を深く掘らなければならなかった。

「この枝を今年は使わないと思って置きっぱなしにしていたから、こんなにやられてしまったよ」ナムが雪を掘りながら、息をはあはあと重ねて言った。

「どうして雪がこんなに積もるの？　僕の村では厚くてもこのくらいしか積もらない」ジョルは自分の膝を指した。

「そのくらいなら狩りをするには最適だな。ここは最近、ますます深く積もるようになっているのさ」ナムが額の汗を拭きながら言った。雪を掘ったり、枝を引っ張ったりするうちに二人の体は温まり、顔も赤くなって、額に汗が噴き出ていた。二人の帽子が白い雪の上に転がっていた。

「お婆さんもそう言っていたけど、なぜますます深く積もるのかな？」ジョルは、ナムの引っ張り出した木の枝を屈んで束ねながら聞いた。ナムは何も言わなかった。

「ナム兄、なぜだか教えて…」ジョルはしつこく聞いた。

「それは…」ナムは言いかけて、少し沈黙してから続けた。「いろいろな噂があるけど、本当かどうか僕もわからないな」

「噂って何？」ジョルはナムが何かを言いかけたことに、好奇心が沸いていた。「教えてよ」

厚い雪に半分隠れている太い木の枝をナムとジョルは力を合わせて後ろに引いた。雪から枝が出てきた。引っ張った勢いで、二人とも後ろにひっくり返った。二人とも雪の上に仰向けに倒れて、大声で笑った。

「教えて。どんな噂？」ジョルは質問を繰り返した。

「ちっぽけな君に教えてもいいかな」ナムがからかうような顔でジョルを見た。「噂は怖いよ。夜、悪夢を見るさ。知らない方がいいと思うけど」

「僕はちっぽけなんかじゃないよ。ハニに言われても黙ったのは、僕が男だからだよ。母がいつも、男の心は草原のように広くなければいけないと言うからさ。それに父が探しにくるまで僕は母を守るから、怖いものなんかないよ」ジョルは雪の上から跳ね起きて、真剣な顔つきで言った。

「そうか」ナムが笑いを止めて、ジョルの横に座った。「君にも守らなければならない者がいるんだね」ナムは顔を上げて、厚い雲の下に伸びる遠くの雪山を眺めて言った。

「いろいろな噂が広がっているけど、バザルで一番よく知られている噂があるんだ」

ナムはジョルの方に体を寄せた。

「荒地に雪が積もり、冬が長くなって、太陽の光が当たらなくなったのは、マンゴスが大地を占領している証拠だそうだ。山々に積もっている雪が解けると、川になって周囲の谷や平地へ流れるのさ。そうすると、その土地の土や植物も黒くなっていく。それが毎年繰り返されて、死の森を中心に、黒い土地がどんどん広がっているそうさ」

「どうして…」ジョルは目を丸くした。

「それは誰もわからない。ただ雪解けが過ぎると、土地やそこに生える植物が少しずつ黒くなっていて、年々それが繰り返されて真っ黒になるんだ。その水を飲んだり、植物を食べたりすると、人間が病にかかって治らないんだ。うちの母も変な病気にかかって結局…」ナムの声が詰まった。ジョルはどう慰めればいいか、わからなかった。しばらく黙ってから、ナムは話を続けた。

「噂によると、死の森を支配するマンゴスがいるらしい。その者は聖水を手に入れるために、あらゆる勢力を支配に入れ、聖水が埋もれているという伝説のある死の森にのろいをかけて、勢力を広げているそうだ」

「そのマンゴスを何とかすることができないの」ジョルはその話にひかれていた。

「聖水の守者しかできないと思う。彼がマンゴスを破り、聖水を取り出して、大地に撒けば…」ナムは物語のように言った。

「彼はどこにいるの？」ジョルはわくわくしてきた。

「伝説だよ」

「そんな…」ジョルはがっかりした声を出した。

「だって、ふつうの人間は死の森には入れないよ。入っても出てくることができないんだ」ナムはため息をついた。

「死の森に入ったことがあるの？」ジョルは興味深く聞いた。ナムとこの土地は、伝説の世界に生きているように感じた。

「谷口に行ったことがあった…」ナムはジョルを見た。

「その時、マンゴスに遭った？」ジョルは緊張気味に聞いた。

「遭っていないよ。遭っていたら、ここで君と一緒にいないぞ」ナムが大声で笑った。

「どうだったの？」ジョルはナムに近寄った。

「何と言えばいいかな」ナムの顔から笑みが消え、表情が曇った。

「不気味な感じだったな。木や草が真っ黒で、死んでいないが、生きてもいない感じだった。それに何かが背後から近付いてくる気がして…。木の上のカラスがじっと見つめていたし、腐ったような匂いが鼻について、息が詰まって、悪夢を見ているようだった」

ジョルはしばらく沈黙した。モル一家が殺害された夜、暗闇の中でモルの家まで走って行き、モルの死体を発見したことを思い出した。その時、血と湿気の混じった匂いが鼻を刺激し、吐き気をもよおした。死の森はそれよりも不気味なところなのだろうか。考え込んでいたジョルの背後で、突然、何かがもぞもぞ動いている気配がした。

「あぁ…」と叫んで、ジョルは跳び上がった。背中を両手で叩きながら走り回るジョルを見て、ナムが大声で笑った。

「ナム兄…」ジョルはナムの仕業と知って、走るのをやめた。

「何も怖くないと言ってたじゃん」ナムは目から涙をこぼしながら大笑いした。

「脅かさないでよ」ジョルはもといた場所に座り直した。

「悪かった。悪かった。君が黙り込んでいるのを見て、つい…」ナムが笑いながらジョルの肩を叩いた。

「死の森のマンゴスと遭った人がいるの？」ジョルは話を戻した。

「わからないよ。死の森に入って戻った人がいないからさ」ナムの顔が真面目な表情になり、笑顔が再び消えた。

「もっとも死の森のような危険なところは、この世の中にないと思うさ」

「死の森に入った人は多いの？」ジョルは慎重に言葉を紡いだ。

「多いさ。聖水を探し出して無限の力を手に入れようとしたやつも、聖水を飲んで長生きしようとしたやつも、聖水の力を借りて誰かの命を助けようとしたやつもいる。うちの父もその一人だった」

ナムは重苦しい気持ちを抱えたまま、遠くまで続く雪に覆われた山脈を眺めた。

ジョルは自分たちが今住んでいる家がナムの両親の家だったこと、それに家をあけたその日、ナムとハニが誰かが戻ってくるのを待っているようなそぶりだったこと、ハニが家を片付けながら涙を流していたことを思い出した。

「母が変な病気にかかってしまって、バザルからオタチを招いて診せてもよくならなかったんだ。昔の伝説によれば、聖水が埋もれている山に生えている薬草を拾ってきて食べるか、聖水を一滴でも飲んだら、どんな病気でも治ると言う。その時、僕らは小さかったけど、婆さんの目はまだ見えていて、今より元気だった。これまで死の森に入って生きて帰ってきた人がいなかったから、婆さんは父が死の森に行くことを反対していたんだ。でも父の決心は固くて、行ってしまった。父はそれきり戻ってこなかった。病気の上に心配を重ねた母は、それほど経たないうちに亡くなった。わずかの間に二人を亡くした婆さんは、感傷で一日一日痩せていき、悲しみのあまり目も悪くなっていったんだ」ナムの顔が深い悲しみに覆われた。

「ごめんね。悲しいことを思い出させて…」ジョルは口ごもった。

「まあ、いいのさ。君が来て、こんな話ができてよかった」ナムが微かに微笑んだ。「これまで言える人がいなかったの。婆さんや妹ともこんな話はできないし」

「僕には何を言ってもいいよ」ジョルは明るく言った。「僕も父の話やアルシ兄の話をしたい。母はいつも僕に隠れて涙を拭いているから、母には言えないの」

「やあ…こう見ると、ちっぽけも確かに男だな」

ナムはジョルの髪の毛を指でぐちゃぐちゃに梳かして笑った。懸命に男らしくあろうとするジョルを見て、

「だから、ちっぽけじゃないの」ジョルは威勢よく言った。ジョルも負けずに雪をつかんで、ナムに
ナムは雪をひと握りつかんで、ジョルの首と服の間に入れた。

投げつけた。二人の笑い声が崖に明るく響いていた。

「こんなことだろうと思った」ハニのかん高い声が、彼らの背後から聞こえてきた。二人の手が止まった。「二人とも何をしているの」ハニは気取った口調で聞いた。

「何でもないよ」ナムは気持ちを切り替えるように、手で顔をこすった。「寒いな…。家に入るかな」

二人は掘り出した木の枝を抱いて、ハニの立つ後ろを通って、おとなしく家に入って行った。ハニは疑い深そうな目で二人の背中を見つめていた。


ジョルは時折、父チャルキンやアルシ、村の親しい人々のことを懐かしく思い出すことがあったが、荒地の生活にも次第に慣れてきた。驚くことに荒地の冬は、想像した以上に長く寒かった。崖の広場の住人たちは保管した食べ物を節約しながら、寒い冬が終わるのを待った。

ある日吹雪がぴたりと止んで、空が白みを帯びて明るくなった。これで寒い冬が終わった。雪が解ければ春だ、とお婆さんが宣言するように言った。ナムとハニはいつもより早く冬が終わったと、飛び上がるほど喜んでいた。ジョルは荒地の冬の長さに、声が出ないほど驚いた。荒地の冬は、ジョルたちのふるさとに水鳥がやってくる時期まで続いたのだった。

雪解けが始まると、ジョルは動物の皮で作ったナムの古い帽子や服を着て、ナムと狩りにでかけるようになった。だがこの土地は乏しく、獲物といってもせいぜい痩せこけた兎くらいしか獲れなかった。ジョルは、ナムが羨ましがるほど、自分の村の狩りのことをわくわくしながら話した。チャルキン、アルシ、チャルン叔父、ソムンおば、ノミン姉や幼なじみのハル、ナチンたちのことも話した。ジョルはそのたび、南に広がる遠い空を眺めた。ジョルの気持ちを痛いほどわかっているナムは、村の話になると、いつも静かに聞いていた。

雪が解けると春だと言われても、この荒地には春らしい気配は見当たらなかった。雪が解けて薄黒い大地が顔を出し、山々が白いコートを黒いコートに替えただけのことだった。空は相変わらず厚い雲に覆われ、たまに太陽が大地を少し照らした。そのたびにお婆さんは家の外に椅子を運び出してもらい、気持ち良さそうに椅子に座って目を瞑っていた。ナムは馬で狩りに行き、ハニは家のものを外に干した。

ジョルは何度も崖の下に降りて緑の草の葉っぱを探したが、どの葉も薄黒い表皮に覆われていた。彼はふるさとの春を思い出した。太陽が大地を暖かく照らし、小さい草の芽が土の間から顔を出して、木の枝は緑に変わり、子羊が鳴きながら親羊を探していた。

ジョルは南に広がる空を眺めて、いろいろなことを想像した。チャルキンは塩の旅から帰ってきただろう。自分と母がいないことをどんなに悲しんだろうか。今頃何をしているだろうか。自分たちを探し回っているかな。僕を救おうと男たちと戦い、後ろから殴られて意識を失ったまま小屋に閉じ込まれたアルシ兄は、今頃何をしているだろうか。僕たちをあちらこちら探し回っているだろうか。人々が騒ぎ立てる隙に僕のポケットに白い玉を入れて「暗闇の中で光を探せ」と言い残して、人群れの中に姿を消したチャルン叔父は、今頃どうしているだろうか…。

眩しい太陽が珍しく薄黒い大地を照らしたある日、ジョルはいつものようにふるさとのことを思い出していた。ソムンおばが作るおいしいお餅を思い出して、思わず唾を呑み込んだ。「夢の中で、何かおいしいものでも食べているの？」ハニの声が耳に届いた。目を開けると、ハニが布団を抱えて覗き込んでいた。

「どうして毎回干すの？　先日干したばかりじゃないか」ジョルは不思議に思って尋ねた。

「だって、こんないい天気はめったにないからさ…」

晴天は、ハニの機嫌も良くするようだった。「荒地にこんなに青い空が広がるのは何十年ぶりか」とハニは明るく言った。ジョルは思わず吹き出した。

「どうして笑っているの」そう言うハニの機嫌は、やはりよかった。

「何十年ぶりって。君が生まれて何年しかたっていないのに…」

ジョルは必死で笑いをこらえながら言った。

「大人たちから聞いたわ。荒地はいつも一年中、厚い雲と青い霧に覆われていたって。…そうだろう？お婆さん」ハニが、日差しの下で心地良さそうに椅子に座って目を閉じているお婆さんに尋ねた。

「そうじゃ。こんなに晴れた日は、わしもこれまで見たことがない。荒地にいい日が来るのが近いかな」と、真っ黒な目玉でジョルを見つめた。

ジョルはお婆さんに見つめられるのが苦手だった。何も見えないというのに、ジョルの居場所はよくわかっているようだった。ジョルはお婆さんの視線から逃れるように家の中に入った。母は家の中で洗い物をしたり掃除したりしていた。ジョルの姿を見て、靴を外に出すようにと言った。少し経ってから、ごみを捨てるようにと言った。そのうちジョルはハニに呼ばれて、何度も重いものを運ばされた。ナムが今朝バザルに行ったので、家のことを手伝うのも、ものを運ぶのもジョルの役目になっていた。みんなの使い走りになって、ジョルは面倒くさく感じた。

「女の人はどうして自分の力以上のことをしようとして、ほかの人に迷惑をかけるのかな」ジョルは言いつけられたものを、のろのろと外に干しながら、もごもごと言った。

「ジョル、服を脱いでくれ。洗うから」母が屋内から言った。

「ひと冬洗っていないから、そうした方がいいね」ハニは金切り声で笑った。ジョルは、母の無神経とハニの皮肉に苛立った。崖の広場の淵に行って、崖の下を眺めた。

「刀も下ろしてよ。刀入れも洗うから」母がさらに促した。

「いやだよ」ジョルは顔をしかめた。そしてベルトに挟んでいる刀を手で触った。この刀は、ジョルがマンゴス呼ばわりされて小屋に閉じ込められた時、アルシがひそかに手渡してくれたものだった。それ以来、ジョルはこの刀を肌身離さず持っている。使い走りでいらいらしている上に、刀も下ろせと言われて、ジョルはさらに機嫌が悪くなった。

「それ、いつも身につけているね。誰がくれたの？」ハニがジョルの隣の大きな石に干し物を置いて、ジョルの刀を興味深そうに見つめて言った。

「関係ないよ」ジョルは手で刀を隠した。

「ちっぽけな彼女からなの？」ハニは意地悪く笑った。

「うるさい」ジョルは座っていた石から立ち上がり、崖から下る斜面に向かった。

「どこに行くの」アロンが後ろから叫んだ。

「ナム兄を迎えに行くよ」ジョルは斜面を下った。

バザルに行ったナムが羨ましかった。僕にも馬があったら行けたのに…。ジョルは緩やかな斜面を下りながら思った。母やハニにうるさく言われたくなくて、道端でナムの帰りを待つことにした。ジョルは崖下に広がる緩やかな谷を通る道の横にある大きな石に座った。ここはナムがバザルの行き帰りに必ず通る道だった。その道は薄黒い地面に一筋の微かな線を残しながら、遠くの地平線近くで消えていた。日差しは暖かく射し込んで気持ちが良かった。先ほど母やハニにさんざん手伝わされたジョルは、疲れて眠くなってきた。南に広がる黒い地面を眺めたが、ナムの姿は見えなかった。ジョルは大きな石の上に横になった。

突然、声が聞こえた。

「ゲセル…ゲセル…」

誰を呼んでいるのかと不思議に思ったジョルは、起き上がった。小柄で毛並みの美しい白馬が立っていた。ジョルは声の持ち主を探した。

「ゲセル…ゲセル…」声がまた聞こえた。ジョルはあたりを見渡したが、誰もいなかった。

「ここにいるよ。僕だよ」白馬の方から声が聞こえた。

「あ…馬が話している」ジョルが驚きの声を上げた。

「助けて…ゲセル」白馬は頭を上下に動かした。

「僕はゲセルじゃないよ。ジョルだよ」とジョルは答えた。

「助けに来て…」と、白馬は言い残し、死の森の方へ走って行った。

「待って…待って…」

ジョルは夢から覚めた。先ほどの石の上に横になっていた。だが、見た夢があまりにも鮮やかだったので、ジョルは慌てて飛び起きた。

「どういうこと?」夢を思い出しながら考えた。「言葉ができる馬っているかな。不思議な夢だな」夢の中で白馬が向かった丘の方を眺めた。黒い地面だけが目立っていた。そういえば、僕をまたゲセルと呼んでいたな…ジョルは呟いた。

隠れ湖に落ちた時、夢の中で、アロンが自分をゲセルと呼んでいたことを思い出した。

ジョルは目をこすって、薄黒い大地の遠くにナムの姿を探した。ナムの姿はまだ見えなかった。

「まだかな」ジョルは大きな石の上に立って呟いた。「早く助けに来て…」と言った白馬の声が気になって仕方がなかった。ジョルは再び丘の方を眺めた。「あの丘の向こうは死の森だ」とナムが言ったことを、ジョルは思い出した。

ナムはまだ帰ってきそうになかった。ジョルはとりあえず丘の上まで行って、森の方を見てみようと思った。これまで死の森の伝説を耳にしてきたが、行く機会はなかった。ナムと狩りに行く時も、死の森とは反対の方向に出かけていた。ジョルは急いで丘の方へ向かい、息せきながら丘の一番高いところに登った。

丘の向こうは、こちらとは全く違う別世界だった。墨のような黒い世界が視野の届かないところまで広がっていた。空へ聳え尖った崖があれば、緩やかに起伏した広い谷もあった。山々の麓や谷が真っ黒な森に覆われていた。荒地の木や草が黒いことに驚いていたが、死の森を覗いてはじめて、荒地の色は死の森に比べれば、まだ明るいことに気が付いた。死の森の上空には青黒い霧が霞んで、死の静けさに包まれていた。太陽の光が遮られ、空はオレンジ色と黒色にくっきり分かれていた。

ジョルの立つ丘のもとに広がる森の中から突然、馬の鳴き声と、悲鳴や騒がしい足音が聞こえてきた。ジョルは何も考えず丘から走り下りた。登った時より急な斜面が続き、服が木の枝にひっかかって破れた。木の太い根に何度か躓いて転び、膝を痛めた。だが痛みや服の破れを気にする余裕はなく、声がする場所にひたすら走った。走りながらベルトに付けていたアルシの刀を手に握った。馬の走る音、地面を蹴る音、鼻を鳴らす音が森の中に響き、気味の悪い悲鳴が次第に近付いてきた。

二頭の大きな馬が倒れていて、何頭かの黒毛をした狼が倒れた馬を競いながら引っ張り合って食べていた。地面にはおびただしい数の足跡がつき、馬から流れた大量の血に塗られ、激しい戦いがあったことを物語っていた。狼らは食べることに必死で、ジョルが来たことに気が付かなかった。空き地の角に三、四頭の子狼がいて、小柄な白馬を囲んで歯を剥き出し、四方から襲いかかっていた。白馬は何箇所も怪我をして白い毛を血に染め、子狼を足で蹴ったりして、命がけの戦いをしていた。ジョルは刀を強く握り締め、一頭の子狼の後ろから横に切った。子狼が悲鳴を上げ、お腹から血を流しながら倒れた。ジョルは隙をついて素早く白馬の前に立った。白馬もジョルに体を寄せた。

子狼の悲鳴で、二頭の馬の死体に集まっていた五、六頭の狼が食べるのを止めて、ジョルの方に冷たい目線を移した。ジョルはできるだけ速く白馬を背中で押しながら空き地から離れ、狼が一斉に襲いかかってこないよう木立の中に入った。狼らは地面に倒れて悲鳴を上げている子狼をそのままにして、長い牙を剥き出して唸りながらジョルと白馬に近付いてきた。

ジョルは戦いに備えた。刀を横に握って、真っ先に跳んできた大きな狼を空中で切った。狼の体から血が噴き出し、ジョルの顔や服を赤く染めた。狼は地面に落ちて動かなくなった。ほかの狼らは低い唸り声を上げながら、少し退いたが、ジョルと白馬から離れようとしなかった。隙を狙っているに違いなかった。ジョルは狼らから目を反らさず、彼らの動きに全神経を払っていた。だがその時、ジョルは足元にあった太い木の根に足を引っかけ、バランスを崩した。狼が両方から襲いかかってくる足音がジョルの耳に届いた。ジョルは左側から跳んでくる狼を、全力で横切り、息を止めたが、右側から襲ってきた狼と対峙する余裕はなかった。体を後ろに反らしたが、狼のむきだした牙が右肩に迫ってくるのを感じた。だが、噛みつく寸前に狼が鈍い悲鳴を上げ、下に転がり落ちた。驚いたことに狼の胸に弓が刺さっていたのだった。

ジョルの背後から地面を叩く馬蹄の音が聞こえて、疾走する馬の背中の上で弓を引いたナムが木立の間に現れた。「ナム兄…」命拾いをしたジョルは、安堵の声を出した。

「何をしているの?」ナムが狼らを弓で狙ったまま怒鳴った。「後ろに乗れ…早く…」

ナムが突然現れたことに、狼らは戸惑っていた。

「待って。白馬を助けないと…」ジョルは再び刀を握ったまま、白馬の前に立った。

「むちゃを言うな。早くここから出ないと、こいつらの仲間は増えるぞ」

ナムは悲鳴を上げている狼らを見て言った。狼らは二人の様子を窺っているらしく、襲いかかってこなかった。

「狼らを見張ってくれ…」ジョルは服の裾を破り取って、白馬に近付いた。白馬は動かなかった。ジョルは血がだらだらと流れている白馬の足を布で包んだ。「もうひと息がんばってよ」と言い、白馬の頭を撫でた。そして素早くナムの後ろに乗った。

ナムの馬は木立の間を縫うように走り出した。白馬も懸命についてきた。その後ろから追ってくる狼の息の音が聞こえた。ナムが何度か振り向いて弓を放った。鈍い悲鳴が上がって、先頭を走っていた狼が倒れた。二人はさらに深く茂った木立に走り込んだ。不思議なことに狼らは追ってこなかった。

「ナム兄、狼らは追ってきていない…」ジョルは喜びの声を上げた。

「黙って…僕につかまって。太陽が沈む前に森を抜け出さないと…」

ナムは緊張を解いていないようだった。黒い霞に透けて太陽の弱いオレンジ色の光がぼやけて見えた。

「どうして…」ジョルが聞いた。

ナムは無言でさらに馬を急かせ、体を低く屈めて馬の背中に寄せた。ジョルもナムの腰につかまって体を低くした。馬が木立の間を素早く走り抜けていった。ジョルは顔に叩きつけてくる木の枝をよけながら、振り返った。あとからついてくる白馬の走りがバランスが良くなっていくのを見て安心した。ジョルはナムの体の隙間から前方を見た。大きな太い木の枝が長剣のように伸びて、近付くものを刺し抜くような鋭さだった。ナムの馬はこの土地の地形を把握しているようで、土を叩いて全速力で走っているにもかかわらず、突き出た太い枝をうまくかわしながら走り抜けていた。ジョルはナムの背中にぴったりと体を寄せ、ナムの体の動きに合わせて枝を避けていた。

森の茂みは先ほどより薄くなっていたが、ナムの緊張した様子は変わっていなかった。太陽の光が西山の裏に入ったらしく、一瞬にして森が暗くなり、体に当たる冷たい風が森の腐ったような匂いを運んできた。ジョルは背後から何かが近付いてくる気がして、ふと振り向いた。

「あぁ…」ジョルは叫んだ。

今通ったばかりの木立の隙間が一瞬にしてふさがれ、木や枝が縺れるようにぶつかり合いながら、彼らの後ろから迫ってきた。ぶつかり合う木と枝はさらに増し、風に吹かれて大きな葉音を立てながら、狂った蛇の群れのように動き回り、馬の尻尾までまとわりついてきた。ナムの馬も後ろから迫る危険を察知したように、さらに狭くなる木立の隙間をうまく縫いながら谷口に向かった。ジョルは刀を手に取って、後ろから迫る木の枝を伐り倒した。だが、次の瞬間、何かに吸い込まれるように、ジョルの体が空中に飛び上がった。「あぁ…」ジョルは悲鳴を上げた。体がナムから引き離され、空中で何度も上下に飛ばされながら、ものすごい力で引っ張られていった。

「ジョル…」ナムが叫び、馬を走らせてジョルを追ってきた。

ジョルの悲鳴が死の森の静けさを破り、谷や山々にこだました。手に持っていた刀で懸命に木の枝を伐ったが、一つの枝を伐っても別の枝に引っ張られて止まる気配はなかった。暗がりの中で、自分を追ってくるナムの姿が小さくなって消えた。突然、馬の細く長い鳴き声が聞こえた。白馬が懸命にジョルを追いかけてきて、前足で木の枝や根の塊を蹴り上げていた。ジョルの体はさらに太い木の根に掴まれて、大きな木の枝に向かって投げられた。長剣のように先端が尖った無数の木の枝が、ジョルの体が飛び込んでくるのを構えていた。ジョルは悲鳴を上げながら目を閉じた。

木の枝に刺さる瞬間に、ジョルの体を白い光が包み、ジョルを囲んでいた硬い木の根や尖った太い枝が一瞬に吹き飛んだ。木の根に巻かれて高く押し上げられていたジョルの体が、ゆっくりと浮きながら地面に着いた。

ジョルは目を開けた。首にぶら下がっていた白い玉が光を放っていた。白い光の眩しさで、森の中は昼間より明るく見えた。馬上にいるナムは、手で光を遮っていた。目を青く光らせた白馬の姿が、黒い木立の間に見えた。しばらくすると白い光がすっと消え、ジョルたちは再び暗闇に包まれた。

「さっきのものは何なの?」ナムが死の森にいるのも忘れて大声で聞いた。

「僕のペンダント」ジョルは簡潔に答えた。

「とりあえずここから出よう」ナムはジョルに手を差し出した。ジョルはナムの手を掴むと、ナムに引っ張りあげられるように馬の後ろに乗った。二人は谷口に向かった。後ろからは何も追ってこなかった。


二人は死の森からようやく出た。森の外の地面はまだ黒いが、空に太陽の明るみが残っていた。ナムは体の緊張を解いて、くつろいだ体位で馬を走らせた。力の限り走った馬の体からは汗が噴き出て、ナムやジョルの服を濡らしていた。濡れた服が風にそよいで涼しく感じた。

家のある崖の下にたどり着くまで、ナムは何も言わなかった。彼は馬の速度をだんだん落として、最後は歩かせた。ナムとジョルは馬から降りて歩いた。二人を降ろした馬は耳を前後に動かし、頭を上下に振って、リラックスした様子を見せた。白馬がナムの馬の後ろにぴったりついて歩いていた。

「ごめんね。ナム兄」ジョルは口ごもった。

「もし、何かあったら、どうする？　君の母に何と言うの？」

ナムの声は怒っているより悲しそうだった。彼は、自分たちを残して死の森で消えた父を思い出しているようだった。

「本当にごめん」ジョルの声が震えた。「それに助けに来てくれて、本当にありがとう」

「君が死の森へ入るのを見かけたから、慌てて追いかけて行ったの」

ナムは立ち止まった。そしてジョルに向かって言った。

「君はまだ小さいからわからないだろうが、君の命は君だけのものじゃなく、君の大切な人たちのでもあるの。君に何かあった時、みんなの心が痛み、悲しむから、むちゃなことをしないでくれる。わかった？」ナムの声は震えて語尾がうわずっていた。

ジョルは頷いた。声を出したら泣き出しそうだった。

「怪我はない？」ナムの声色が柔らかくなった。ジョルは首を横に振った。

「ところで、さっきのは何？　その白い光は？」ナムはぼんやりとした空の明るみを透かしてジョルを見つめた。

「これが放った光なんだ」ジョルは首にぶら下げている白い玉をナムに見せた。

「これは何？」ナムは白い玉を手に取って見た。

「僕が生まれた時、手に握って生まれたものなの」

ジョルはナムが信じてくれるか自信がなく、頭を手で軽くかいた。

「どんなものなの？　どうするとさっきのように光るの？」

ナムはこれまで会った人々と同じように、白い玉を弄りながら興味深く聞いた。

「僕もわからないの。この前も僕が命の危険にさらされた時、光ったことがあるの。ずっと前のことだけど」ジョルは正直に話した。

「不思議なものだな。こんなものを見たことがない」

ナムはペンダントをジョルの胸に返して、「これのおかげで僕らは助かったよ。白い光が君を助けたし、狂ったように迫ってきた木の塊を伐り倒したしな」

「早く行こう。婆さんたちが心配していると思うから」ナムはそう言って歩みを速めた。崖の入口に人影が見えた。

「ナム兄か」ハニの声だった。

「そうだ」ナムとジョルは人影に近付いた。

「ジョルと会っていないか」アロンの焦った声が聞こえた。

「母ちゃん、ここにいる」ジョルは大声で叫んだ。

「ジョル…」人影が走ってきた。アロンだった。足元の石に何度も転びそうになりながら、ジョルのもとに駆けてきた。

「どこに行っていたの？」アロンは震えた声で言い、ジョルを抱き締めた。母の体がひどく震えていた。ジョルは申し訳ない気持ちでいっぱいになった。

「何の匂い？　血か？」アロンはジョルを胸から離して、慌てた声で尋ねた。

「僕の血じゃなくて、狼の血」ジョルはうっかり口を滑らせた。夜の闇の中で、アロンの顔が青ざめていくのがわかった。

「どういうこと？　どこで？」アロンの足はがくがくと震え、体を支えきれないようだった。

「アロンおば、家に入ってから話そう。とりあえず僕たちは無事で帰ってきた」ナムが言った。

「どういうこと？　無事って。何があったの」横に立っていたハニは驚きの声を上げた。

「いいから、黙って…」ナムは唸った。

「何これ？　どこからこの馬をもらったの？」ハニはナムの馬の後ろについてきた白馬を見て言った。ナムは咳払いをし、ハニに向かって首を横に振った。ハニは黙った。

四人は無言で崖を上った。ナムの馬と白馬がついてきた。明かり窓からこぼれるぼんやりとした光で、白馬の体についた血が黒い模様のように見えた。

「何これ…」ハニは、白馬の体を触った時についた掌のものの匂いをかいで、悲鳴を上げた。「あ…血だ…」

「いったいどんなことか…」アロンが胸を押さえた。「おばさん、とにかく家に入ろう」ナムは落ち着いた声で言い、アロンの腕を支えて扉に向かった。そしてハニを、余計なことを言うなといわんばかりに睨んだ。ハニはナムを睨み返して家に入った。ジョルは一番後ろから家に入った。

お婆さんが火に向かって祈りを捧げていた。

「無事に帰してくれて、どうもありがとうございます」お婆さんの呟きが聞こえた。

ナムはお婆さんの向かいの席にアロンを座らせた。

「大変なことがあったな。こんな不気味な匂いと気配を連れてきて…」お婆さんはナムが口を開ける前に厳しく言った。

「二人とも血だらけだよ」ハニはお婆さんにささやくように言った。「それに血だらけの馬を連れてきた…」ハニは二人を咎めるように睨みつけた。

「怪我はしていないの？」お婆さんは落ち着いた声で尋ねた。

「かすり傷だから大丈夫」ナムが低い声で言った。

「結局、森に入ったの？」お婆さんは大きな息をついてジョルを見つめた。「あれほど死の森に近付くなと言ったのに」

ジョルは唇を噛んだ。またしてはいけないと言われたことをやってしまった…。

「そんな…死の森に入ったの…」ハニは悲鳴を上げた。

「どうして…人の言うことを聞かないの。あそこには行くなとあれほど言ったじゃない」アロンの声が震えた。

「ごめんなさい。行くつもりはなかったけど…」ナムが謝った。

「ナム兄のせいじゃない。ナム兄は僕を助けに森に入ったの」ジョルは慌てて言った。

「だったら君が先に死の森に入ったの？」アロンの声がうわずった。

「白馬が呼んだから…」ジョルは死の森に入った理由を説明するつもりだったが、逆にみんなを驚かせてしまった。

「白馬が呼んだって…？」ナムも驚いた声を出した。「どうやって…」

「夢の中で助けてと頼んできたから…」ジョルはもごもご言った。ナムとハニは目を丸くした。お婆さんも目を凝らしてジョルを見つめた。何かを考え込んでいる目でもあった。

「また変なことを言い出す。ここからも追い出されたいの」アロンが泣き出した。

「もう起きてしまったことだから叱るのはよせ。それよりハニは水を沸かして、ジョルとナムの体を早く洗わせておけ。アロンは血のついた服を全部燃やしておけ。使った刀と弓は洗えるところを洗って、鉄の部分を火にかけておけ」

お婆さんは引き出しから木の葉を取り出した。「服と一緒にこれを焼け。沸かす水にもこれを入れて。それから外にいる馬を馬屋に入れて、玄関にションホルを寝かしておけ、また家の窓に厚い板を被せておけ」と、これまでにない真剣な顔で指示をした。いつもなら一言文句を言わずにいられないハニも、この時は無言で静かに立ち上がり、湯を沸かしに行った。アロンは涙をぬぐって灯油を取りに行った。

二人は体を洗って、着替えて、ご飯をお腹いっぱい食べた。誰も何も言わず、夜が深まっていった。

「休んでおけ」お婆さんは昼間の出来事を締めくくるように言った。

「あんたも心を鎮めて、ジョルを責めないでくれ。この世に理由なく起こることはないんだから」

アロンは頷いた。ナムとハニが、アロンとジョルを送りに外に出た。

「すごい…何これ…」ハニが驚いた声で空を指した。

空を覆った厚い灰色の雲の裏に無数の稲妻が走り、雷の轟が聞こえていた。時に目の前が眩しい光に満ちて昼間より明るくなるが、時に暗闇に覆われて真っ黒になった。稲妻の作る光の模様が空を飾り、黒い雲の裏を赤色やゴールドン色に染めている。厚い雲を透かして光の向こうに広がる空は、時に白く、時に青く見えた。それに伴って雷はある時は遠くに、ある時は近くに轟いた。まるで花火とドラムが荒地の空で競演しているようだった。その光景に誰もが圧倒され、口をポカンと開けて空を見上げていた。四人はしばらく立ち竦んだままだった。

「天が喜んだのじゃろう」

背後から聞こえた高い声に、四人は揃って振り返った。お婆さんが嬉しそうに空を眺めていた。彼女の黒い瞳に、稲妻が描き出した金や銀の線が生き生きと映っていた。

「見たことがない…」アロンがようやく口を開いた。

「君だけじゃなくて、この土地にいる誰もが見たことがないじゃろ」

お婆さんが空を見上げたまま言った。お婆さんの目にもこの光景が見えているのではないかと、ジョルは思った。その稲妻の光を縫うように、空から大粒の雨滴が長い線を引くように舞い降りてきた。

191頁8行　オタチ　　医者。作品中では医学の知識を持ち、占い、まじないなどの魔力を持つ人を指す。

第十三話　バザル

白馬も、崖の広場での生活に次第に慣れてきたようだった。だが困ったことに、白馬は水を飲む時にはジョルのそばに寄ってきて、頭を撫でたり、たてがみを梳かしたりしても平気でいるが、ジョルが乗ろうとしたら逃げ出すのだった。背中に何かを載せたら暴れ出して、載せたものが落ちるまで崖の広場を駆け回るのだった。

「馬なら普通、主人を乗せるけど、君はどうして僕を乗せないの」ある朝、ジョルは白馬に水を飲ませながら、独り言のように呟いた。

「それは君の勇気が足りないからじゃないか」と、誰かの声がした。ジョルが振り向くと、木の切り枝を抱えたハニが白馬の後ろに立っていた。

「僕は十分勇敢だよ。死の森にも入ったから」ジョルが答えた。

「そんなことを今も自慢しているの。みんなとっくに忘れているよ」

早朝から意地の悪い言い方をするハニに、ジョルは「朝から何だよ」と顔をしかめた。

「だって馬を馴らすのは人間じゃないか。君みたいに毎日砂を入れた袋で馬を馴らす人なんていないよ」ハニがもったいぶった声で言った。「まさか、君は馬を馴らしたことがないの？　怖いのか…」

「誰が怖いもんか」

実は、ジョルは白馬の背中に袋を載せると、後ろ足を真っ直ぐ立てて暴れるのを見て、馬に乗る自信をなくしていた。ハニが言う通り、父チャルキンが馬を馴らす時も、自分で馬に乗っていたが、砂袋は使っていなかった。ジョルは白馬を馴らす方法を変えなければと思った。だがハニの前では、自分に自信のないことがばれないよう、必死で繕った。

「ちょっと聞きたいことがあるけど」ハニが柔らかい声で言った。

「どんなこと？」ジョルはいい話ではないだろうと警戒した目をした。

「別に聞かなくてもいいけど、思い出したから聞くよ」ハニは咳払いをした。

「君は何かの玉を持っているの？　死の森でそれが光って、森の中を昼間のように明るく照らして、襲ってくる木の呪いを消したって本当？」目を光らせて聞いた。

「どうして知ったの。ナム兄が話した？」ジョルは慌てた。白い玉のことで何度も化け物扱いされてきたジョルは、少し後ずさりした。

「本当だったの？」ハニは好奇心を抑えきれないようで、次々と質問を投げかけてきた。「君が危険にさらされると、本当に光って君を守るの？　握って生まれたというのも本当なの？」

「誰から聞いた？　そんなことを…」ジョルは服の下に隠しているペンダントを無意識に触りながら、ハニから視線を反らした。

「お婆さんと兄の話を聞いたけど。本当だと信じられなかったけど」

ハニは首を傾げてジョルを見た。「ね、本当に、本当なの？」ハニが一歩前に進み出た。ジョルは一歩後ろに引いた。

「そうじゃないだろう。本当だったら、ゲセルじゃないか」

「いま何と言った？　ゲセ…ル…」ジョルは、ハニが口にした名前を聞いて驚いた。

「そうだよ。それも知らないの？」ハニはあきれた顔をした。「荒地では知らない人がいないのに。聞いてないの？　ゲセルの伝説を？」

「ゲセルって何者？人間？マンゴス？」ジョルは慌てて尋ねた。自分が夢の中で呼ばれた名前だった。

「人間でも、マンゴスでもないけど…」ハニはジョルの焦った顔を見つめていた。

「だったら何者だ？」ジョルは問いただした。

「君はわざと知らないふりをしているだろう…」ハニは疑うような目でジョルを見て言った。「伝説の聖水の守者だろう…。天の息子で…聖水を大地に戻しにくるとか…」

ジョルはハニから顔を反らして「天の息子？　そんなわけが…」と呟いた。

「だろう…君がゲセルのはずがないだろう…こんなちっぽけで…」ハニは何か言いかけて止め、楽しそうにジョルの顔を覗き込んだ。「兄ったら、大げさなところがあるから。ところで、光る玉を見せてくれない？」

「そんなはずがない…」ジョルは呟きながら崖先に向かった。ゲセルの伝説で頭がいっぱいで、ハニの返事をする余裕がなかった。水を飲み終わった白馬が後ろからついてきた。

「おい…聞いてないの。見せるだけなら減らないじゃないか。ケチ…」無視されたハニはジョルの背中に向かって叫んだ。

「誰が見たいもんか」

ジョルは崖先の大きな石に座って考え込んだ。ハニの言っている伝説のゲセルが、自分と何か関係があるのだろうか。ジョルは厚く曇った空を見上げた。横に白馬が立って頭を上下に振っていた。

黒く広がる野原を横切り、ナムはバザルに向かった。彼はいつもと違うお婆さんの行動を思い出していた。いつもより早くバザルに行かせたのも変だし、替えたばかりの馬蹄の鉄を古いものに取り替えさせたのも変だし…。何よりも変なのは、「白ひげオタチ本人にこれを必ず届けてくれ」とハンカチ大の布切れを渡され、「誰にも見せるな」としつこく言われたことだった。ナムはこれまで何度かお婆さんに頼まれて、白ひげオタチのところに行ったことがあった。毎回、白ひげオタチから何かを預かるだけだった。ナムは布切れを入れた胸ポケットを触った。古ぼけた黒い布に十字の形に二本の銀色の矢の絵を縫ったものだった。

「バザルに行ったら、人の目を引くような行動を慎め。死の森から逃げ出したことを誰にも言うな。どんなことがあってもいつも通りにして…」

そう言ったお婆さんの真剣な顔を思い出して、ナムは苦笑いした。お婆さんも心配性になったな。本当に年を取ってしまったかな。やはり死の森でジョルのペンダントが光ったことを言わない方がよかったかな。ナムはいろいろ考えながら馬を急がせた。

昼過ぎにバザルに着いた。木、土、石で造った丸や四角の小さな建物が、広い谷を横切る乾いた川の両岸に並んでいた。その光景は遠くから見ると、小さな丸い石や四角の箱を置いたようだった。バザルの中心街である一筋の道の両側には、多数の小屋が道路に沿ってぎっしり並び、その合間に細い路地が木の枝のように乱雑に、街の外に向かって伸びていた。地理的に言えば、ナムたちの崖の広場とバザルは死の森の外淵に沿っている。ナムたちは死の森の南端の込み入った山や丘の間に住み、バザルははるか西に広がった死の森の西南端の平地に位置している。人々はバザル近くの山地や平地に住み、みんなバザルを行き来して生計を立てていた。聖水の伝説でバザルを訪れる人は増えていて、バザル近くの草や木で家を建て、火を点した。そのため周囲の丘や平地は土が露出し、木や草がほとんど見当たらない。黒い地面が視野いっぱいに広がるだけだった。

その日は風がなかったため、煙突から出る煙と乾燥した土道から舞い上がる黒色の砂ぼこりが空中に舞い、バザル全体が黒色の霧に包まれているようだった。硬い土道を叩く馬蹄の振動がこれまでの道より激しく感じられて、ナムはバザルが近いことを知らされていた。

長い乗馬の旅で喉が渇き、お腹も空いていた。ナムはバザルの入口近くにある常連の店の前で馬から降りた。柱に数頭の馬が結ばれていた。街中はいつもより賑やかで、皮服を着た森の狩り人や、長い布に身を包んだ草原の民や商人が、それぞれの品物を持って街を歩いたり、交換したりしていた。

「ナムか。久しぶりだな」店の主人バートルが玄関に現れたナムを笑顔で迎え入れた。いつもより機嫌がいいようだった。

「お久しぶり。商売が繁盛しているようだね」ナムは店の中を見渡して言った。ふだんより客が多かった。ナムはいつものように明かり窓に近い席に座った。

「前回君が来た時はまだ雪が残っていたけど、今はすっかり解けて、やっと息がつけたさ。冬は長かったな」バートルはお茶を持ってきた。

「そうだったね。でも今年の調子は結構いいみたいだな。入ってくる時、街の人がいつもより多かったけど」ナムがお茶を飲みながら言った。

「泣いている者がいれば、笑っている者もいるさ」バートルが屈んでナムの耳元で呟いた。「俺らにはいい年になるかもしれないぞ…」バートルが言葉を続けようとした時、店に数人の客が入ってきた。

「久しぶりだな。ホニン」バートルは客たちを迎え出て、一番先に入ってきたがっしりとした中年の男に腕を伸ばし、大声で笑いながら抱き合った。

「久しぶりだったな、友。長い冬、元気だったか」ホニンと呼ばれた男が、バートルの背中を軽く叩いて腕をとった。そして連れの男たちに言った。「バザルで何か用があったら、ここに来ればいいのさ。バートルに頼んでおけば、できることはもちろんできる、できないこともできるのさ」と大声で笑った。連れの男たちも笑った。

「それはやってみないとわからないさ」バートルが男たちを席に招いた。男たちは長い旅だったらしく、帯に水袋をつけていた。靴や服にほこりが厚くついていた。

「その噂は本当か？」席についたホニンが、うずうずとした声で聞いた。

「どのことを言っているの？」バートルがカウンターに向かった。

「もちろん。つい最近、死の森の呪いが崩れたことだよ。それって本当かい…」

男たちの熱い目線がバートルに集まった。ナムは突然出た話題にびっくりした。いつの間に噂が…。慌てて彼らの話に耳を澄ませた。

「さあな…本当かどうかは誰も見ていないけど、今はバザルじゅうが大騒ぎで、その話でもちきりさ。みんな、それを確認しにバザルになだれ込んできて…」

バートルがカウンター近くの明かり窓から、街を往来する人々を眺めながら言った。

「死の森を支配している森の連中は大パニックになって、森から逃げ出した者を探しているけど、今のところ何も見つけていないそうだ」バートルは機嫌良さそうに微笑んだ。

「森の連中たち、さっきもバザルの入口で五、六人が群れになって、みんな黒い服を着て、人々の顔を見回っていたさ。目付きが異様で変わってるな」とホニンは言った。

ナムは茶碗を強く握った。お婆さんが心配していた通りのことが起こっていた。

「白い光が死の森に降りたって本当なの？」ホニンは若い店員が持ってきたお茶に目もくれず、バートルの表情を目で追いながら聞いた。店中の人々が振り向いた。

「噂は聞いたけど、本当のことは誰もわからないよ」バートルは控えめに言った。

「伝説のゲセルが現れたという噂もあるけど本当なの。だってその伝説通りだったら…」奥の席に座っていた若い男が目を光らせて言った。

「まあ、それは何とも…。人が多いと噂も出やすいからな」バートルは忙しいふりをして奥の部屋に入って行った。

「もう怖いものはないのさ…。狼を殺して、死の森の呪いを破って生きて出たなら、伝説の聖水の守者が戻って来たということじゃん…」ホニンたちの隣のテーブルで一人酒を飲んでいた痩せこけた老人が、酔った勢いでお猪口をあげて、掠れた声で叫んだ。「いよいよ…俺らも人間らしく生きられる時がきたのじゃ…。ゲセルに…聖水に…」

「余計なことを言うな、おじ。森の連中に街じゅうが見張られておるぞ」

バートルが急いで中部屋から出てきて、老人に近寄った。

「臆病者…いつまでこのように生きるつもり…」老人は片手でバートルを横に押しのけた。「毎日カラスに見張られて、森の連中に虐められて…。それは人間の生き方じゃない…これからはもう怖くない…」大声で怒鳴って、お猪口をテーブルに叩き付けた。

「もう寄せよ。また飲み過ぎたな…」バートルは店員を呼んだ。「中部屋に寝かしておけ。このまま街に出ると、また大騒ぎになるからさ」

「いつまで我慢するの？　臆病者…」老人は指先でバートルの顔を何度も軽く叩いた。

「わしはもう我慢できん。もう失くすものがないから。全部失くしたから…」

老人は店員に支えられながら、再び叫んだ。「聖水の守者が…この土地の憎みを…荒地を救いに…きた」

老人の掠れた声が遠くなっていった。店内に沈黙が流れた。ナムを含めて誰もが、老人の心の痛みに共感するところがあった。

「気にしないでくれ。彼は酔うとどんなことでも口にするから…」

バートルが笑いながら店内の雰囲気を和らげようとした。その言葉が終わるか終わらないかのうちに玄関に足音が聞こえ、黒ずくめの男二人が店内に押し入ってきた。彼らは玄関に立ったまま店内を睨みつけた。

「騒ぐ者がいるか…」ひょろ長い黒ずくめの男が怒鳴った。背の低い太った男が隣に立ち、帯に挟んだ長い刀の柄を握って、いつでも取り出せる仕草をした。二人とも黒い服の上に黒いマントをはおり、汚れた長い髪をしていた。その目は睨んでいたが、動きが鈍く、何かに操られているようだった。巻き上げた袖の下から黒い入れ墨が見えていた。森の連中の仲間だった。ナムはテーブルの下に置いた手を、ひそかに長靴の中に入れた刀に伸ばした。隣のテーブルの男たちも、手を慎重にテーブルの下に入れた。

「何の用？」バートルは二人の男の前に仁王立ちになり、冷たく言い放った。

「さっき悪い噂を流した者がいなかったか」背の低い太った男が咎めるように言った。

「料理屋で、客が酒を飲んで大声で話すのが、何が悪い？」バートルは胸ポケットに手を入れた。

「口を慎め」ひょろ長い男はバートルの動きと店内の張り詰めた空気を察知し、慌てて後ずさりした。

そして肘で隣の男をつついて頭を左右に振り、店から出る合図をした。二人は逃げるように出て行った。

「最近は、人間らしさを失くした人も多くなってきたのさ」バートルはうんざりした口調で言い、ポケットからハンカチを取り出して唇を拭いた。

「あれは黒マジックを操るやつら？」ホニンの連れの若い男が呟いた。

「目付きが異様で変わっているな」

「そうだ。最近は不幸なことにあのような連中が増えてきて、カラスよりも気持ち悪いのさ。いくら生計がかかっていてもな…」バートルは顔をしかめた。

「バザルの雰囲気は尋常じゃないな。あいつらがここまで押し入ってくるなんて、かなり緊張しているということじゃないか」ホニンは目を細めて考え込んでいた。

「どういうことか。死の森の呪いが崩れたって…」ナムが、料理を運んできた若い店員に尋ねた。彼の名前はジャムチだ。

「聞いていなかったの？」ジャムチは目を丸めて、呟くように話し始めた。「つい最近だけどさ、天から人間の形をした白い光が死の森に落ちて、そこにいた狼を何頭か殺して食べて、死の森から逃げ出したらしいよ。森の連中がその者を懸命に探しているんだ」

ジャムチの大げさなストリーを聞いて、ナムは思わず笑った。

「そうじゃないと思うけど」ナムは笑いながら言った。

「どうしてそう思うの」ジャムチは咎めるような目でナムを見た。

「だって光る人間だったら、見つけやすいじゃない…」ナムはうっかり口を滑らせたことにハッとし、ジャムチの注意を別の方に引こうとした。「よくわかんないけど…」

ジャムチは「それはそうだけどさ」と言い、少し考えたあと、声を落として呟いた。「だがその夜、死の森が光って、何者が逃げ出たのは確かなようだよ。だってその翌日、死の森に馬の足跡がたくさん残っていたらしい。ただ大雨が降ったから足跡がぼやけて、どこへ逃げたのかわからなくなったそうさ」

ナムは掌で口を塞いだ。翌日、お婆さんが馬の足に古い馬蹄の鉄をわざわざつけさせたのはそのためだったのか。ナムはうっかり災いを招くところだったことを悟った。

「どう？　驚いた？」黙り込んだナムを見て、ジャムチの目が光った。自分の情報力を誇っているようだった。

「そうか。馬の足跡があったからには、誰かが馬に乗って死の森から逃げ出したということか」ナムは納得したような顔をした。

「その通りだ。君も結構頭がいいな」ジャムチはわくわくして言った。

「ところで、どうして死の森から逃げ出した者を探しているの」ナムはジャムチの答えに予測がついたが、念のために聞いてみた。

「もちろん、死の森の威厳を守るためさ。だって死の森はこれまで入った者が生きて出られない呪いがあったから、人も動物も怯えていたけど…。今、その呪いが解けたとしたら、誰もが森に入って聖水を探し出したいし、死の森の支配から逃げ出したいのさ」ジャムチは物知りの顔をした。それはそうだ、その通りだった。死の森のマンゴスが聖水を一人占めするためには、死の森の呪いに挑戦する者を見逃すわけにはいかなかった。

「逃げ出た者を見つけたらどうするのかな？」ナムはさりげない顔で尋ねた。

「それはきっと…」ジャムチは首を切る動作をした。

ナムは手に抱えていた茶碗を落としそうになり、お茶を半分こぼした。

「怖がるな。君や僕じゃないんだからさ」ジャムチは呟いた。「その者は、聖水の守者に違いないという噂があるんだ」

知らないうちに死の森の連中のターゲットになっていたとは…。ナムは背筋が凍る思いがして、拳を強く握り、できるだけ気持ちを静めた。ジャムチは自分の話に夢中で、ナムの動揺に気付かず話を続けた。彼はバザルに生まれ育っていて、ナムより若いがバザルのことに通じていた。これまでもバザルに関する噂の大半は、ジャムチから仕入れたものだった。ナムは今、自分たちが死の森から逃げ出たことを彼の口から聞き、気持ちが揺れていた。「人の目を引くことをするな」と言ったお婆さんの警告を思い出した。

「いつも聖水の噂ばかりするが、それって本当にあるの」ナムはジャムチの気持ちをわざと刺激した。そうすることでジャムチは知っている情報をすべてナムに明かして、聖水が実際にあることを納得させようとするだろう。死の森と関わってしまった以上、それなりの情報を得て準備しておかないと…、とナムは思った。

ナムが予想した通り、ジャムチはこれまでにない真剣な表情で、聖水について語り始めた。まるで聖水がなかったら困るといわんばかりの顔つきだった。ナムにとってもその思いは同じだった。気持ちのどこかで、聖水の伝説が真実であってほしいと願っていた。ナムにも、いつか…という夢が必要だった。荒地で生き続けるには…。

「聖水はあるよ。当時、僕のお爺さんがバザルにやってきたのも聖水を探すためだったよ。不幸なことに死の森に入って死んでしまったけど」

ジャムチは、ナムに初めて悲しい顔を見せた。ナムはジャムチにつらいことを思い出させてしまったことを悔いて、彼の肩を軽く叩いた。だが彼は、早々に気を取り直して、ふだんの朗らかなジャムチに戻っていた。

「聖水はきっとあるさ。白ひげオタチの話では、聖水が誰の手に渡るかによって、荒地、いや大地の運命が変わるって…。つまり…未来はマンゴスの世界か、人間の世界かだよ…」と言い、ジャムチは唾をぐっと呑み込んで、まじめな顔つきで何度も頷いた。

「ジャムチ…。また噂話をして、仕事をサボっているのか…」

店の主人バートルの怒鳴り声が店の中に響き、ジャムチは伝説の世界から現実の世界に呼び戻された。

「だから…聖水はきっとあるよ」とジャムチは真剣に言い重ねて、キッチンに向かった。

ナムは大きく息を吸った。心の焦りを抑え、いつも通りに食事を済ませて店を出た。行きつけの店に立ち寄って、狩りの獲物をできるだけ多くの食料と交換した。バザルのどこに行っても、死の森から逃げ出た者の噂でもちきりだった。話の内容はジャムチの言ったこととほとんど同じで、光が青かったり、緑だったり、光の持ち主が男だったり、女だったりという違いだった。ナムは用事を終えて、白ひげオタチの家に向かった。

白ひげオタチの家で壁の前に立ったナムは、お婆さんから渡された布切れを差し出した。低い机の上から上半身をちょこんと出した小柄のオタチが、机の下で布切れを開けた。そして驚いた顔でナムを見つめ、目をまばたいてもう一度布切れを見て、目を輝かせた。オタチの白いひげの先が、机の下まで長く伸びていた。

オタチのひげの長さはどのくらいかな、体の半分くらいあるのかな。そう言えば白ひげオタチが歩いている姿を見たことがないな…。ナムは立ったままぼんやりと考えていた。白ひげオタチが咳払いをして、「わかった…」と一言呟いた。

ナムは戸惑った。それで全部か、何かほかに言うことがないのか…と思った。

「これで全部だ…」白ひげオタチは、機嫌を損ねたような声で言った。心の中で思ったことをオタチに見通されて驚いたナムは、白ひげオタチの家を飛び出た。

その日、ナムはいつもより早く崖の広場に戻ってきた。崖を上ったところで、ハニが迎えに来ていた。馬に載せた食料の袋を見て「買い物は…」と何か言いたそうな視線を投げた。ナムは何も言わず食料を家に運び込んだ。ハニがあとから家の中に入ってきた。

「ジョルはどこなの」ナムが聞いた。ハニが答える前に扉が開き、「ナム兄…」とジョルが息せき切って入ってきた。服がところどころ破れて、顔や手にかすり傷があった。

「どうしたの?」ナムはびっくりしたように目を見開いた。

「そんな驚かなくても…」ハニはナムの大げさな反応に、嫉妬したような表情で言った。「白馬を馴らそうとして、何度か転んだだけなのに…」

「見ていた?」ジョルは顔をしかめた。

「見ていたよ。馬がちょっと暴れただけで転ぶとは…」ハニはあきれた顔をした。

「だったら君が乗ってみたら。どのくらい持つかな」ジョルは恥ずかしくて、ここは意地を張るしかないと思った。

「アロンおばは?」ジョルの無事に安堵したナムは「ハニ、呼んで来いよ」と言いつけた。ジョルとハニの言い争いにかまっている余裕はなかった。

「アロンおばは家で料理を作っているから、もうすぐ来るわ」ハニはナムがバザルで交換してきた品々に興味を示した。「私が頼んだものも買ってきたの？」

「それところじゃなかったの。おばを呼んできて…」ナムは繰り返した。

「何も買ってこなかったくせに、命令ばかりして…」ハニはぶつぶつ文句を言いながら扉を開いて出て行った。しばらくして扉が開き、アロンが小さな石ポットを持って入ってきた。ハニが後ろからついてきた。

「早かったね…」アロンはナムを見て微笑んだ。

「食料以外、何も買ってこなかったから、早いんだろう…」ハニは不満を口にした。

「料理を作ったの。お腹が空いただろう」アロンは優しく微笑んで、石ポットをナムの前に置いた。

蓋の隙間から白い蒸気が上がり、肉とコムギの匂いが漂っていた。馬を馴らすために何度も転んで力を使い果たしたジョルは、石ポットにそっと手を伸ばしたが、母に手を叩かれて仕方なく引いた。

「何かあったのか」黙って座っていたお婆さんが、口を開いた。

「婆さんが心配していた通り、ジョルと僕が死の森から逃げ出したことが、バザル中の噂になっていた。森の連中は必死に探しているそうだ」

ナムは自分の見聞きしたことを一気に話した。お婆さん以外の誰もが、驚きと恐怖を感じていた。

「見つかったら、どうなるの」ハニがおそるおそる尋ねた。

「命の危険を招くだろう…」お婆さんは大きなため息をついた。

ハニが小さく悲鳴を上げた。アロンは「そんな…」と呟き、ナムに渡そうと手に持っていた箸を床に落とした。

「もう知られたの？　僕たちのこと…」ジョルは落ち着いた声で尋ねた。

ナムは首を横に振った。「あの夜の雨のおかげで馬の足跡がぼやけて、どこに行ったかはわかっていないらしい。だが、それも時間の問題だ。そのうちにわかるだろう」

ナムの真剣な声が家の中に響いた。アロンは無言で手を伸ばし、ジョルの手を握った。今すぐジョルを連れて逃げ出したい…。そんな焦りがアロンの顔に浮かんでいた。

「何とかしないと。このまま見つかるのを待っていてはいけない…」

ナムは向かいに座るジョルを見た。ジョルは頷いた。

「婆さん、聖水の守者の伝説を知っているの？　本当に聖水の守者っているの？」

ナムはお婆さんを見つめて「森の連中は死の森を逃げ出た者が、聖水の守者だと思い込んでいるそうだ」と言った。

「わしはもっと適切な時期にこのことを言いたいと思っていた。けれども物事には、適切なタイミングとは別に、必要な時というものがあるようだな」

お婆さんは体を起こして、真っ直ぐに座り直した。そうして静かに語り始めた。

「実は、伝説の聖水が我が一族と関係があると、わしは祖母から言い聞かされた。それが、我が一族が荒地に生き続ける理由でもあるんだ。伝説によれば、我が一族は、聖水の守者族を守る役目を担ってきた。だが、ある戦いで族の中に裏切者が出て、外族と手を組んだことで、戦いに破れてしまった。聖水の守者族はほとんど滅びて、男女二組だけが残った。わが一族は命がけで敵の包囲を抜き、聖水の守者の男女二組を南へ逃がした。彼らは荒地の山々に、いつかここに戻って聖水を取り戻すという血の誓いを立てて、この地を去った。それ以来、我が一族は山に潜り、聖水の守者が戻ってくるのを待った。だが荒地は聖水を奪い合う多くの勢力の争いの地となり、無数の命が奪われ、呪われた土地となった。だがその誰もが聖水を見つけていない…」

お婆さんは明かり窓を眺めた。その真っ黒な目玉に光が宿った。まるで遠い昔の物語が、その瞳に映し出されているようだった。

「そんな…」ナムとハニは、信じがたいと言いたげな顔をした。

「どうして…これまで教えてくれなかったの…」ナムがぽつりと呟いた。

「君たちには、重い荷物を負って…生きてほしくなかったからじゃ…」お婆さんの声が微かに震えていた。ナムは身を少し乗り出して「お父さんは知っていたの？」と尋ねた。

「知っていたのじゃ。実は…君たちの父は、聖水の守者族の守りであるわが一族なら、聖水を探し出して大地に撒けば、荒地を救えるのではないかと思って、死の森に入ったんじゃ…」

お婆さんは、一語一語はっきりと言った。「だが、出てこなかった…」

「お母さんの病気を治すために入ったんじゃないの…」ナムは悲しそうに言った。

「もちろん君の母の病気もあったし、ほかにも病人が多かったのじゃ。もう待てないと、君の父はよく言っていた…」お婆さんは目を拭いた。

誰もがしばらく無言だった。ハニも何度も目を拭いていた。「実は…」お婆さんがその静けさを破った。

「森の連中の思い込みが当たっているかもしれない…」

「え…」ナムは驚きの声を上げた。

「ジョルは聖水の守者？」

「初めて見た時、わかったのじゃ。いやもっと正確に言うと、ションホルがこの家を見つけた時、予言通りのことが起こったと思った」

お婆さんは、ジョルがいつも不安に感じる目で、彼をじっと見つめた。

「もちろんわしも断言できん。だから、この子が初めてここに来た頃、白く光って見えた時も、いいエネルギーの持ち主なんだと思ったんじゃ。だけど先日、白い光で死の森の呪いを破ったことを聞いて、やはり聖水の守者に違いないと思ったんじゃ…。だから、白ひげオタチのところに、聖水の守者族のマークを届けさせたんじゃ…」

「え？　十字型に重なった二つの矢の絵が、聖水の守者族のマークだったの？　白ひげオタチはそれを知っているの？」ナムは目を見張った。

「もちろんさ。聖水の守者族のことも、わが一族の役目も知っているよ。君の渡したマークを見て、聖水の守者が荒地にきたことを知ったと思う」

お婆さんがほっとしたような顔で言った。ナムはあっけにとられた顔で黙った。

「光って見える？　誰が？　ジョルが？」ハニはお婆さんが寝言でも言っていると思ったらしく、お婆さんに顔をぐっと近付けて見つめた。

「わしには君らが見えるものは見えないけれど、君らに見えないものが見えるんじゃ」お婆さんがジョルの方を見て言った。「この子は光って見えるんじゃ」

「どこが光っているの？　別に何も見えないけど」ハニはジョルに視線を移した。

「君たちには見えないんじゃ。深い暗闇の中で、心を静めた者にしか見えないんじゃ」お婆さんは意味深そうに言った。アロンは手で口を塞いだ。ナムとハニは、驚いたまなざしでジョルを見ていた。ジョルは母に身を寄せて、みんなの視線から逃れようとした。

「とすれば、ここが北の果てなの？」アロンがようやく口を開けた。

「大地の果てではないけれど、この土地の人々にとっては、ここが北の一番端じゃ。死の森や荒地の山々を抜けて、北に出た者はなかったのじゃ」お婆さんが言った。

「それはまたどういうこと?」ナムがアロンに尋ねた。

アロンはジョルが生まれてからこの荒地に来るまでに起こったすべての出来事を、かいつまんで話した。アロンの話を聞いていた三人は時に驚いた声を出したり、時に小さな悲鳴を上げたりした。ハニは何度も涙を流した。ジョルは、まるで他人の物語を聞いているようなそぶりで、押し黙ったままだった。

第十四話　秘密のトンネル

崖の広場は平穏そうに見えて、けっして穏やかではなかった。ナムがバザルから、森の連中の情報を持ち帰って以来、崖の広場の日々は一変した。お婆さんのもとで、ナムとジョルとハニは乗馬や弓の練習をされられた。中でもジョルは特に厳しい訓練を受けた。毎日、乗馬と弓の練習ばかりで、夢にも練習が出てくる始末だった。だがそのおかげで、ジョルは森の連中がいつこの家の扉を叩こうと、怖れる気持ちがなくなった。

ジョルは訓練を仕切るお婆さんを眺めて、目が見えないのに、よくここまでできるな…と何度も思った。お婆さんは矢がどこに落ちたか、どうしてそんな落ち方をしたか、その落ち方からして射した者がどんな過ちをしたかを正確に言い当てて、厳しくやり直しを命じるのだった。

アロンも覚悟を決めたらしく、オボート村にいた頃の元気を取り戻して、毎日きびきびと動き回り、これまで以上においしい食事でみんなのお腹を満たした。

「こんなにおいしい食事なら、毎日厳しい訓練を受けてもいいな…」

ナムは食事のたびに同じ言葉を繰り返して、ハニに睨まれた。しかし、ハニも楽しそうだった。なにしろ食事を作ることから解放され、馬に乗ったり、弓を引いたりして、ナムとジョルに引けを取らない実力を見せつけたのだから…。

ジョルは毎日の訓練でへとへとで地面に寝転びたかったが、お婆さんのいる前では、そんなことを考える暇はなかった。ジョルが馬を走らせながら矢を放つと、その矢の飛び方で、弓の握りのクセを指摘された。「お婆さんはすごいな…そこまでわかるとは…」とジョルは息をぜいぜいさせながら言った。

「お婆さんは若い頃、一族のリーダーだったからな」ナムが汗を拭きながら言った。

「これを父ちゃんに見せたいな」ジョルは呟いた。

お婆さんの厳しい訓練のおかげで、ジョルは父がくれた弓を、きれいな弧を描くまで引けるようになっていた。


深夜、崖の広場は静けさに包まれていた。皆は熟睡していたが、突然、ションホルが何か気付いたように吠え出し、崖の広場の先まで駆け出した。ナムは飛び起きて床に屈み、耳を床に押し当てた。地面を叩く無数の鈍い音が聞こえ、土が震えていた。

「来た…森の連中が…それに大勢だ…」ナムが大声で叫んだ。ハニが油灯に手を伸ばした。ナムは「火をつけるな」と落ち着いた声で言って、窓の内側に被せていた厚い板を取った。屋外は真っ暗だった。

「早く、ジョルたちに知らせて」

その時、扉を叩く音がして、「私たちよ」というアロンの震えた声がした。ナムが扉を開けると、アロンがジョルの手を引いて家の中に飛び込んできた。ジョルは弓と矢を背負い、アルシがくれた刀を帯につけていた。

「どうする?」アロンは慌てた声で尋ねた。

「あんたたち、早くトンネルから逃げなさい…」お婆さんが落ち着いた声で言った。

「いやだ。一緒に逃げよう…」ハニは泣きそうな声で言った。

「むちゃを言うな。わしは君たちの荷物になるだけじゃ…」お婆さんは固く断った。

「私がお婆さんと残るから、君たちは逃げなさい。早く…」アロンは思い詰めたような声で言った。

「母ちゃんたちを残して、逃げるのはいやだよ。残って戦うから…」ジョルは叫んだ。

「ジョル…」アロンは腰を下ろして、手でジョルの頭を優しく撫でながら言った。

「行くんだ…君に何かがあったら…母ちゃんは生きている意味がないんだ…」

ジョルは掌で目に溢れる涙を拭いた。アロンは明かり窓から入る微かな白みを通してジョルを見つめて言った。

「君はまだ小さくて…こんな言葉を使いたくない…。でも、これまでいろいろあって、君もだんだんわかってきたと思う…人にはそれぞれ宿命というのがあるんだ…。どんなことがあっても、自分を信じて、強くなるんだ…」

アロンの目から涙がこぼれた。だが、声は穏やかだった。「何かわからないことがあったらナムに相談して。それでもわからなかったら、自分の心に聞いてちょうだい」

アロンは震える腕でジョルを抱き締めた。ジョルは涙を呑み込んだ。これ以上母に心配をかけたくない…。ジョルはそう思って、母に抱かれたまま拳を強く握った。

ションホルの吠え声がいっそう激しくなった。扉の隙間から、たくさんのたいまつが崖を丸く囲みながら近付いてくるのが見えた。

「もう行かないと…」お婆さんがナムとハニを抱き締めた腕を緩めて、涙をぬぐった。「わしの言ったことを忘れるな…」

アロンは自分が愛用している櫛を胸元から取り出して、ジョルに渡した。

「これを見て、私を思え…」

「母ちゃん、必ず待っていて…」ジョルは母の手から櫛を受け取り、胸ポケットに入れた。そして力を振り絞って言った。

「必ず助けに来るから…」

「アロンおば、婆さんのことを頼みます。…婆さん、こんな突然…ごめんな。必ず戻るから待っていて」ナムが声を詰まらせながら言った。

「心配するな…大丈夫だから…。二人とも無事でいてくれ…」アロンは前に進み出て、ナムとハニを抱きながら言った。

ジョルはお婆さんの前に立ち、お婆さんの目を初めてじっと見つめながら「どうもお世話になりました」と言った。お婆さんは手探りで壁をつたって歩き、タンスの奥から布に包んだものを取り出して、ジョルに渡した。

「これを持って行け…」

明かり窓のぼんやりとした光の中で、ジョルは包みを開けた。二本の矢だった。二本とも細長くて、先が白く光っていた。

「一番大事な時に、一緒に使え。これは昔、聖水の守者族が荒地に残した一組の矢だ」お婆さんは力強く言った。

ジョルは、暗がりの中でお婆さんの黒い目をしっかりと見つめて頷いた。そして背負った矢箱に、二本の矢を入れた。そこには、チャルキンが塩の旅に出る時にジョルに残した矢も入っていた。

ジョルの落ち着いた様子を見て、お婆さんはほっとしたような表情を浮かべた。ジョルは、お婆さんに自分の姿が見えていることを改めて確信した。

「あんたの運命は厳しく試練が多いけど、強い心を持っていれば、やり遂げられないことはないだろう」お婆さんは伸ばした手をジョルの胸に当てた。ジョルは深く頷いた。

扉の隙間から入ってきた冷たい風に、たいまつの焦げた匂いが入り混じっていた。馬蹄が轟き、テーブルの上にあった木椀がカタカタと震え始めた。

「もう行け…」お婆さんは命じた。

ハニが壁の薄黒い石を押した。壁沿いに置かれていた石のみずがめは横に動き、黒い穴が現れた。ナムが先に穴の中に飛び込んだ。水に落ちる音がした。「早く…飛び降りて…」ナムの声がこだまして聞こえた。ジョルは外を見た。崖を囲んだたいまつの光が、空を赤く染めていた。ジョルが飛び降りる時、ハニに腕を引っ張られた。

「これをあげる」ハニはジョルの掌に何かを握らせた。

「何？」ジョルは言葉を遮られ、ハニにぽんと背中を押されて、穴の中に落ちた。

「生きて帰ってこいよ…」ハニが上から叫んだ。そして石の擦れ合う音がして、上の扉が閉じられた。

「こっちに来いよ」暗闇の中からナムの声が聞こえた。

「ハニがまだだよ」ジョルは扉を見上げた。

「あいつ、来るつもりがなかったのか…」ナムが呟いた。

ジョルの心に何かがひっかかり、むなしさを感じた。

「行くぞ…」とナムが威勢良く言い、水の中を泳ぐ音がした。ジョルはナムの後ろについた。少し泳いだところで前方に轟く音がして、厚い石の扉が開いた。上り階段が現れた。階段を上がると、黒いトンネルの入口が見えた。

「これは何?」ジョルは目の前の光景に圧倒されて、口をポカンと開けていた。井戸がトンネルの入口に通じていたとは…。トンネルを見上げると広くて高く、壁は滑らかで、掘った跡が見当たらなかった。トンネルは目の届かない遠くまで続いていた。

「僕が言っていたじゃん…こう見えても荒地には不思議なものがいっぱいあるって…」

ナムはトンネルを見上げて言い続けた。「これが我が一族の秘密だ。僕はずっと思っていたんだ…。なぜこんなトンネルの入口を守らなければいけないのかと…。つい先日まではね…」

「こんな逃げ道があるなら、みんなで一緒に逃げられたのに…」ジョルは惜しそうに言った。

「そうしたら、このトンネルのことがすぐにばれてしまうよ…。森の連中はきっと何かを突き止めたから来たのだろうから…」

ナムは先にトンネルに入った。

「早く行こう…。婆さんたちが、彼らの足を止めることができるかどうか…」

トンネルは薄暗かった。ぼんやりと先が見えるが、静かで、壁をつたって流れる水が清らかな音を立てていた。柔らかい風がトンネルの中を吹き抜け、仄かな音を出していた。ジョルの心に浸みていた…。いつか…どこかで聞いた…懐かしくて悲しい音…。ジョルはナムに追いつくよう急ぎながら、泣いていた。

「もうすぐだよ…」ナムが振り向いた。そして驚いて立ち竦んだ。ジョルの涙が小さな白い粒となって、通り風に乗ってリズミカルに銀色の線を引きながら、トンネルの上空で緩やかな波のようになって飛び散っていたのだ。

「泣いているの？」ナムが白い粒の波を見上げて聞いた。

「悲しくて…」ジョルが涙声で言った。

「すぐ会えるよ。君と僕がいなかったら、森の連中は婆さんたちをどうすることもできないのさ」ナムは元気良く言った。

「それだけじゃなくて…。僕はこの土地の悲しみを感じるんだ…」

ジョルはそう言って鼻をすすった。ナムは何も言わなかった。ただ、前を向いてさらに速足で歩いた。

しばらく進むと、小さな白い光が見えた。「ここだ。出口が…」と、ナムが嬉しそうに言った。その光を見て、ジョルの悲しみも癒されていった。二人はトンネルを出た。その出口は黒っぽい緑色の木の枝に隠れていた。

「あ…緑だ…」ジョルは手を伸ばした。荒地に来て初めて、黒一色の世界の中に緑の色を微かに見たのだった。ナムは慌てて、ジョルの手を引っ張った。

「気をつけろ…高い崖にいるからさ…」

ナムはゆっくりと木の枝に近付いて、茂った枝の間から縄を見つけ出した。その縄を手前に強く引っ張ると、皮で編んだ長い階段が下りてきた。その階段をナムが先に下りた。そして彼の合図で、ジョルもゆっくりと階段を下りた。崖の下に着いて、さっきまでいた場所を見上げると、トンネルの入口は驚くほど高く険しい崖の上にあった。ジョルが周囲をきょろきょろ見渡している間に、ナムは崖の淵にあった大きな石を退け、その下に隠してあった縄を引いた。階段がするすると上へ巻かれていった。

「よし…」ナムは手についたほこりを払い落した。空はすでに明るくなっていた。彼らが下りてきた崖の近くの石の間に、泉が湧き出ていた。

「飲んでみて…すっきりするよ。この泉は一年中湧いていて、いつもこんなに冷たいんだ」ナムは手で酌んで、湧き出る水を飲んだ。ジョルもナムの真似をして水を飲んだ。冷たい水が喉をうるおし、お腹まで気持ち良く冷えていった。さきほどまで感じていた心の痛みも癒されていった。

「顔も洗って…」ナムは、涙で目を腫らしたジョルを見た。

ジョルは恥ずかしそうにナムから視線を反らして、顔を洗った。

「それは何?」ナムがジョルの胸ポケットからはみだしている白っぽい紐をじっと見て尋ねた。

「ハニがくれた。さっき飛び降りる直前に…」

ジョルは胸ポケットに入れていたハニのくれたものを取り出し、初めてじっくりと見た。精密な小さい銀色の笛が、柔らかな皮紐のネックレスについていた。

「僕がほしくて何度も頼んだけど、くれなかったのに…」ナムは惜しそうに呟いた。

「ほしいの? あげてもいいけど…」ジョルはナムにネックレスを手渡そうとした。

「いいから…いいから…。ハニに知られたら、ご飯をくれなくなるからな…」ナムが笑った。

ジョルはその笛を吹いてみた。きれいな音が出た。

「なくすと君もやられるから、首につけたら…。これは曲を奏でる以外に、馬や犬を呼ぶ時にも使うのさ。…実は、僕の母が父にあげたもので、父は死の森に入る前に、ハニにあげたの…」

ナムは懐かしさと悲しみの入り混じったような微笑みを浮かべた。

「そんな大事なものなら返すよ」ジョルは笛をナムに渡そうとした。

「返すなら自分でハニに返して…」ナムはジョルの手を押し戻して、立ち上がった。ジョルはネックレスを首につけて、自分のペンダントとともに服の下に入れた。それから胸ポケットに入った母の櫛を触ってみた。

二人は崖の下に延びる緩やかな麓を下っていった。

「どこに行くの？」ジョルが聞いた。

「バザルに行くんだ」ナムは決心したような口調で言った。

「どうして？　バザルはもう森の連中に支配されているじゃないか」ジョルは戸惑った。

「それでも行くんだ。敵と味方を見分けるために…。婆さんに言われたことを実行するためにも…」

そしてナムは山の麓にある細長い谷を指して、ジョルに言った。

「あのあたりに小屋があるから、君はあそこで僕を待ってくれ…」

「そんな…。僕も行くよ。今は二人だけなんだから、一緒に行こうよ」

ジョルはガッカリした顔をして言った。

「君を連れて行ってつかまったら、これまでのすべてがおしまいだよ」とナム。

「いつまで人に守られ…他人を犠牲にして…のこのこ生き残るの…」

ジョルはむっとした顔で言い返した。

ナムはジョルを見つめた。ジョルの返事は意外だった。自分が命がけでジョルを守るという思いだったが、守られているジョルの気持ちを考えたことがなかった。ナムはしばらく考えてから、決意を固めたように「一緒に行こう…」と言った。

ジョルの表情がパッと明るくなった。

二人は小屋に着いた。木で作られた丸い小屋だった。

「誰かが住んでいる？」きちんと片付けられた小屋を見回して、ジョルが言った。

「僕が狩りをする時に来るんだ。昔は夏にここに住んでいたと、婆さんに聞いたことがある。今は冬が長くて住めないのさ」ナムは悔しそうに言った。

「食料もあるんだね」ジョルは小屋の奥に置かれてあった皮袋を指さした。

「そうさ。先日、来た時、持って来たんだ」ナムは食料袋を手にとった。「これ、大きすぎるな。小さい袋があったらいいけどな…」小屋の中を見回した。

「僕、小さい袋を持っているよ」ジョルは胸ポケットから、底が黒くなった布袋を取り出した。

「食袋を持ち歩く人もいるんだな…」ナムはおかしそうに笑った。

「この袋は普通の袋じゃないぞ…」ジョルは袋を広げて懐かしく言った。「荒地に来た時、途中で母ちゃんが服の裾をさいて作ってくれたんだ…。だから…」

「そうか…この袋は袋の中のヒーローか…」ナムはジョルの肩を叩いた。「この旅にはぴったりだな…」

ナムは布袋にアワを入れた。

ナムは大きな水袋、ジョルは小さな食袋を手にして、二人は出発した。

「いい隠れ家だな」ジョルは振り向いて、遠ざかる小屋を眺めた。

「こんなことがなければ、君と狩りに来ると思っていたけどな」ナムは言った。

しばらく歩いた。荷物がだんだん重く感じられてきた。

「これ、結構重いな。こういう時は馬が恋しいな…」ナムが水袋を肩に乗せた。

「これで呼べると言ってたんじゃん」ジョルは喘ぎながら、ハニのくれた笛を見せた。

「谷を出て、山に入ってから鳴らそうぜ」ナムが言った。

「馬に聞こえると思う？」ジョルはナムを見上げた。

「馬はすごく敏感な動物だから、わかると思うよ。そのうち僕たちを見つけてくれるだろう…」ナムは自信たっぷりに言った。二人は太めの木の枝を見つけて杖にして、山を登って行った。

森の連中、または彼らの目と言われるカラスから身を隠すため、二人は木ができるだけ多く茂ったところを通りながら、バザルに向かった。

「ここの木は大丈夫なの？」ジョルは高く聳える黒い木と、その薄黒い葉を見上げて、死の森のことを思い出した。

「ここの木は崖の広場の近くと同じで黒いけれど呪われてはいないさ」ナムも黒い木を見上げて言った。

「笛を出して…。今、笛を鳴らしてみよう…」ナムは高い山に登り着いて言った。

ジョルは荷物を大きな石の上に置いて座り込んだ。顔が赤くなり、額に汗が噴き出ていた。首にぶら下げていた笛をとって、ナムに渡した。

ナムはジョルの座っている大きな石の端に立って、笛をじっと見つめた。ナムは父が吹く姿を思い出していた。ナムはしばらく笛を吹き続けた。笛の音は高くないが、リズミカルで聞き心地が良かった。首につけたスカーフが、風になびいて格好良く見えた。ジョルはナムを時に見上げたり、青い霧の中に遠くまで聳える山々を時に眺めたりして、崖の広場に残した母たちの無事を祈った。

山頂に立つ木は傘のように枝を広げていた。その下の大きな石にいる二人の姿は、薄く曇った空に重なって、遠くからは墨絵のように見えていた。

「馬に聞こえるの？」ジョルは、ナムが返した笛を首にぶら下げながら聞いた。

「全部じゃなくても一部は聞こえると思うな。木、石、植物などが音を拾って、遠くまで伝えていくんだよ」ナムはジョルの横に座った。

「笛の音はそんなに遠く行かないうちに、消えてしまうんじゃないかな」ジョルは納得していなかった。

「馬の耳は僕らより遠くの音を拾えるんだ」ナムは掌を馬の耳のような形に丸めて、自分の頭に置いて言った。「馬の耳って、こうじゃないか。それにまあ、心配しなくていいぜ…。馬が聞こえなくても、ほかの動物が馬に教えるんじゃないかな」

ナムは意味ありげに笑った。ナムの明るい表情につられて、ジョルも笑った。疲れが一気に吹き飛ぶようだった。

「バザルはどこ？」ジョルは水を一口飲んで聞いた。

「西にあるさ。この山を越えると、まだいくつか緩やかな丘があって、その先の平らな平地にバザルがあるんだ」ナムは霧の先に消えた彼方を指した。

「崖の広場は？」ジョルは頂上が平らな崖を探そうとしたが、見つからなかった。

「あそこに見える、頂上が雲に覆われた山の向こうにあるんだ」

ナムが東に聳える大きな山の横に微かに見える、高い山を指して言った。

「そんなに遠いの？」ジョルはびっくりした。

「そうだよ。秘密のトンネルは三つの山にまたがっているの。不思議だろう…」ナムが微笑んだ。

「誰が作ったの？」ジョルは興味深そうに身を乗り出して聞いた。

「わからないけど、うちの祖先が見つけたらしい。そして、その先の崖に、家を作ったそうさ…」ナムはジョルを見た。

「すごいな。ナム兄の祖先は…」ジョルは尊敬のまなざしでナムを見た。

「僕もそう思う時があるけど、そうじゃない時もあった。秘密のトンネルがあったために、ほかの人々が荒地から逃げ出しても、僕たちはできなかったの。だから秘密のトンネルを恨んだ時があった。でも、今日は秘密のトンネルに助けられたし…」

ナムは苦笑いを浮かべて「だから…複雑なの…」と言った。

ジョルは黙った。ナムが感じる秘密のトンネルへの思いは、自分が感じる白い玉への思いと似ているように思った。それがあることはありがたいけれど、それがあるから面倒なことに絡まれる時もあった。ジョルは秘密のトンネルが潜む山々を眺めた。

二人は少し休んで再び歩き出した。

獣道に沿ってもうひとつ山を越えた。その麓に着く頃には日が暮れて、周囲が暗くなっていた。昨日の深夜から休みなく歩いた二人は、大きな木に背中を寄せて寝た。湿りけのある土と冷たい夜風にもかまわず、座ったまま深く眠り込んでしまった。

突然、ジョルは顔に何かぬるいものが当たるのを感じた。母が濡れたタオルで顔を拭いているのだと思い、ジョルは目を瞑ったまま微笑んだ。だが草の腐ったような匂いが鼻を刺激し、生ぬるいねばねばとした触感が気味悪く上下に動いていた。

ジョルは「あぁ…」と悲鳴を上げて、生ぬるい触感から逃れようとしてもがいた。もがく手に長い毛が触れた。目を開けた瞬間、悲鳴が喜びに変わった。白馬だった。

「ナム兄…」ジョルはナムの方を向いた。ナムは気持ち良さそうに、横に座ってくれている馬に背中をあずけて眠っていた。

「ナム兄の馬は主人を心地良く寝かしているのに、君は、僕の顔を舐めて脅かすんだね」ジョルは白馬に文句を付けた。白馬は尻尾でジョルの顔をビシッと叩いた。

「痛いってば…」ジョルは甘えた声を上げながら、白馬の首を抱いた。

「来てくれて、ありがとうよ。母ちゃんたちは大丈夫かい」ジョルは白馬の頭を撫でた。

「何の騒ぎ?」ナムは気持ち良さそうに背伸びをして起き上がった。

「知っていたの？　馬が来たのを…」ジョルの声は喜びで躍っていた。

「はっきりとは覚えていないけど。ただ夜寒くて手を伸ばしたら、馬が横にいた気がして、それからは何も…」ナムは誇らしそうに馬の背中を撫でた。

「馬が森の連中に取られたんじゃないかと、ずっと心配していたんだけど…」ジョルはこれまで口にできなかった心配を、ナムに告げた。

「それはないさ。崖の広場から逃げ出す前に、馬を崖から下ろしておいたから。僕の馬は僕とハニ以外の人にはつかまらないし」ナムは自信たっぷりに言った。

「どうして僕に言わなかったの?」ジョルは、無駄に悩んだことを悔しがった。

「知っていると思ったよ。君が婆さんと話している間に、行ってきたんだよ」ナムはさりげなく言った。

ジョルは「言わないと誰がわかるもんか」と呟いた。ナムは気持ちを隠せないジョルを見て、面白そうに笑った。

「白馬も来てくれたし」ナムは白馬の背中を撫でながら「あの時、死の森に入って白馬を救ったのは本当によかったな。君にもこんないい友ができて…」と言って、ジョルに微笑みかけた。

「白馬と会えたのは良かったけど、そのことでみんなを危険な目に遭わせてしまって…」ジョルは申し訳なさそうに言った。

「まあ、それは世の中には犠牲なくして得るものがないということじゃないか」

ナムはジョルの肩に手を置いて言った。

「振り返ってみれば、こんな目に遭うのは時間の問題だった。ただ、僕たちが察知するのが遅れただけなんだ…」

ナムの言葉にジョルは救われる思いがした。崖の広場を逃げ出してから、ずっとそのことで自分を責めていたのだった。

「ありがとう。ナム兄…」ジョルは心からありがたく思った。

「出発しようか。馬もいるし」ナムは朗らかに言った。

馬に乗った二人は、白みがかった空の下、緩やかな丘に沿って西へ進んで行った。

ナムとジョルは人目につかないよう夜まで森に潜んで、暗くなってからバザルに入った。街は人が少なく、灯を点している家もほとんどなかった。街全体が不気味な静けさに包まれていた。二人はスカーフで顔を隠し、料理屋にそっと近付いて、中の様子を窺った。

弱いオレンジ色の灯が店内をぼんやりと映し出していた。ナムがこの前来た時に酔って暴れていた老人が、カウンターの近くにひっそりと座っていた。老人の顔色は青ざめて見えた。酒を大口で飲み込んでいた。だがそれは、酒を楽しんでいるような顔ではなかった。むしろしきりに自分の感覚を麻痺させようとしているようだった。店の主人バートルがカウンターに立って、手元に置いた皮の手帳に炭ペンで何かを記録していた。その表情は硬かった。バザル通の若い店員ジャムチは、椅子をテーブルの上に置いて、閉店の準備をしていた。彼は怯えたような目で、窓の方を頻繁に見ていた。仕事に集中できないようだった。

「じゃな…行くぞ。…明日会えるかどうかわからんが…」老人は酔った声で言って、店を出た。千鳥足で暗闇に入って行く老人の後ろから、バートルが「大丈夫か…」と声をかけた。「送らなくてもいいか?」

「とられるものがない者は、怖いものなしじゃ…」

老人の地面を擦って歩く足音が、次第に遠くなっていった。

バートルがため息をついて店の扉を閉めようとした瞬間、ナムとジョルは店に押し入った。ナムはバートルに、ジョルはジャムチに刀を向けた。

「何者か?」バートルは冷たい声で聞いた。怯えたような気配はなかった。

「僕だ…」ナムは顔を隠していたスカーフを下した。

「おかげで僕の家が森の連中に襲われた。ばらしたのはあんたか」ナムは怒鳴った。そして「父の友と思って信じていたのに…」と、失望した声で言った。

「主人じゃないよ」ジョルに刀を向けられたジャムチが口を挟んだ。「主人は君を庇って、森の連中に奥さんと娘さんをさらわれたんだ」

「いいのさ…。俺じゃないけど、俺が油断したせいで、君たちの居場所が思ったより早くばれてしまったんだ」バートルは悔しそうに言った。

「ところで…」バートルは突然、慌てた声を出した。「君にとって、ここは一番危険なところだよ。街じゅうが森の連中に見張られているんだ」

バートルはナムの刀を脇に寄せて、素早く明かり窓のカーテンを下ろした。「森の連中は狂ったように君を探しているんだ。彼らはバザルの人々を監禁し、その女房や子供をさらって男たちを脅かし、そいつらを思いのままに動くようにしているんだ」

ナムは緊張した様子で周囲を見渡した。

「中に入って来い。見つかると大変なことになるから…」バートルはナムとジョルを中部屋に案内した。粗末な土の部屋だった。さほど大きくない部屋の北壁沿いに、大きな厚い板が一つ置かれ、その上に何枚かの皮の布団が抜け殻のように置かれていた。木や銅の食器が、床や低いテーブルに転がっていた。バートルの大きな皮コート以外に、女性用と思われる服が壁沿いの棚の上に散らかっていた。サイズの違いの長靴が、あちらこちらに何足も転がっていた。誰かが何かを探し回ったようだった。

「そう言えば…」バートルはナムに呟いた。「実は白ひげオタチが妙なことをおっしゃっていたんだ。君が来たらすぐに知らせろ、そして正人会を集めろって。また、君が白い光の持ち主を守っていると…」

ナムは黙った。言うべきか否か…ためらった。敵か、友か、はっきりわからないバザルの人間に、ジョルの身分を明かすのはリスクが高すぎる。だけど、ほかの選択はあるだろうか…。

「バザルに行け。そこで、白いひげオタチに助けを求めろ。きっと力になるから」

ナムはお婆さんの言葉を思い出した。

「僕も会いたい。彼に知らせてくれるか」

ナムはバートルに頼んだ。森の連中と戦うにせよ、死の森に入るにせよ、二人の力では何もできない。

信じるしかなかった。

「白ひげオタチとみんなに知らせて」バートルがジャムチに申しつけた。「慎重に。森の連中の目を引くな」

ジャムチは小さく頷いて、店裏の小さな扉から出て行った。

「あのかたって、まさか、聖水の守者なのか？」バートルがおそるおそる聞いた。「あのかたはどこ？シグナルを出せば、みんなが集まって来ると思うけど…」

ナムはジョルを見た。ジョルは後ずさりしていた。

「俺を信じていないのか？」バートルはこれまでナムに見せたことのない真剣な表情をした。「君の父と僕は長年の友だ。彼は俺の娘を救ってくれたんだ。その恩を返す前に逝ってしまったけれど、俺は君を息子のように思っているんだ。まだ子供と言ってもおかしくない若い君を、こんな難しい立場に立たせて悪かった」

バートルはナムを真っ直ぐ見つめて話を続けた。「たとえ君のためという資格が俺になくても、俺は妻と娘のために、この土地のために、僕ら正人会は君が守っている方の力になりたいんだ」

「わかっています…」ナムは言った。「実は、ずっとここにいるよ…」

「どこ？」バートルは部屋の中を見回して、隠れているあのかたを探しているようだったが、最後にその目がジョルに留まった。

「この…子…子供が？」驚いたような、がっかりしたような目でジョルを見て、ナムに視線を移した。

ナムは頷いて、ゆっくりと言った。

「彼はジョルです。狼を殺し、死の森を逃げ出た白い光の持ち主です」

そうしてナムは、ジョルに顔を隠したスカーフを取るよう合図した。ジョルはスカーフを下ろして、こわばった表情でバートルを見た。

「ようこそ…」バートルは不自然な声でジョルに挨拶した。「先の無礼を…」

その時、裏の扉をゆっくりと叩く音が聞こえた。

「来た…」バートルは気まずさから逃れることができてほっとしたように、裏の扉に足早に向かった。ナムはジョルを引っ張って、素早く物陰に隠れた。

十数人の男が入ってきた。ナムがバザルで会った者も何人かいたが、見たことのない者もいた。一番最後に入ってきたのは、前回ここでバートルと仲良く抱き合っていた、がっしりとした中年の男ホニンだった。

「何の用？　急に呼び出して…。森の連中が街じゅうでうろうろしているぞ」

一番先に入ってきた背の高い男が言った。バザルで塩の商売をしているチダだった。

「来たよ。白い光の持ち主…伝説の方が…」バートルが中部屋の方を頭で示した。

人々が突然静かになった。店に緊張した空気が漂った。ジャムチは人々の後ろから裏の扉を閉めた。

「怖がるな。僕たちは彼らの力が必要だ。彼らに君の自信を見せて」

ナムがジョルに呟いた。

「どうやって？」ジョルが呟き返した。ナムは答えるかわりにジョルを引っ張り、中部屋から出てきて、みんなの前に立った。

「ナムじゃないか。君が聖水の守者だったの？」チダが前に進み出て聞いた。

「彼じゃなくて、横に立っているかただ…」バートルが自信のなさそうな声で言った。

「そんな…子供じゃないか」太めの男がぼんやりとした灯の光を透かして目を細め、ジョルを見つめながら、がっかりした声で言った。

「これまで俺らが命をかけて守ろうとしたのは、子供だったの。俺らだけじゃなく家族の命もかかっているのに。このくらいの子供に託せるの？」

人々はガヤガヤしはじめた。その声がだんだん大きくなった。彼らはため息をついたり、首を振ったり、頭を抱え込んだりして、失望をあらわにした。ジョルは慌ててナムを見た。ナムもどうすればいいかわからないらしく、騒ぎ出した人々を緊張した様子で眺めていた。

小さい裏の扉が、再び開いた。人々は振り返って静かになった。そして二手に分かれて道を開けた。頭から足までグレーの服で覆った人が入ってきた。背は低いが、服の襟から出た白ひげはとても長く、膝まであった。

「白ひげオタチ、いらっしゃませ…」

バートルが近寄ると、白ひげオタチはグレーのマントを脱いで手渡した。背がジョルよりも低い老人だった。だが顔にしわはほとんどなく、灯光で額がピカピカ光っていた。

「よく来てくれたな」彼はジョルを見つめて言った。「ここまで来るのに苦労しただろう」

彼のまなざしはナムのお婆さんより鋭く、ジョルの心の内を見通しているようだった。ジョルはナムの後ろに隠れようと思ったが、「自信を見せて」と言ったナムの言葉を思い出し、その場に立ち続けた。唾を大きく呑み込んで、そばに来る小柄の老人を見つめた。

「ご苦労だったな」白ひげオタチは、ナムとジョルに向かって微笑んだ。ナムは前回の面談を思い出して、ペコッと頭を下げて挨拶をした。ジョルは微笑み返そうとしたが、顔の筋肉が固まってうまく動かなかった。白ひげオタチはジョルの肩を優しく叩いてから、この様子を見つめている人々に向かって言った。

「この子は間違いなく聖水の守者じゃ。白い光だけでなく、彼の体から流れるオーラでわしはわかるんじゃ。この土地にとっても、あんたらにとっても、この子は最初の、そして最後の機会じゃ。この土地のために戦ったあんたらの祖先の魂が、死の森の暗闇の中で苦労している。聖水を取って、その魔力で死の森を生き返らせる以外、選択肢はないのじゃ。どこに逃げてもマンゴスの支配から逃れることができない」

白いひげオタチの声は、高らかに店内に響いた。ジョルは先ほどまで騒いでいた人々を見回した。誰もが真剣な目付きで白ひげオタチの話を聞いていた。オタチは少し息をついてから、話を続けた。

「今、マンゴスの力は荒地だけじゃなく、はるか遠い土地まで広がっている。人間だけでなく、動物、植物、大地に根を下ろしたすべてのものを支配しようとしている。君たちが力を合わせ、心を一つにして戦えば、自分たちだけじゃなく、家族、故郷を暗闇から救い出し、平和、幸せと緑を取り戻すことができる」

人々は希望に満ちた目で見合わせて頷いた。白ひげオタチはジョルに向かって言った。

「この子が聖水を探し出し、俺らは死の森の呪いと森の連中と戦うんじゃ。つまり聖水を取り、その力で大地を蘇らせることは、聖水の守者一人の役目ではあるまい。この土地に生きる我々の役目であり、希望でもあるのじゃ」

白ひげオタチは人々を見渡して言った。

「これがわしから伝えることじゃ。君らは帰って、わしの言ったことを君らの族人に伝え、正人会の指導で準備を進めたまえ」

白ひげオタチは満足そうに微笑んだ。「もうじき森の連中がここに来る。君らは静かに帰れ。この子のことを口に出すな。この土地が緑に戻ったあとは良き物語になるが、今はまだ災いをもたらす呪いじゃ」

白ひげオタチは腕を広げ、行けという合図をした。人々は静かに出て行った。

「君らには、わしが少し用があるんじゃ」老人はナムとジョルに向かい合った。「弓にこれをつけてくれ…君らの矢に呪いを破る力がついてくるから」白ひげオタチは胸ポケットから黄色の紐を取り出してナムに渡した。二つの紐だった。「一つを、もう一人にあげなさい」

ナムはジョルを見た。

「彼じゃなく、マンゴスの魂を撃つ時に出会った人にあげなさい」老人がナムを見た。

「魂?」ナムは戸惑った。

「これから言う話は、聖水を何百年も見張っているマンゴスのことじゃ。その化け物には肉体以外に魂があって、それが肉体を離れて、死の森の東崖の洞窟にある。わしには赤い光と白い光が見えるが、正体は行ってみないとわからない。魂を殺さなければ、そのマンゴスは殺しても蘇る。それに魂を打ったとたん、それに憑かれた呪いが君らを攻撃するから、気をつけねば…。そうでなければ君らは嫁さんをもらう前に、あの世に行ってしまうぞ」

白ひげオタチは愉快そうに話して、二人を見つめた。そして奇想天外な話に戸惑う二人を見て、大声で笑った。

「難しく考えなくていい。つまりナムは魂を殺しに東崖の洞窟に行って、ゲセル…あ…君らにわかるように説明せねば…。ジョルは聖水を取りに、西崖へ行くんじゃ。西崖のどこかで、マンゴスに遭うかもしれないぞ…。そいつは満月のたびに、聖水を探し回っているからな」

白ひげオタチは飄々とした口ぶりで楽しそうに語った。ナムとジョルは戸惑ったまま視線を交わした。

「もちろん、聖水を取って出てくる前に、魂が死んでいるといいけど…」

白ひげオタチは、緊張のあまり唾を呑み込む二人に、冗談めいた口調で言った。

「じゃないと…。マンゴスの何百年の魔力は半端じゃないぞ…」

そして白ひげオタチはもう一度ジョルに向き直り、「だから君の白い玉の魔力で、マンゴスに勝てると思うな。あらゆる手を使って、あらゆる力を合わせて、皆と心を一つにしないと勝てん」そう言い終わると、白ひげオタチはまたしても大声で笑った。

ジョルは呆気にとられた。何百年も生き延びるマンゴスの話を、どこかの家の犬の話のように軽々と話す老人を見て、何かの呪いで頭がおかしくなっているのではないかと思った。ナムも目を丸くして、老人をじっと見つめていた。

「マンゴスって、いったい…何ですか」ナムはやっと口を開けた。

「悔しいことに、わしも見たことがないんだ…」老人は本当に悔しそうな顔をした。

ジョルはあきれた。自分は正体のわからないマンゴスとの戦いで、生きるか死ぬかの問題を抱えているのに、目の前の老人はマンゴスを見たことがないことを悔しがっている…。

「聖水はどこですか」ジョルは白ひげオタチに聞こえるよう、はっきりとした声でゆっくりと言った。

白ひげオタチは、ジョルとナムのあきれた表情にかまわず軽々と言った。

「それはわからん。わしが知っているくらいなら、マンゴスは聖水を探し出すのに何百年もかけないはずじゃ。とっくに…」と、水を飲む仕草をして、二人を見つめた。

「その場所は、誰が知っているんですか」聖水を取りに行くのに、聖水の居場所さえ知らないのか…。ジョルはすっかりあきれ果てて聞いた。

「それは…」

白ひげオタチは、黒白がはっきりした大きな目を、ぐるぐる回してジョルを見た。

「君がわかるじゃろ」ジョルの反応を確かめるような目付きで言った。

「ぼ…僕が…」ジョルは自分を指した。

白ひげオタチは頷いた。ジョルはナムを見た。ナムは戸惑った目でジョルを見返して首を横に振った。

「そうよ。君の父が教えていないの？」白ひげオタチは再びジョルを見つめた。そしてジョルの戸惑った顔を見ながら、話を続けた。

「あ…」老人は少し考えて「君の母の方が、父よりもっとはっきり知っているはずだけど…。何も言っていなかったか」と尋ねた。

「どういうこと？　アロンおばが聖水の居場所を知っているって」

ナムは驚いた声を上げた。

「何も言っていないようだな」老人はナムからジョルに視線を移して、少し考え込んだ。そして指で何かを占っている仕草をした。

「人間になったからか…」

そう言って、ナムとジョルを再び愉快そうに見た。

「だったら君らに任せるしかないな」

「あ…」ナムとジョルは呆気にとられた。

「聖水の入口は毎月違うのじゃ。だから誰もわからないのじゃ…だけど、満月が死の森の真上を照らすたび、西崖のどこかに入口が開かれるんじゃ。わかった？」

二人は口をポカンと開けて、老人の口の動きをじっと追っていた。白ひげオタチは戸惑いが解けない二人の表情を見て、彼らに背中を向けて呟いた。

「まだだな。わしの説明がうまくないか。それとも彼らが愚かなのか…。このような愚かな者が聖水を…か」

白ひげオタチは肩を小さく動かしてフフフと笑い、それからしばらくして表情を整えると、ナムとジョルの方を振り向いた。

「一言で言えば、聖水は、それを自分のものにする欲のない者の前に、入口を開くんじゃ。君の心が、君を聖水の入口へ導くのじゃ。それに聖水は、君の白い玉とどこか呼び合っているから…」

白ひげオタチは聖水の話で興奮した自分の気持ちを抑えたらしく、面白がるのをやっと止めて、二人に穏やかに微笑んだ。

「一つだけ覚えておけ。何よりも重要なのは、心を静めることだ。強い心の持ち主は、何らかの方法でものごとを解決していくのじゃ」

二人とも頷いた。

「森の連中がもうじき着く頃だ。いつも通りに対応すればいいんじゃ」

白ひげオタチは、バートルに向かって言った。

バートルは慌てて「早く裏の扉から…」と言った。

「扉は全部封じられたから、そのテーブルの下に入れ…」

白ひげオタチの声は相変わらず穏やかだった。

「あの…」ジョルは気になっていたことを伝えたくて、バートルの腕を引っ張って言った。「もしチャルキンやアルシという人が僕を探して来たら、僕のことを教えてください」

騒々しく扉を叩く音が聞こえてきた。

「わかった。わかった」

バートルは急ぎ答えて、ジョルとナムを窓辺にあるテーブルの下に入れた。白ひげオタチがそのテーブルに向かって砂を振った。すると、砂のカーテンがテーブルを覆い、テーブルが視界から消えた。だがジョルたちには、家の中の様子がはっきりと見えていた。

バートルが表の扉、ジャムチが裏の扉を開いた。扉が開く直前、白ひげオタチの姿がグレーのマントとともに消えた。

「消えた…」ジョルが驚いた声を出した。

「シーッ」ナムがジョルに向かって人差し指を立て、声を出すなという合図をした。

両側の扉が開かれ、大勢の人が店内に入ってきた。全員が黒ずくめの服を着て、顔や腕に入れ墨を彫り、手に蛇のような縄を持っていた。ジョルはどこかで見た気がした。

「今夜は賑やかそうだな。変なことを企むな」裏の扉から入ってきた大男が怒鳴った。

「料理屋に常連客が来ると、何かを企んだことになるのか」バートルは冷たく言った。

「言い訳をするな。あんたらの動きは、俺らの眼下にあるんだ。何か変な動きでもしたら、女と子供たちが無事と思うな」大男は刀を取り出し、バートルの首に当てた。

「ふん、人を脅かして、忠心を誓わせるつもりか」バートルが顔色を変えずに言った。玄関から一番先に入った小男が、手に持った蛇のような縄を大男に投げた。縄はまるで魂を入れられたように勝手に動き出し、大男の首に巻きついた。

「ワニ様…」大男は首に巻かれた縄を手でほどこうともがきながら、ワニの方を向いた。ワニはただ冷たく睨んでいた。やがて、大男は口から血を流して、地面に倒れて動かなくなった。ワニが「ツーツー」と口を鳴らすと、蛇のような縄が倒れた男の首からほどかれ、彼の伸ばした手首に巻きついた。囲んでいた黒ずくめの者たちは、恐怖に満ちた目でその光景を見つめながら、じりじりと後ずさりした。

「俺の前で威張るな」血が凍るように冷たい、ワニの鼻声が響いた。

その鼻声を聞いたジョルは思わず体を後ろに引き、頭をテーブルにぶつけた。

「何の音?」黒ずくめの男たちは、ジョルとナムが隠れている窓の方を見た。

ワニはゆっくりと窓辺に近付いた。ジョルの心臓が恐怖で縮み上がり、息苦しくなった。ワニと呼ばれている鼻声の小男は、オボート村でジョルに人殺しの罪を被せてマンゴスに仕立てた、あのハエ声占い師だった。彼は黒ずくめの服の上に黒ずくめのマントを覆っていた。服の上に巻きつけた袖の隙間から入れ墨が見えていた。手首には蛇のような縄を巻いていた。モル一家を殺した道具も、この縄に違いなかった。ワニは陰険な目で、ジョルたちが隠れているテーブルの上の窓を睨んでいた。

ジョルは指が白くなるまで拳を握り締めた。体がわなわなと震えて止まらなかった。ジョルの異変に気付いたナムは、腕をそっと伸ばして、片手でジョルの体を抱いた。ナムに支えられて、ジョルは床に倒れこまずに済んだ。

バートルが足早に歩いてきて、テーブルの前に立って窓を開け、「野猫どもが屋上から飛び降りた音じゃないか」と、窓の外を見て言った。

「このくらいの男の子を見ていないか」

ワニは手で子供の背丈を示しながらバートルに聞いた。彼の声の響きは冷酷だった。

「男の子？　どんな？」バートルは顔色を変えずに言った。

「バザルに出入りしているそのくらいの男の子は、たくさんいるさ」

「とぼけるな」ワニが鼻声で冷たく言い放った。「ジョルという男の子だ。彼を隠した者は、家族だけじゃなく親戚や近所の者まで殺すぞ」

ジョルは悲鳴を上げそうになった自分を抑えようと、親指を強く噛んだ。

「その者を見たら、きっとあんたらに教えるさ」バートルは冷たく言った。

「ナムという若者は知っているだろう」ワニが歯の隙間から言葉を吐き出すように言った。「バザルの誰もが知っているぞ。君とナムの関係を…。たかだかナムのために、一家の命を懸ける必要があるか…」

ワニはずるそうな笑いを浮かべた。

「ナムのことは知っているさ。彼の父と仲が良かった。だけどそれは十年も前のことさ。今はただの常連客だ。だけど最近は姿を見せてない」

バートルはワニを真っ直ぐ見つめながら言った。「最近は常連が逃げて、商売がさっぱりだ。これも、お前らが自分の家よりたくさん俺の店に来るせいだ」

バートルの表情がこわばるのを見て、ワニは態度を改めてごまかし笑いをした。

「俺らも仕方がないのさ。バザルの安全を守るには、こうするしかないんだ。俺はその子が生まれてからずっと追っている。ここまで来たから言うけど、あんなマンゴスを見たことがないぜ。その子がこの土地を占領すると、お前らの店くらいの被害では済まないぞ」

ワニは首を左右に振って、困ったような表情を浮かべ、バートルの肩に手を置いた。

「もう少し我慢してくれ。その子さえ捕まえれば、俺も、このバザルも、荒地も安心して眠れるから」

ジョルは落ち着いてきた。彼は白ひげオタチが砂で作ったカーテン越しに、ワニとその仲間を睨み続けた。バートルは肩を後ろに引いて、ワニの手を払った。気持ち悪いものに汚されることを恐れているようだった。

「お前らさえ捕えることができないようなすばしっこい者が、俺の店のような小さいところに駆け込むことはないだろう」

バートルは連中を見回した。彼らは吐息からも変な臭いを吐き出しているようだった。

「それが面白いことになっているんだ」ワニの目がずるく光った。

「ナムという若者がジョルを隠しているようだ。われらはナムの家でジョルの母親を見つけたのだ」

ジョルとナムは、テーブルの下でとっさに視線を交わし、体をこわばらせた。

「だったらその母に聞けば、俺らよりもわかるんじゃないか」

バートルがテーブルの方にちらっと視線を向けた。

「あの女が…」ワニはそう言うと苛立ったのか、鼻声で「チッ」という音を出して「あの女が、息子の仇を討つために荒地に来た、と俺に向かって叫んでどうしようもなかったんだ。あの目の見えない老いぼれとそのバカ娘もちっとも吐かなくて、逆に俺らがナムを捕まえたのではないか、人を出してくれ、と騒ぐんだぜ」

「ワニ様…。そのジョルはもう死んだのじゃろう。荒地をひっくり返して探しても、影ひとつ見えないなんて…」痩せこけた中年男が、ニタニタと笑いながらワニに言った。

「バカ者…そうだったらマスターがどうしてまた…」ワニは、男に噛みつくような剣幕で怒鳴り、話を続けかけた。痩せこけた中年男は、怯えた顔で黙り込んだ。

バートルとジャムチは目線を交わした。バザルの誰もが知っていた。森の連中は死の森を支配しているマンゴスのことをマスターと呼ぶのだった。だが、死の森の連中を含めたバザルの人々は何世代にわたって、そのマスターの姿を見たことがなかった。もっともその正体を知る者はなかった。バートルは長い間、ひそかに調べているにも関わらず、マスターの居場所さえ突き止めていなかった。バートルの予測が間違っていなかったら、ワニはマスターの正体を知っているはずだった。だが、マスターについての話はバザルでは厳しく禁止されていて、誰も公に口にすることができなかった。

「あのジョルの父さえ捕まえれば…」長い黒い服に身を包んだ太った女が言った。

「あんたらみたいな愚か者があの村を見張っていたから、逃げられたんじゃないか…」ワニは鋭い目で、女とその周囲にいた手下たちを睨んだ。手下たちが後ろに引いた。

父の話が出たことに動揺したジョルは、屈んでいた体のバランスを崩し、テーブルの足を思わず蹴ってしまった。「コン」という短い音が、微かに響いた。

「誰?」玄関近くに立っていたひょろ長い男が、窓の方を向いた。

「どうした?」ワニやほかの者たちも窓の方を見た。

「さっき人影が見えた。それに何かの音がした」ひょろ長い男が怯えた声で言った。

「何をじっとしている。早く追え」ワニが店を飛び出した。ほかの者も、ワニのあとをついて行った。

料理屋の中には、バートルとジャムチが残った。

「危なかったな」ジャムチは額に浮かんだ汗を拭いた。森の連中の足音が暗闇に消えた。

「大丈夫。出てきていいさ」バートルがテーブルに向かって言った。

ナムがテーブルの下から、しびれ切った足を揉みながら出てきた時、砂のカーテンが彼の矢に引っ掛かり、床に落ちた。すると、ばらばらな砂に戻った。ナムはそのことに気付く余裕もなく、忍び足で玄関に素早く向かい、扉の隙間から外を見た。外は暗くて何も見えなかった。足音も人影もなかった。

「行くぞ。ジョル」ナムは、テーブルの下に向かって小さく叫んだ。だがジョルの返事はなかった。

驚いたナムはテーブルの下を見た。ジョルは、その場にいなかった。

「え…ジョルは？」ナムは、バートルとジャムチを見た。

「見ていないぞ。君と一緒だったじゃ…」バートルが言った。

「さっきまでいたよ」ナムはそう言って、店内を見回しながら「ジョル…ジョル…」と大声で繰り返した。

「さっきの連中を尾行して行ったのじゃ…」突然、店の角から朗らかな声が響いた。そしてその声は楽しそうに「昔の知人がいたからな」と続けた。白ひげオタチの声だった。

「オタチ…まだいたの？」バートルが声のする方を向いて言った。

「ジョルは今どこに？」ナムは焦って聞いた。白ひげオタチが身を隠していることに驚いた様子はなく、ただジョルの姿が見えないことに慌てていた。

「さっきの鼻声を尾行して行ったんじゃ。その者の巣までな」白ひげオタチの声は慌てる様子もなく、相変わらず楽しそうだった。

「ワニの巣か。そういえば、一本森の下にある庭つきの二軒屋に、しょっちゅう行っていたようだな」

バートルは思い当たることがあるように言った。

「そこまで調べ上げて…。君は何かを企んでいるな」

白ひげオタチの声が朗らかに笑った。ナムは扉を開けて、暗い闇に飛び込んで行った。

ナムが外へ出た直後、店の窓に黒い影が映った。黒い布で顔を覆った二人組が店内に押し入り、痩せた男がバートルの首に刀を突き付けた。バートルとジャムチは立ち竦んだまま動くことができなかった。

「声を出すな。被害を加えるつもりはない」バートルの首に刀を突き付けた男が言った。声色から若者のようだった。店の灯でぼんやりと見える服装から見て、バザルの者ではなかった。

「今回は何の用？」バートルは若者のあとから入ってきたもう一人の男を見た。がっしりとした背の高い男だった。その目付きから、その者が主役であるとバートルは判断した。

「さっき大勢の連中がジョルという子の話をしていたけど、彼らは誰？　お前らの仲間か？」がっしりとした男が聞いた。

「はは…」バートルは大声で笑った。「あんた、わかる？　これが今日俺の首に突き付けられた三番目の刀だよ…」バートルが若者の刀を指した。

「あんたらの仲間か？」若者は質問を繰り返した。

「もし俺の仲間だったら、刀を突き付けて話す必要があるの？」バートルは二人を見た。

「だったら、ジョルという子の行方を知っているか」大男が尋ねた。

「さっきの連中にも同じことを言ったけど、俺は知らんよ」バートルは目の端で若者の表情を見た。

彼は緊張したような目で、大男の方を見ていた。

「ほっとけ…」大男が言った。若者はまだ刀を突き付けたままだった。

「本当に知らないの？　俺らは急用があって彼を探しているんだ」若者は脅かすというより、哀願する様子だった。

「アルシ…」大男が若者に呼びかけ、刀を持つ手を下ろさせた。「知らないと言うんじゃ。無理をするな」若者の背中を撫でた。

「でも…」若者はまだあきらめていないようだった。

「行こう…」大男が若者の肩を抱いて、扉の方に歩いた。

「アルシ…」バートルは、男が発した名前を口の中で繰り返した。この名前をどこかで聞いた気がした。彼は顎を触りながら記憶をたぐりよせた。そうだ。先ほどジョルが、チャルキンやアルシという人が探しに来たら、自分のことを教えてほしいと言っていた…。

「チャルキン…」バートルは大声で呼んでみた。その声に、二人の男が振り返った。

「どうして、俺の名前を知っている？」チャルキンは驚いた表情でバートルを見た。アルシは素早く刀に手を伸ばした。

「ちょっと待って…」バートルは慌てて説明した。

「ジョルという子が言っていたんだ」バートルは早足でチャルキンに近付いた。

「ジョルが？」チャルキンが声を上げた。

「え。シーッ…」とバートルは人差し指で静かにという合図をして、屋内を指した。バートルとチャルキンの後ろについたアルシは、まだ警戒を解いていなかった。彼は刀の柄を握り、いつでも取り出せるように構えていた。

「ジョルという子が俺に頼んで行った。チャルキンやアルシという人が探しに来たら、彼の行方を教えてくれと…」バートルはジョルから頼まれたことを繰り返した。

「ジョルに会ったのか？」チャルキンは目を潤わせて聞いた。

「さっきまでいた。森の連中が入ってきて、このテーブルの下に隠れていた。それから彼らを尾行して行ったんだ…」バートルは言った。

「嘘をつくな…」アルシは刀を再びバートルの首に突き付けた。「さっき男たちがいた時は、窓の下にテーブルなどなかった。僕はこの目ではっきりと見たんだ。あんたは何者？　どういうつもり？」

「あの…」ジャムチは口を挟んだ。「それは…白ひげオタチの目隠しまじないで、テーブルを消して、ナムと聖水の守者を隠したの」

「バカを言うな。そんなことあり得るか…」アルシはジャムチを睨んだ。

「本当さ。バザルにはいるんだ。さっきまでここに身を隠していたけど…」ジャムチは何もない壁の角に向かって大声で呼んだ。

「白ひげオタチ…。オタチ…いるか」

返事はなかった。

「もういいから。呼ぶな。とっくに帰っていると思う」バートルが刀を突き付けられた首を上へ伸ばしながら、チャルキンとアルシに視線を落として言った。

「信じないのなら仕方がないけど、ジョルという七、八歳の、黒髪にひとえまぶたをした男の子を見た。荒地の人が彼のことを聖水の守者と呼んでいるけど。彼は今、荒地の若者ナムと一緒に逃げているところだ。森の連中は彼らを捕まえるため、ジョルの母親のアロンとナムのお婆さんと妹を捕らえたんだ」

アルシは刀を下ろした。

「アロンはどこ?」チャルキンは震えた声で聞いた。

「それは俺らもわからないさ。俺の女房と娘もさらわれた。バザルで多くの人が人質になって森の連中の手の中にいる。彼らをきっと死の森のどこかに隠しているに違いない」

バートルが首を指で触って言った。まるで首があるかどうか確認しているようだった。

「叔父、俺らも行こう…」アルシは気がせいているようだった。

チャルキンは頷いて、バートルに尋ねた。「どこへ尾行して行った?」

「案内してくれ…」バートルはジャムチに言いつけた。

チャルキンとアルシはジャムチのあとをついて暗闇の中に消えた。バートルは、何事もなかったように暗闇に飛び込んでいく男たちを見送って、首を左右に動かした。

「や…」突然、家の角から大きな悲鳴が上がって、白ひげオタチが姿を現した。

「まだいらっしゃったんですか」バートルはびっくりして振り向いた。

「わしの古い知り合いを見たくて、隅に隠れていたんじゃ…」白ひげオタチは腰を叩きながら立ち上がった。「やはり年を取ってしまったか、腰がこたえるな…」

「それにしても驚いたな…。あいつは相変わらずだったな。どの世でも体だけは大きいな。手足が発達して頭が単純なやつだから…」白ひげオタチは手足を動かしながら呟いた。

「誰のことをおっしゃっているんですか」バートルは戸惑った。

「君は知らんでいいじゃろ」小柄な白ひげオタチがバートルを見上げて、朗らかに言った。

「君の首は丈夫じゃな。何度も切られそうになったが、まだ元の位置にある…」

白ひげオタチは愉快そうに笑った。そして首をかしげて言い続けた。「それにしても君は我慢強くなったな。昔のすぐ切れる性格は、ほとんど見当たらないのじゃが…」

「見ていらっしゃったんですか。さっきは危なかったですよ」バートルは、助けに現れなかった白ひげオタチに文句をつけたそうだった。

「森の連中以外のやつらはそんなことをせん。先の二人はもとよりだ」白ひげオタチは長い白ひげをいじりながら「訳ありのやつらが、とうとう荒地に集まって来たな…」とわくわくした顔で言い重ねた。そしてバートルが答える前に、「わしはもう帰るぞ」とあっさり姿を消した。バートルはその勝手なやり方に、半ばあきれ顔を浮かべて笑った。床に縄で絞め殺された森の連中の死体が転がったままだった。


ジョルはワニ一行を尾行していた。窓の外の黒影を見失ったワニは、手下に当たるように彼らを蹴ったり、殴ったりして、街じゅうを見張る命令を下した。そして自分はひそかに暗い狭い路地に入って行った。ジョルも忍び足でワニのあとを追い、暗い路地に入った。ワニは何度も振り返りながら、人目を避けるように、道端から少し奥まった大きな木の下に建つ、庭つきの家の前に立った。

木は死の森の木のように真っ黒で、枝が空に向いて尖っていた。高くないが幹が太く、何人かの男が手を繋いで幹を抱いても抱えきれないほどだった。その枝は巨大な傘のように、四方八方に伸び茂っていた。

これは闇の魔法のシンボルである一本森だった。一本の木なのに、幹の大きさや枝の茂りぶりは何十本もの木を集めたようだったので、バザルの人々は一本森という名をつけたのだった。ここは、バザルの闇の魔術を操る森の連中の拠点だった。ワニは玄関先に立ち止まり、周囲を見渡してから扉を押して庭に入った。扉の内側から鍵をかける音が聞こえた。ジョルは身を屈めて低い庭の壁に沿って進み、庭の中を覗き込んだ。ワニが軽やかな足取りで二軒屋の小さい明かり窓のついた部屋の前に立ち、小窓を軽く叩いた。そして「俺だ」と低い鼻声で言った。

暗かった家の中にぼんやりとした光が点った。扉が開けられ、ワニは滑り込んだ。ワニのこそこそとした様子に何かがあると確信したジョルは、庭の壁を越え、つま先で土を踏みながら、わずかな光を放つ小窓に近付いた。小窓は灰色の布に貼られていて、部屋の中が見えなかった。

人影は部屋の中でもぞもぞと動いていた。ジョルは窓下の石に立って、さらに頭を窓に近付けた。突然大きな影が明かり窓を覆った。ジョルはぞっとした。だが影は止まり、椅子を動かす音がした。

「どうだった？　その子の気配は？」低い掠れた声が聞こえた。

「クソ…どこに潜り込んだか。影さえ見つからない」ワニは鼻声で唸り、机を叩いた。「死んだはずなのに…。マスターはしばしば夢に現れる白い光がさらに力強くなっているから、聖水の守者はまだ生きていると言い張るし…。まさか…もう一人いるのか」

「そんなはずはないさ…聖水の守者が二人もいるなんて…。ただ、君がブルグト山の洞窟で燃やしたジョルという者は、本物の聖水の守者だったのか…」掠れ声が疑わしい声で言った。

「この俺を疑っているのか？」噛みつくような鼻声で怒鳴った。「だったら森主が嘘をついたことになるぞ…。狼どもがアバガ山で狩り人を襲って、探し出したのじゃ。文句を言うなら狼どもに言え…」冷たく言い放した。

「言い合っている場合か。森主どもが聖水の守者側に立つ恐れがある今、彼らがしたことに文句をつけてみろ。こっちが対立する言い訳を見つけてあげたことになるだけじゃ…」掠れ声が機嫌悪く言った。

沈黙がしばらく続いた。

「君の火の呪いから逃れた者は、これまでいなかったな。たとえ運良く火の呪いから逃れたとしても、どうやってあんな険しい崖の洞窟から逃げたのだろう…。ジョルは何者なのだろう。マスターまでが怖れて…」

掠れ声は陰険な声で言葉を続けた。「とりあえず、その母と老いぼれと娘をやれ…。何か出てくるじゃろう…。少なくとも…そのナムを探し出せるじゃろう…」

「やれるだけのことはやったよ。何度も呪いをかけて、ジョルとナムの居場所を吐かせようとしたが、すべて無駄だったよ。今は命からがらで…これからどうするか…。マスターの命令を待っているところさ」ワニは鼻声で呟いた。「それより…君の地番で何かを企んでいる連中がいるぞ…。バートルと白ひげ老いぼれから目を離すな…」

ジョルは拳を指が白くなるまで握った。

「それは俺に任せて…」掠れ声は冷たく言った。「君がどうやって死の森に閉じ込めているバザルの連中を始末するか。マスターは楽しみにしているだろうな…」

「マスターはお待ちかねだろう…。バカ者どもはどんな相手と戦っているかも知らずに死の森の亡霊になるんだな…」ワニは鼻声を鳴らして冷たく笑った。

「早く亡霊にした方がいいぞ…。隠れ洞窟は…もうそろそろ入りきれなくなるぞ…」と掠れ声が言った。

「最後の手段としてこれはどう?」ワニの鼻声がさらに低くなり、そして途切れた。ジョルは急いで体を前に乗り出した。だが踏んでいた石がはじけ、肘を窓にぶつけてしまった。

「誰?」家の中の光がさっと消えた。明かり窓が開く音と、扉が開く音が背後で同時に聞こえた。ジョルは壁を飛び越え、路地を素早く引き返した。細く暗い路地の入口に近付いたところで、前から数人の男が騒ぎながら現れた。ジョルのあとを追いかけてきたワニが、その連中に叫んだ。

「その者を捕まえ…」

ジョルは方向を変えて入口の手前を曲がり、さらに細い路地に入り込んだ。どこを走っているのか、自分の居場所がわからなかった。ワニの叫び声で、騒いでいた連中がジョルを追いかけてきた。ジョルが息せき切ってもう一つの路地に入ったところで、何者かに体を引っ張られ、暗い隅に引きずり込まれた。

「僕だ」ナムだった。

ジョルを追いかけてきたナムは、一本森のあたりでジョルを探していて、隣の路地の騒ぎを耳にして駆けつけたのだった。ワニ一行の追っ手から逃れた二人は、馬を隠している場所に行き、急いでバザルを離れた。

第十五話　聖水

ナムとジョルは山奥の森に隠れた。

「ナム兄…」バザルを離れてから黙り込んでいたジョルが、ようやく口を開いた。これまでにない落ち込んだ声だった。「これまでのすべてのことが僕のせいで起きていたんだ。村にいる頃のことも、荒地に来てからのことも全部…」

「どうして…そう思うんだ?」ナムは静かに聞いた。

ジョルの目は泣き腫れて、顔は青ざめていた。

「僕が尾行して行ったワニという男は、実は、村で僕をマンゴスに仕立てて殺そうとしたハエ声占い師なんだ。これですべてがつながった。どうしていろいろなことに巻き込まれてきたのか。どうしてみんなを危険にさらしてきたのか…」ジョルの声は震えていた。

「だから…まだ生きている君のせいか…」ナムは落ち着いた声で言った。

「え?」ジョルはナムを見上げた。

「僕はすごく悩んだことがあるんだ。父と母が死んでしまった時、僕が無力だから死なせてしまったと…。でも最近、気付いたんだ…。自分を責め続けるより、生きているから何かできるんだ…そう思ってがんばった方が、親がきっと喜ぶだろうと…」

「生きているから何かできるんだ…」ジョルは繰り返した。

そしてしばらく黙り込んだあと、意を決したように言った。

「だったら聖水を探しに死の森に入ろう…。今度の満月に…白ひげオタチが言っていた。満月のたびに西崖のどこかで聖水の入口が開くと…」

「おい、お前…ギャップが大きすぎるじゃん…。ちゃんとした計画もなしに…」

ジョルの気持ちの切り替えの早さに、ナムは驚いた声で言った。

「ナム兄のお父さんが言っていたそうじゃないか。もう待てないと…。僕ももう待てないんだ…。ハエ声占い師は何か大きなことを企んでいる…。母ちゃんたちを最後の手段として何かに利用しようとしている…」

ジョルは盗み聞きしたすべてのことをナムに話した。

「速攻で勝負に出るか…」ナムはしばらく考え込んでから呟いた。

「よし…白ひげオタチとバートルに話してみるさ…。でも、それまでは一人でどこにも行かないで…。君は一人じゃないぞ」


日が暮れてナムは山を下りた。森の中が暗闇に包まれ、風が涼しくなった。ジョルはナムに言われた通り、大きな木の枝で作った隠れ屋に上がった。ナムが帰るのを待つ間に居眠りをしてしまった。

突然、暗闇の中で小石や草を踏みしめる音がした。何者かが近付いている気配だった。ジョルは体を縮めて息を止めた。ジョルが身を隠している大きな木の斜め下に、二人の暗い影が動いていた。

「早く…ついてきて」太い声が聞こえた。

「ちょっと休もうよ。もう歩けない。今日一日中正人会を追い回して…」細い声が力なさそうに言った。

「一日でも二日でも早くあの子を探し出せ。見つからない限り、荒地を駆け続けろとワニが言っていただろう」太い声がいらついたように言った。

「あの子が…こんな山奥まで来ると思うか。もうとっくに…荒地から逃げ出しているさ…」細い声は息をはあはあさせながら言い、「とりあえず…この暗闇の中ならカラスらにも見られないから…少し休もう」と体を投げるように座り込んだ。

「バカだな。カラスどもは闇の中でも獲物を逃さないから、気をつけた方がいいさ」

太い声が細い声の隣に座った。「それにしても変だな。あの子はどこに隠れたのだろう。ワニが全力をあげて探し回っても、あの子の影ひとつ見えないというのは…」

「だから逃げたんだよ。もう…」細い声は水を飲んでいるらしく、喉を鳴らした。

「それかとっくに死んでいるさ。ワニがあの子を洞窟で燃やした時に」

「だったらマスターが今も感じる、だんだん近付いてくる強い光というのは何か」

太い声は謎を探るように言った。

「それはきっとマスターの勘違いさ。いつも誰のことも信じないじゃない。これまでワニ以外、マスターに会った者はいないし…」細い声が息を整えて言った。

「それにしてもワニの手から逃れる者がいるなんて初耳だな。生き返った？　それとも不死身？」細い声は言い続けた。「本当にそんなにすごいなら、マスターがその力を借りて聖水を取り出させて、それを奪い取ればいいんじゃ」

「君の頭で考えられるようなことを、マスターやワニが思いつかないと思うかい？」

太い声は細い声の頭を叩いた。細い声は、痛いと声を上げた。

「伝説にあるじゃん。聖水はそれをとった者に無限の力を与えると。つまり誰かが聖水を先に取れば、その者が無限な力を得て、他者は相手にならないということさ。そのためにマスターは死の森をずっと独り占めしているんじゃないか」太い声は物知りのようだった。

「もし俺が聖水を取れたら、俺も力持ちになって、誰も俺の相手にならないということか」細い声は、夢見るように弾んだ声で言った。

「バカを言うな。君にその力があったら、今まで生きられたと思うか。とっくに亡霊になっているぞ…」太い声が皮肉っぽく言った。

「だからあの子を見たら、すぐ殺すのか」細い声は納得したように言った。

「あの子を殺すなら、その母やバザルの者を残してどうするの？ そいつらも殺せばいいんじゃ」

「殺す？ バザルの親分の話では、殺すより恐ろしいことが待っているそうだぜ…」

太い声がずるそうな笑い声を立てた。ジョルは驚いて、思わず体を動かした。木の枝が揺れて葉がざわざわと音を立てた。「何の音？」細い声は飛び起きた。二人ともジョルの隠れている場所を見上げた。その近くの木から、鳥が飛び上がった。

「鳥だったな」細い声が声を震わせながら言った。

「何をそんなにびびってる？」太い声が冷ややかに笑った。

「ここはうちらの縄張りじゃない。だからワニでさえ気軽にこの森に来ないじゃないか」細い声は不安そうに言った。太い声も笑いを止めて起き上がり、周囲を不安そうに見渡した。

「行こう…」二人は一気に走り出した。何度か転んだり悲鳴を上げたりしながら、二人の慌てた足音が暗闇の中に消えた。ジョルは耳を澄まして周囲の音を聞き続けた。足音がすっかり消え、森は再び静かになった。

しばらく経つと、暗闇の中から鳥の鳴くような声がした。三度鳴いた。ジョルは闇の中で光に出会ったような嬉しさで、鳥と同じ声を出した。ジョルの声へのお返しに、また三度鳴き声がして、足音が近付いてきた。

「僕だよ」親しみのある声がジョルの耳に届いた。

「ナム兄…」ジョルは呼び返した。

「大丈夫だったか」ナムは木の下に来て、低い声で聞いた。

「僕が上がるから、君はそのままいて」ナムは素早く木を登った。ジョルは手を伸ばして、ナムを引っ張り上げた。

「会えた？　どうだった？」

ジョルはナムの体に張り付いた冷たい湿気を肌に感じながら尋ねた。

「何とか」ナムは口ごもった。

暗闇の中で、ジョルはナムの表情をはっきりと見ることができなかった。だがナムの冷えきった手と声色から、何かあったのだと察した。ジョルは、さきほど連中が話していたことや、隠れ家がばれそうになったことを、ナムに話すつもりだったが控えた。

しばらくの沈黙があって、ジョルが尋ねた。「どんなことがあったの？」

「正人会が森の連中にばれて、何十人が犠牲になったそうだ」

ナムの声は重かった。ジョルは拳を強く握った。もう待てない。時間が経つほど、犠牲者が増えるばかりだった。

「それに…」ナムは続けた。「君のお父さんが正人会の人を逃がすために森の連中と戦っていて、行方がわからないそうだ…」

「父ちゃんが…どうしてあそこに…」ジョルの心は引きちぎられるようにひどく痛んだ。

「君が言っていたアルシという若者と一緒に君たちを探しに来ていて…。料理屋の主人バートルから、君とアロンおばのことを聞かされて、バザルに残ったらしい」

「今どこ？　バザル？」悪い予感がジョルの体を走った。

「生き残った正人会の人はバザルの西の森に逃げ込んだそうだ。君のお父さんは消息がわからず、生きているかどうかは…」

ナムがジョルの手を握った。ジョルの手は震えて、冷たい汗をかいていた。

「アルシは今、正人会の人と一緒にいるそうだ」

ジョルはナムから手を離し、拳を木の枝に強くぶつけた。

「僕のせいで…父ちゃんまでが…」

「君のせいじゃないよ…」ナムはジョルの肩を抱いた。

「もう待てない…一刻も…」ジョルは肩を震わせながら呟いた。

二人は、木の葉をかさかさと震わせる冷たい山風を肌に感じながら、枝の間から少し見える夜空をしばらく眺めていた。

「さっきの話を誰に聞いたの？　白ひげオタチやバートルに会ったの？」ジョルは沈黙を破った。

「ジャムチにしか会っていないよ。バートルは正人会を連れ、バザルの西の森に入ったそうだ。白ひげオタチはまだバザルにいるらしいが、あのかたは自分から会いたい時に現れるから、ふだんは誰にも行方がわからないよ」ナムは低い声で言った。

「次の満月に死の森に入ることはどうなったの」ジョルは暗がりの中でナムを見つめた。

「それはジャムチが白ひげオタチとバートルに伝えることになっているの。そのうちにメッセージがあると思うな」ナムもジョルを見つめながら言った。

ジョルは無言で頷いた。

「森の連中がここまで来ている。ここはもう安全じゃない。今晩中に移動しよう」ナムは静かに言った。

「さっき鳥を飛ばしたのはナム兄だろう」

「連中の気を引くためにあの木を動かしたけど、たまたま鳥がいて助かった」

その夜、二人はさらに奥の山に潜り込んだ。


それから数日後、ナムとジョルの隠れていた山奥の小さい洞窟の入口に大きな鷲が舞い降りた。鷲は白羽と黒羽の入り混じった翼をたたみ、真っ黒な目で洞窟の中を見ていた。

「足に何かがついているぞ…」ナムは鷲に近付いた。鷲はナムを怖れる様子はなく、入口近くの地面にとまっていた。ナムは鷲のそばにしゃがんで、足に縛ってあった小さな皮袋を外した。中に薄い皮切れが入っていた。ナムがそれを広げると、皮切れに何かが書かれていた。

「これは何なの」ジョルはナムの広げた皮切れを覗き込んで聞いた。

「バートルからのメッセージだ」ナムは皮切れの上に書かれたマークに目を走らせた。

ジョルはさっぱりわからなかった。皮切れの上に人間のような、動物のような、太陽のようなマークがぎっしりと書かれていた。オボート村にいる時、オドガンの家の天井でこんなマークを見たような気がした。

「何だと言っているの」ジョルはナムの顔を見上げた。

「正人会は次の満月の日の夕方に周辺の部族たちをチノト谷口に集めて、死の森に入り、全力を尽くして、君が聖水を探すことを助けるそうだよ」ナムは大きな息を吸って、ジョルを見つめた。ジョルは意を決した表情で頷いた。

「いよいよだな…」ナムは呟き、微かに震える手で胸ポケットから、先が黒く焦げた細く短い木の枝を取り出し、皮切れの裏に丸い円に囲まれた十字マークを描いた。そして皮切れを小さな皮袋に戻し、鷲の足に縛り付けた。鷲は大きな翼を広げ、空へ舞い上がり、やがて二人の視界から消えた。

「チノト谷口ってどこにあるの」ジョルは尋ねた。

「死の森の東南方にある広い谷で、森の外側から東西洞窟に一番近い場所だよ」ナムは考え込みながら答えた。

「バートルは正人会のメンバーだったの」ジョルは、あごに短い黒いひげを残した太めの大男バートルを思い浮かべながら聞いた。

「彼は正人会のリーダーだそうだよ」ナムは鷲が飛んで行った方向を眺めながら言った。

「あの人が…」ジョルは信じがたいという表情をした。

「僕も、ジャムチに前回会った時に聞いて、驚いたよ…」ナムもジョルの驚きに共感するような口調で言った。

二人は、目を見合わせて吹き出した。大きなお腹に油っぽくなった黒いエプロンを付けて、髪の毛に寝癖をつけたままの料理屋の主人バートルが、この荒地でひそかに何世代にもわたり戦ってきた正人会のリーダーだったとは…。何かの冗談のようにも感じられた。二人の笑いは、マンゴスとその魂の話を聞いて驚きのあまり口をポカンと開けて立ち竦むジョルとナムに背中を向けて、フフフと笑った白ひげオタチの笑いと似ていた。

いよいよ満月の日になった。

厚い雲に覆われた太陽が西に傾き、黒い山々の裏に隠れて、荒地に夕闇が訪れた。日光の白みに変わって青黒い霞が空を覆い、厳粛な静けさに包まれた。ナムとジョルは木立に身を隠しながら、正人会の残したしるしを辿って、チノト谷口にある密林に向かった。二人は周囲の動きに神経をそばだてながら、馬を急がせた。

「あった」ナムは空を見上げて言った。ジョルも見上げた。大きな白い胸をした鷲が、空を飛び回っていた。

「しるしの鷲?」ジョルは低い声で聞いた。

「そうだ。白い胸の鷲は準備が整ったという合図だよ」ナムはほっとした表情で馬をさらに急がせた。

小さな丘を越えると、夕刻のおぼろげな空を透して、驚くような光景が広がっていた。どこからきたのかと思うほどおびただしい数の人々が、高い木々が茂る黒く大きなドームのような密林を目指して集まっていた。様々な格好をした人々が何組かに分かれて、平たい谷いっぱいに溢れていた。ジョルは顔を隠したスカーフの上から、みんなを見渡した。馬に乗って、弓や矢を背中につけ、長い剣を帯に付けた組。馬に乗ってボローを持ち、腕に鷲を乗せて、猟犬を連れた組。馬に乗って長いオルガを持ち、帯にボローをつけた組。長い剣を持ち、背中に弓を付けて徒歩で進んでいる組。手にボローや刀を持った組など、どの組も死の森の入口を丸く囲むように立っていた。

彼らの中には老人や女性、少年もいた。みんな戦いに備えている様子だった。猟犬が地面に群れを作り、鷲が木の枝や低い空に群れを作っていた。その様子は壮大だった。

「森の者も、草原の者も、みんな集まったな」

ナムは人々を見渡して言った。そうして顔を覆ったスカーフを下ろし、各組に囲まれてできた丸い枠に集まっている数人の男たちの方へ向かって馬を走らせた。男たちは馬に乗り、武装していた。ジョルも緊張気味に白馬に座り直し、前方を凝視した。

「今度こそ…」ジョルは呟いた。

料理屋の主人バートルは、男たちに向かって何か指示を出しているようだった。バートルは、ナムとジョルの姿を見て、ほっとしたような表情で手を振った。二人も男たちのところに馬を急がせた。

ガヤガヤとしていた人々が静まり、無数の視線がナムとジョルに集まった。ジョルは人々に見られていることをできるだけ意識しないようにして前を向いた。白馬はナムの馬について、バートルの横で止まった。バートルは馬に乗ったまま、ナムとジョルに挨拶した。ほかの男たちも二人に挨拶した。ジョルは初めて会う人々であったが、ナムは顔見知りのようだった。

その様子を静かに見守っていた人々に向かって、バートルが大声で言った。

「みなさん、この土地に生きる我々が何百年も待った日が今日だ。この日のために我々は、代々この呪われた土地で生き延びてきた。我々の前に、これまで恐れてきた死の森、それを支配してきた森の連中がいる。同時に、我々の目の前に、聖水の守者がいる。聖水がある。今日だけは恐れずに、祖先から受け継いだ勇気と知恵を絞って、思う存分にマンゴスと戦おう」

バートルの声が勢いを増し、黒いドームに響き渡った。

「戦おう…」

人々は、死の森を轟かせる勢いで叫び返した。そして組ごとに死の森へ向かった。


「ジョル…」片腕に大きな鷲を乗せた若者が、人群れから大声で呼びかけた。

「アルシ兄…」ジョルは目を輝かせて、白馬から飛び降りてアルシの方へ走った。

「ジョル…」アルシも馬から飛び下りた。アルシの腕に乗っていた鷲が空に飛び上った。

「本当に君だったな…」アルシはジョルを抱き締めて「生きていてくれて…ありがとう」と言った。その声は震えていた。

これまでこらえてきた悲しみや苦しみが、ジョルの胸に一気に押し寄せてきた。涙がこぼれて声が出なかった。ジョルはアルシに抱かれたまま、何度も頷くだけだった。

「チャルキン叔父も一緒に来たが…」アルシの声が詰まった。

「ごめんな。ジョル、いつも力になれなくて…。本当にごめん」

「大丈夫だよ…父ちゃんは…。きっと…」ジョルは震える声で言った。

「聖水さえ取れば、みんなを助けられるから」

「その通りだ。今は我々が心を一つにして、目の前で一番大事なことをすべきだ」

二人を見守っていたバートルが言った。ジョルは涙を拭いて、アルシの胸から離れた。

「ナム兄、アルシ兄だ。あんたと東洞窟に行ける人は彼しかいないんだ」

ジョルは誇らしそうに言い、アルシをナムに紹介した。

「ジョルは口癖のように、いつもあんたのことを話していたんだ」

ナムが微笑んで、アルシに手を伸ばした。

「バートルから聞いたぞ。ジョルと叔母を助けてくれて、本当にありがとう」

アルシは心から感謝するように、ナムと握手をした。二人はずっと以前から友達のようになじんでいた。その様子を見たジョルも手を伸ばし、二人の手の上に置いた。アルシとナムがいることで、ジョルは勇気と自信に満ち溢れていた。

「一緒に戦おう」ジョルの言葉に、二人もジョルを見つめて大きく頷いた。

「これは白ひげオタチからのお土産…」ナムが胸ポケットから黄色の紐を出して、手をアルシの方に伸ばした。アルシの戸惑う様子に、ジョルが微笑んで言った。

「東洞窟に行く者のお守りだよ」

ジョルは黄色の紐をナムの手から取り、アルシの弓に結んだ。

「いい鷲だな…」

ナムが、上空を飛び回っているアルシの鷲を見上げて言った。大きく広げた翼に何本かの白い羽が混じった強そうな鷲だった。

「ジョルたちを探しに遠い西の草原に行った時にもらったんだ」アルシも鷲を見上げながら答えた。

「西の草原?」ジョルはアルシを見上げた。

「そうだよ。叔父さんが塩の旅から帰る前は、僕が君とアロン叔母を探しにいろんなところに行ったが、叔父さんが戻ってからは二人で探し回った。だが、何の消息もなかった。つい最近になって、オドガンと父がやっと教えてくれたんだ。北の果てに行ったと…」とアルシ。

「チャルン叔父が僕たちの行方を知っていたの」ジョルは驚きの声を出した。

「知っていたそうだよ。だが、ハエ声占い師に君が死んだと思わせるために、ずっと黙っていたそうだ。だが、僕は父が臆病者だと…」アルシが悔しそうに微笑んだ。「とりあえず、いろいろあって、来るのが遅くなったな。ごめんな」

「ちょうどいいところに来たぞ…」とナムが横から言った。

「もう時間だぞ。森の連中はもう気付いていると思う」

バートルが彼らの方に馬を飛ばしてきて言った。「俺らは道を開くから、君らは奥へ向かって行けるところまで行けよ」

「森の連中だ…」人群れの中から叫び声が聞こえた。

黒ずくめの服に包まれた森の連中が馬やロバに乗り、黒い森の間から黒く汚く腐った液体のように溢れ出てきた。彼らの頭上にカラスが群れを作り、ゴワゴワと鳴いていた。黒毛の狼らの冷たい目が、木立の間に見えた。風とともに肉の腐ったような匂いが運ばれてきて、人々がスカーフで鼻を覆った。

「月はうちの味方だ…」バートルは東方を眺めた。太陽と入れ替わるように大きなオレンジ色の月が、木の梢ごしに顔を出していた。

「任せたぞ…」バートルは馬の手綱を引いて、ジョル、アルシ、ナムに向かって叫んだ。

「俺らは命をかけて、やつらを引き止めるから…」

「行け…」

バートルは長剣を取り出して、死の森の連中の方を指した。そして乗馬組を仕切り、森の連中の群れに突っ込んだ。徒歩の組も森の連中に向かって突入した。

彼らの足元から舞い上がった土が、月の光の下で黒い矢の形を作りながら、死の森の中心へ射し込んでいた。猟犬たちは黒い狼と激しく噛み合った。鷲群れは空を覆うカラスの群れに突入し、黒い空に無数の白い線を引いていた。

バートルに仕切られた乗馬組は、馬上から長剣をかざし、森の連中を叩き落としていた。徒歩組はボローを投げ、矢を放ち、黒毛の狼を倒した。女と子供たちは巻きついてくる木の枝をたいまつで焼きつけ、木の根をかまで伐り倒した。人々は懸命に戦っていた。この土地の民としての誇りが、彼らの心に蘇ったようだった。


「行くぞ…」

ナムが馬を飛ばして、正人会が開けた細い道に入った。ジョルとアルシの馬も、主人の意志をわかっているように前に進んだ。ナムは前の道を開き、アルシは後ろを守り、ひたすら森の中へ潜って行った。木立の薄いところでは、三人は肩を並べて進んだ。その時はナムが右を、アルシが左を納め、二人でジョルを守る体制をとった。

地面を力強く叩く馬蹄と合わせるように、アルシの腕にとまった鷲は翼を大きくはためかせて、体のバランスをとっていた。その翼音が、馬蹄の音、馬が息を大きく吹き出す音とともに、森の中でリズミカルに響いていた。

ジョルは体を屈め、白馬の背中に寄せながら、森の連中や呪われた木、黒毛の狼と戦う仲間たちの姿を両側に眺めた。覚悟を固めた彼の眼には、視界の両側に広がる戦いが風景画のように映っていた。ジョルは自分の背負う宿命の重さと切なさを、心に刻み込んでいた。人々の切ない願いやこの土地の苦しみが、彼の胸を強く打つのだった。

正人会の仲間が開けた細い道を進んで死の森の真ん中に辿り着いた三人は、目の前に現れた邪魔ものを矢や刀で倒し、森の奥に聳える黒い崖に近付いた。

「僕は西に行くぞ」ジョルは馬上から聳える山を見据えて、アルシとナムに向かって叫んだ。

「大丈夫か」アルシは心配そうに聞いた。

「行ってくる…」ジョルは白馬の背中に体を寄せて、前を見つめたまま叫び返した。

「月が死の森の真上に着く前に洞窟に入らないといけないから、早く行けよ。君の後ろの邪魔ものは僕たちに任せて」ナムは、厚い雲に覆われた満月を見上げて言った。

「くれぐれも気をつけて」アルシは迫りくる木の枝を矢で射し倒しながら、ジョルの背中に向かって叫んだ。

崖の前の木の薄いところで右折する時、ジョルはアルシとナムに向かって叫んだ。

「母ちゃんを頼んだぞ…。そして二人とも、無事でいてくれ」

ジョルの白馬は、背後や両側から迫る木の枝や根をうまくかわしながら、西崖につながる山道に入った。ジョルは巻き付いてくる木の枝をアルシのくれた刀で斬り飛ばしながら前へ進んだ。

暗がりの中でだんだん小さくなるジョルの後ろ姿を眺めながら、アルシは口笛を鳴らした。黒毛の狼を叩き落としたばかりのアルシの鷲が、アルシの方に飛んできた。

「ジョルを守ってくれ…」

アルシは鷲に向かって叫んだ。鷲は巨大な翼を広げ、美しい弧線を描きながらジョルの方へ飛んで行った。鷲はジョルの背後に迫る木の塊や黒毛の狼を、強力な翼の力で叩き飛ばしながら、ジョルのあとを追った。

白馬はジョルを導くように、素早く山を駆け上っていた。頂上に近付くほど木は少なくなり、転がる石は大きくなり、その数も増えた。白馬は大きな石の間を抜き、真上に聳える黒い崖の洞窟に向かった。それが西洞窟のようだった。

厚い雲を透かして射し込む月の光で、大きな白い岩が点々に映し出され、墨のように黒い山を彩っていた。灰色の空を背景に聳える黒崖の真ん中に、洞窟の入口があった。まるで巨大な野獣の口のようだった。

死の森を駆け抜けて山の中央まで登ってきた白馬は、体が汗で覆われ、毛色が黒くなり、息づかいが激しくなっていた。ジョルは馬から降りて、手綱を白馬の頭に巻き、懸命に駆け上った。白馬は後ろからついてきた。山道はさらに険しくなっていた。ジョルは額の汗をぬぐいながら、眼下に広がる死の森を眺めた。

死の森にはたいまつが点々と点り、人々の叫びや馬のいななき、犬の吠え声、鷲やカラスの鳴き声、狼らの悲鳴が轟き、夜の空を透かして伝わってきた。

「急がないと…」ジョルは今にも真上に届きそうな満月を見上げて呟いた。そして、白ひげオタチの言葉を思い出した。「満月が死の森の真上を照らすたびに、西崖のどこかで聖水の入口が開くでしょう」

ジョルは喉が渇いて、口の中がカラカラだった。帯に手を伸ばした。ナムが持っていた水は、今朝飲み終わっていたことを思い出した。胸ポケットを触った。空になった米袋が手に触れた。母と荒地に来る途中で、母が服の裾を切って作ってくれた袋だった。ジョルは懐かしそうに袋を優しく撫でた。ポケットの底で、硬いものが手に当たった。森の連中に襲われて崖の広場から逃げ出す時、母がくれた櫛だった。ジョルは櫛を取り出して胸に当てた。

「母ちゃん、もう少し待ってて…」

ジョルは櫛を大切にしまい、その上に米袋を畳んで入れた。足に力が湧いてきたようだった。ジョルは山をたくましく登っていった。

息せき切って山を登るジョルの耳に、突然、何かの音が届いた。音は小さいが、すぐ近くで感じられた。ジョルは周囲を見た。何も見えなかった。死の森の方から伝わってくる人々や動物の声や音が遠くに聞こえる以外、山は静かだった。

だが数歩も歩かないうちに、そばで何かが動いた気配がした。ジョルは立ち竦んだ。後ろについていた白馬も止まった。死の森から届く轟きが、先ほどより大きく聞こえてきた。噂のマンゴスが現れたか。ジョルは警戒した目付きで周囲を見渡した。だが、岩の間を通り抜ける風の音のほかは、鳥や虫の鳴き声もなく、静かだった。ジョルは頭上に迫る洞窟の入口を見上げた。それは限りなく広がる空の中に、静かに聳えていた。アルシの鷲が、ジョルの頭上の空高くで旋回していた。

再びジョルが歩き出すと、胸元で何かが動いた。思わず手で触れてみると、首にぶら下げた白い玉が、服の下で動いていた。ジョルは白い玉を取り出してみた。驚いたことに白い玉は青色に沈み、コトコトと動いていた。

「白い玉が聖水に導くだろう」白ひげオタチの言葉を思い出して、ジョルは白い玉を改めて見入った。白い玉の中心が青く沈んで、水が湧き出しているように見えた。じっと見ていると、そこに緑に包まれた山に聳えた崖が見えた。そして崖の東脇で何かが青く光った。

ジョルは月光でもう一度、周囲を丁寧に見渡した。色は違っているものの、白い玉が映し出しているのは、この山の景色に違いなかった。

崖の中程を見ると、白い岩が列を作り、崖の東脇へ伸びていた。ジョルは白い岩の列に沿って、小走りで崖の東脇に向かった。白馬が、ジョルの後ろからついてきた。前に進むほど白い岩は小さくなり、最後に黒い密林に消えた。ジョルが掌に握る白い玉は、さらに青く深い光を放った。ジョルは白い玉を首からぶら下げて、密林に入った。

密林は小鳥が入る隙間もないほど木の幹や枝が密集していて、さほど進まないうちに行き止まってしまった。ジョルは木に登って前に進もうとしたが、太い枝に足を挟まれてしまった。密林の木は死の森の木のように手足に巻きつくことはなかったが、枝ぶりが大きく、前に進むのはかなり困難だった。ジョルは汗をぬぐいながら太い枝から脱出しようとしたが、力があまって体のバランスを崩してしまい、仰向けに倒れて木に体をぶつけてしまった。倒れた勢いで、首にぶら下げていた白い玉も木に叩きつけられて、コツンと音を立てた。その瞬間、ジョルは体が宙に浮いたように感じた。そして次の瞬間、地面にドスンと落ちた。

「あ…痛い」ジョルは悲鳴を上げた。背中をさすりながら頭上を見たジョルは、驚きのあまり声を上げた。

「え…え…どういうこと?」

さきほどまで密集していた木が消えて、目の前に洞窟の入口が現れていた。その入口は崖の上にあった洞窟の入口よりも黒く暗いようだった。雲の合間から射し込む月光が入口に届かず、暗闇が不気味な空洞を作っていた。まるで洞窟に入った者を溶かしそうな深く暗い闇だった。

ジョルはとっさに振り返り、死の森に点々と点る仲間たちのたいまつと、もうすぐ真上に届きそうな満月を見上げた。細長く散った雲の合間から、月が清らかな光を放っていた。

「今度こそ僕が守ります」

ジョルは大きく息を吐いた。そして闇の中に埋まる洞窟に入った。彼が入ったとたん洞窟の入口は消え、地面に木が生えてきて、周囲は再び密林になった。

白馬はジョルの背中を眺めながら洞窟の外に残った。


洞窟の中は冷たい空気に覆われていて、体が芯まで冷えるようだった。ジョルは暗闇に慣れるためにしばらく目を閉じ、深呼吸をして、ゆっくりと目を開けた。暗闇の中にぼんやりと青い渦巻きが見えた。ジョルは手探りでそこに向かおうとしたが、いくら前に進んでも、渦巻きとの距離は縮まなかった。だがそれ以外の目印はなく、ジョルはひたすら青い渦巻に向かって進んだ。

しばらくすると、足元の感覚に変化があった。歩くのに邪魔になっていた地面の凹凸や石が減り、地面が滑らかになって足が運びやすくなった。足取りが軽やかになり、やがて宙に浮いているような感覚を覚えた。その感覚は前に進むほどに強くなった。心地良い風が正面から吹きつけ、髪の毛や服の裾が後ろになびいた。青い渦巻きはまだ遠くにあって、柔らかな青い霞を放っていた。

ジョルは、自分を待つ両親や死の森で戦うアルシたちを思い出し、焦ってさらに速く進もうとした。その瞬間、足元の地面が崩れ落ちて、闇の中から渦巻きが現れた。ジョルはその中に俯いたまま落ちていった。ジョルの発する長い悲鳴が途絶えても、体はいっこうに地面に届かなかった。無底の穴に落ちていくようだった。

突然、彼の閉じた視界に白く眩しい光が射し込んできた。ジョルはそっと目を開けた。胸のペンダントが白い光を放っていた。そのうちに顔に当たる風の勢いが穏やかになり、体の落ちる速度も緩まった。ぼんやりとした暗がりの中で周囲を見ると、そこは上下に穴のあいた長いトンネルのように思えた。トンネルの幅はかなり広く、壁には石が隙間なく敷き詰められていた。その石に青白く光るものが埋め込まれていた。ジョルの落ちる速度はさらに緩まり、最後は空中に浮いている感じになった。ジョルは近くの壁を手で押して、足を下向きに強く蹴った。体が立ち姿勢になって、ゆっくりと下へ落ちていった。

トンネルの幅は下に落ちるほど広くなり、やがて暗がりの下に青い光が見えてきた。その光はトンネルの壁をぼんやりと青く染め、ジョルのペンダントが放つ白い光と調和していた。ジョルは壁沿いにゆっくりと下へ進みながら、青い光に近付いた。

青い光を放っているのは、スズメの卵大の青い玉だった。青い玉は、先が見えない白い柱に支えられていた。ジョルが近付いてよく見ると、白い柱のように見えたものは水柱だった。水が溢れんばかりに湧き上がり、水柱の先に青い玉が浮いていた。水の流れる音や滴る音はジョルの耳に聞こえなかったが、水の流れは青い玉に優しく当たって、周囲に穏やかに飛び散っていた。それはまるで、柔らかい風に舞う花びらのようだった。

ジョルは目の前に広がる不思議な光景に圧倒され、自分の体が浮いていることも忘れて、ナムのお婆さんから聞いた物語を思い出していた。

大昔、大地はマンゴスからその子孫を守るため、自分の涙で聖水を練り、マンゴスの手が届かないところに置いた。その場所は底のない無限の空間なのだ…。

ジョルは、水柱に支えられている青い玉を見た。無底のトンネル…。無限の水柱…。「これが伝説の聖水か…」

ジョルは呟いた。これでみんなを救えるのだと思うと、胸が熱くなった。

ジョルは大きく息を吸って、ゆっくりと水柱に近付いた。彼のペンダントはまだ光っていた。ジョルは体が浮く感覚に慣れて、自分の体の動きをうまくコントロールできるようになっていた。足で壁をそっと踏みしめ、自分の体を横に倒した。そのまま水柱の方に進み、青い玉を拾おうとした。だが青い玉は、ジョルの指の間からこぼれ落ちた。一見硬い玉のように見えたが、指でつかむことはできなかったのだ。ジョルは水柱の向こうの壁に体を寄せて、もう一度青い玉の方に近付いた。今度は母が作った米袋で青い玉を拾ってみた。すると、青い玉はその袋の中にすっぽりと入った。

ジョルがほっとして袋を閉めようとした時、突然体が強い力に押し上げられて、空中に飛び上がった。下から押し上げる銀色のものを目にして、ジョルは水に押し出されていることがわかった。先ほどまで静かに流れ落ちていた水が、いつの間にかトンネルいっぱいに噴き出していた。その勢いは凄まじかった。轟音が耳に届き、ジョルはあっという間に洞窟の入口まで押し出された。

ジョルは仰向けのまま、洞窟の入口近くの地面に叩き落とされた。ジョルを押し出した水は、洞窟に引き寄せられる銀色の布のように視界から消えていった。と同時に、ジョルの胸元の白い玉も光が消え、目の前が暗くなった。

死の森の独特な臭いが鼻を刺激してきた。ジョルが立ち上がろうとすると、何かが洞窟の中から地面を這って出てくるような鈍い音がした。見上げたジョルは口をポカンと開け、声を失った。

洞窟の入口の暗闇に、二つの大きなほのが光っていた。何かの目のようだった。それらは左右に少し動いた。何かを探しているようだった。背中がぞっとした。ジョルはわなわなと震える体を必死で抱き止め、その場にじっとしたまま、目だけを動かして周囲を見渡した。そこはジョルが入った洞窟の入口ではなく、崖の上にある洞窟の入口のようだった。

満月はすでに右に傾き、空を覆っていた雲は遠ざかり、濃い紺色の空が広がっていた。ジョルは息を殺して、二つのほのの動きを見つめた。もしジョルが崖の上に洞窟があることを知らなかったら、この崖が巨大な野獣の体で、ほのがその目だと思い違えただろう。その物は洞窟の中から何かを探し出そうとして、神経を張り詰めているようだった。二つのほのは洞窟の上部に向かっていた。これは死の森のマンゴスのようだった。

もしも白ひげオタチがこの場にいるなら、その姿を見て手を叩いて喜んだかもしれないが、ジョルは喉から心臓が飛び出そうに驚いて、息も十分に吸えなかった。ジョルは手をそっと動かして、聖水を袋ごと胸ポケットにしのばせた。そして指先でそばにあった小さな石をそっと拾い、自分の西側のできるだけ遠くに投げた。小さい石が地面に落ちて、微かな音を立てた。その瞬間、洞窟の暗闇から二つのほのが飛び出してきて、地面に落ちた小さな石を射るように激しく襲いかかった。地面が真っ二つに割れ、その衝撃で、ジョルは東の方に聳える大きな岩のところまで吹き飛ばされた。

ジョルは悲鳴を上げながら転げ落ち、何とか手を伸ばして岩の端につかまった。体は岩にぶら下がっていた。ジョルが見上げると、洞窟の入口はすっかり割れていた。中から飛び出た二つのほのは、周囲に転がる石を一つ残さず攻撃していた。

自分の方へ次々に飛んでくる石をかわしながら、ジョルはとっさに口笛を鳴らした。遠くから白馬のいななきがして、崖の斜面に横たわる石の間を飛ぶように白馬の姿が近付いてきた。ジョルは思い切って岩の端から手を離した。暴れ狂った二つのほのは、ジョルの髪の毛すれすれまで迫り、ジョルが先ほどまでつかまっていた岩をバラバラに崩し飛ばした。

ジョルの体は風にあおられて、猛烈な勢いで落ちていった…。白馬は崖下に駆け寄って、空中でジョルの体を拾い、背中に乗せて走り出した。ジョルは何とか馬に跨ったが、体のバランスを崩したままだった。颯爽と山の尾根を下っていく白馬の背中の上で、ジョルはようやくあぶみに足をかけて、体を前に屈めた。

崖の洞窟を崩して出てきたのは、巨大なウワバミだった。二つのほのと思っていたのは、ウワバミの目だった。ウワバミは巨大なかまとと尾で崖を崩して石を飛ばし、大きな口を開けて毒を放ちながら、白馬とジョルを追いかけて滑り下りてきた。

この荒地を何百年支配してきたマンゴスの正体が、ウワバミだったとは…。ジョルは夢にも思っていなかった。

ジョルの周囲は肉の腐った匂いが立ち込め、赤い霞に染められていた。意識を奪う赤霞…。息が詰まりそうな悪臭…。ぼやけていく視界…。ジョルは白馬とともにその中に吸い込まれるように感じながら、迫るウワバミから逃げることで精一杯だった。麓近くにくるとおびただしい数の黒毛の狼群れが、ウワバミと一定の距離を保ちながら、白馬に乗るジョルを取り囲むように両側から迫ってきた。ジョルは弓を取り出し、横から飛びかかってくる狼群れを次々に射した。

襲いかかる狼群れをかわし、ウワバミの毒を避けながら疾走していた白馬が、突然、岩につまずいて倒れた。ジョルは白馬の頭を飛び越えて、前のめりになったまま地面に転がった。左足に激痛が走り、立ち上がることができなかった。赤い霞は地表近くでさらに濃くなり、ジョルの目を赤く霞ませた。鼻や喉は死の森の腐った匂いに覆われて、息ができずに意識がもうろうとしてきた。数頭の黒い狼が、ジョルと白馬に襲いかかった。その瞬間、黒いものと白いものがジョルの頭上から赤い霞の中に飛び込んできて、黒い狼らを投げ飛ばした。

黒いものはアルシの鷲だった。白いものは白い狼の群れだった。アルシの鷲はジョルの頭上をめまぐるしい速さで飛び回り、狼らをつかんでは地面に激しく叩きつけていた。白い狼群れは、赤い霞の中に埋もれる白い石の間から次々に溢れ出てきて、黒い狼群れに立ち向かった。山が狼たちの悲鳴に包まれた。白い狼群れと黒い狼群れが激しく噛み合うのをよそに、ウワバミは怒り狂ったように地表を這い回り、道の途中にいる狼たちを黒白かまわず両側へ投げ飛ばし、ジョルの方へ迫ってきた。

ジョルは赤い霞に意識を奪われないよう必死で頭を振ったり、目をまばたいたりした。そして左足の激痛に耐えて岩にもたれ、右足で立ち上がった。彼は背負っていた弓と矢を取り出して構え、ウワバミに向かい合った。ウワバミはすぐには襲ってこなかった。前に立つちっぽけな獲物を軽蔑したような目で睨みつけながら、巨大なかまとをもたげた。

その時、赤い霞で毛色が赤っぽく染まった白馬が、大きな岩の裏から走り出てきて、前足を蹴り上げた。しかし、その足はウワバミのもたげた頭には届かなかった。その直後、アルシの鷲が嘴でウワバミの頭を勢いよく突いたが、ウワバミは軽々と振り払った。

ウワバミは白馬の攻撃や頭上を飛び回る鷲を気にも留めず、何頭もの牛をまるごと吸い込みそうな大きな口を全開にし、象の牙のような長くて鋭い牙をむきだしにして、ジョルに襲いかかってきた。ジョルは力を振り絞って弓を引き、迫りくるウワバミの巨大な口に向かって矢を放った…。

ウワバミは巨大な頭を反り返し、悲鳴を上げた。その口から黒い血が噴き出し、周囲の地面を血で濡らした。血が降りかかった石は割れ、生き物はやけどをし、血だまりに倒れた狼は悲鳴を上げていた。ウマバミの頭上を飛んでいたアルシの鷲も翼を何箇所か焼かれ、かろうじて空高くに飛び上がった。

ウワバミは悲鳴を上げて暴れ続けていた。白馬がジョルに駆け寄り、激痛で立ち上がれないジョルを背中に乗せて、素早く疾走した。獲物が逃げ出したことに気付いたウワバミは、悲鳴を止めて大きな口を再び開け、ジョルを乗せて斜面を駆け下りる白馬を見据えて、息を思い切り吸い込んだ。一瞬、ジョルと白馬の周囲に激しい嵐が沸き起こり、地表の土や石を巻き上げた。その勢いはさらに強くなり、あちらこちらに生えている木を根ごと引き抜き、ついにジョルと白馬もウワバミの口の方に引き寄せられていった。

ウワバミの口は巨大な袋のように膨らみ、喉の奥は赤く深く伸びていた。ジョルは白馬から引き離され、ウワバミに吸い込まれていった…。

一方、西崖に向かうジョルを見送ったアルシとナムは、ぼんやりとした月明りの下で、ジョルの姿が遠くに消えるまで眺めていた。

「俺たちも行こうか」

アルシは叫び、木の塊を長い剣で斬り飛ばしながら、東洞窟に向かって馬を飛ばした。ナムもそのあとにつき、両側から巻きついてくる木の枝を二つの短剣で伐り倒しながら、馬を走らせた。二人が東崖に近付くほど、木の茂みは少なくなり、地面は黒さを増していた。真っ直ぐに聳える崖のたもとに着いた二人は馬を降りた。肉の腐ったような死の森の匂いが、二人を包んだ。鼻だけでなく、喉や目も腐った匂いに刺激された。その強烈な匂いに胃が痛み、これまで感じたことのない激しい吐き気に襲われた。

「このマフラーを…」ナムは手で鼻を覆いながら、胸ポケットから黒い色のマフラーを二つ取り出して、一つをアルシに渡した。

「助かった…これなら匂いを消してくれる…。僕のマフラーはとても役に立たないな…」アルシは馬にもたれて、マフラーで顔を覆いながら言った。

「普通の布だと、この匂いを塞げないんだ。これはお婆さんがまじないをかけたマフラーだよ。これを使うほどひどいとは思っていなかったけれど…」

ナムも急いでマフラーを頭に隙間なく巻きつけた。アルシは気を取り直して、真上に聳える崖に触れてみた。崖の表面が氷のようにすべすべしていた。その上に、おびただしい数の狭い隙間ができていた。その隙間の奥には、ねばねばとした感触があった。

「これは何だろう？」アルシが手に粘り付いたものを、目に近付けて見た。薄黒いもののようだった。

「やめて…危ないよ」ナムは慌ててアルシの手を引っ張った。「正体のわからないものを口、鼻、目に近付けるな…。これは荒地の常識だよ」

「そうか…わかった」

アルシは長靴で手に粘り付いたものを拭き払った。そして真っ直ぐに聳える崖を見上げて言った。「隙間に沿って登るしかないな…」

「そうだな…ただくれぐれも気をつけてよ…。変なもの、その中でも液体が滴るところには近付くな…」

アルシは頷いた。二人は隙間に沿って、素早く崖を登り始めた。

崖はすべすべとして登りにくかった。隙間はあるが足を置けるようなところは少なく、手と足で隙間の両側を押しながら進むしかなかった。二人は何度も滑り落ちそうになり、何度も手の爪を剥がしそうになった。滑り落ちそうになるたび、刀で崖の表面を刺し止めた。驚いたことに崖に刃が当たるたび、薄黒い液体が流れ出て、崖の表面がさらにすべすべになった。腐った強烈な匂いがお婆さんのまじない付きのマフラーを介して鼻を刺激した。空気中の酸素がなくなったのではないかと思うほど、二人とも息苦しさを覚えた。

アルシとナムはやっとの思いで東洞窟に辿り着いた。洞窟は天井が低く、一人がやっと立てるくらいだった。二人は息を殺し、忍び足で洞窟の奥に進んだ。ぼんやりとした明るみがあった。二人は緊張気味に目を合わせて、その明かりに近付いた。明かりを放っていたのは水溜りだった。

「何、これは？」アルシは水溜りを覗き込みながら呟いた。水溜りは底が見えなかった。奥にいくほど色が深まり、中心がまるで瞳のように丸く黒かった。アルシは水溜りの横に転がっていた小石を拾って、水溜りの中心に投げ込んだ。

「何をしているの」ナムはアルシを止めようとしたが、間に合わなかった。荒地で育ったナムから見れば、アルシの行動は非常に軽率だった。実際、その通りだった。小石が水溜りに落ちたとたん、水溜りは鏡のように割れ、地面が崩れた。足元に大きな穴が現れ、二人は悲鳴を上げながら落ちていった。

その足元には、信じがたい光景が広がっていた。崖の内側いっぱいに、黒い網状のドームが聳えていた。それは巨大な卵を半分に切って、地面に置いたような形だった。網状のドームの真下にある大きな泉からは水が激しく湧き出し、ドームに当たって白い泡を立てていた。ドームの真上には大きな皿のような石があり、黒白色の布のようなものに覆われていた。石皿の中には真っ黒な液体が溢れていて、布の先をつたってドームの上に滴り落ちていた。黒い液体は、ドームの網に沿って流れ落ちて、ドームから流れ出る白い泉の水を真っ黒に染めていた。その光景とともに、これまで以上に強烈な腐った匂いが二人の鼻を刺激した。お婆さんのまじないをかけたマフラーでも覆える臭いではなかった。二人は何ものかに吸い込まれるように落ちていった。

「石皿へ…」

ナムは体に弾みをつけて、石皿へ飛び降りた。黒い液体がたまった石皿は、崖の広場の半分ほどの広さだった。驚くことに石皿は崖やドームのどこにもつながっておらず、空中に浮いていた。アルシもドームと崖の間の隙間を横切り、石皿の方へ飛んだ。

ナムの腹は石皿の端に当たり、体はギリギリのところで石皿の上に留まった。皿の中から溢れ出る黒い液体が、彼のつかんだ石皿の端から流れて落ちていた。ナムは右手で石皿の端にしがみつきながら、アルシを呼んだ。

「アルシ…」

ナムの足元で「何だこれ？」と言うアルシの声が聞こえてきた。アルシは石皿を覆う布のようなものにぶら下がっていた。ナムは荒地の常識を平気で破るアルシを責める気にならなかった。アルシの大胆さがなかったら、ここが見つからなかったかもしれない。

「君は勇敢でいいな」ナムは足元近くにいるアルシを見下ろして、羨ましそうに言った。

「何が？」アルシはわけがわからなさそうだった。

「だって、僕なら水溜りに石を投げるには時間がかかったと思うさ」とナムは悔しそうな声を出した。

「僕は勇敢ではなく、荒地の常識に欠けているのさ。石皿へ跳びながら、君と相談せずに水溜りに石を投げたことに後悔していたのさ」とアルシは頭の上を見上げながら尋ねた。

「ところで、ここが水溜りの底か」

ナムは周囲を見渡した。死の森にこんな場所があったとは、夢にも思ったことがなかった。この洞窟と比較すれば、ナムの家が秘密のトンネルを持っているなんて驚くほどのことではなかった。

「そうだと思うけど、想像を絶するよ…」とナムは言い続けた。「この中で好意的に見えるのはドームの下に見える白い泉しかないぞ…荒地の常識で言えば…」

「わかったよ。荒地の常識なく、この土地では寸歩も進めないからな」アルシは喘ぎながら、石皿から流れ落ちる黒い液体から体をかわし、足元に聳えるドームを見下ろした。

「何かの巣のようだな」

「そうだな。この網はトンネルのようだな」とナムはドームを支えているトンネルを見て言った。トンネルは複雑に入り組んでいるようだった。「こんなことができるのは何者だろう」

「これ何なの？　草でもないし…何かの皮のようじゃないか」とアルシは自分がぶら下がっている布のようなものを見て言った。ナムは、浅い黒い色に白い点がところどころついた巨大な垂れものを見上げて、声を失った。

「まさか…。マンゴスが…ウワバミ？」

「そのまさかだと思う…。だとすると…この黒い液体はその毒で…、石皿からぶら下がっているのはウワバミの抜け殻で、網状のドームはその寝床で、ドームを作っているトンネルはそいつの通路だ…。つまり、ここがそのウワバミの巣なんだ」とアルシは青ざめた顔で、石皿の下に広がる大きな網状の広場を見下ろして言い続けた。

「それですべての辻褄が合う…。山を掘って潜んでいるから、誰も姿を見たことがない…。荒地の人々や動物が恐れていたマンゴスが、ここに潜んでいたとは…。恐ろしい…」

「荒地を黒くしていた源がここだったな。ウワバミの猛毒が泉から湧き出る水に運ばれ、雪解けとともに周囲の土地へ流れ込んでいたのだ。みんなが変な病にかかっていたのは、ウワバミの毒が入った水を飲み、毒水で育った野の菜や狩りの獲物を食べたからだったんだ」ナムはウワバミの猛毒に黒く染められながら崖の底へ流れていく水を見下ろした。母や荒地の人々、いや荒地に根を下ろしたすべてのものを苦しめてきたものが自分の足元にいる。ナムは下ろしていた左手の拳を白くなるまで握った。

「急ごう。ここが巣だと、魂はこの広場のどこかに潜んでいるかもしれない…」

ナムは滴る黒い液体をよけながら、ドームの頂上を覆うように垂れたウワバミの抜け殻に沿って下りた。アルシも素早く降りてきた。緊張と恐怖のあまり、心臓が口から飛び出そうだった。二人は弓に矢を入れて、暗がりを見通しながら、足早にドームの頂上に向かった。相変わらず強烈な匂いに鼻や目が刺激されていたが、緊張しすぎて吐き気は感じなくなっていた。

ドームの頂上は平らで、静けさに包まれていた。そのど真ん中に石皿よりは小さいものの、男十人が寝られるほどの岩があった。薄暗がりを透かして、そこにふと、赤白色をしたものが見えた。近付いてみると、兎くらいの大きさはある赤と白のトカゲが、岩に這いつくばってじっとしていた。

二人は足を止めた。暗がりの中で目を合わした。

「同時に殺せ…」

「魂を逃がすと、マンゴスの肉体を殺しても蘇るのだ…」

白ひげオタチの言葉が、ナムの耳にこだました。

「僕は赤を打つ。君は白を打て」

ナムはアルシに指で合図をした。アルシは無言で大きく頷いた。二人はつま先で歩きながら、岩の上がはっきり見渡せる場所に立った。弓を引けるだけ引き、息を合わせて、同時に矢を放った。矢が黄色の光を放ちながら、岩を射抜いていった。

二本の矢は赤白トカゲに同時にあたり、耳をつんざく悲鳴が上がった。そして、どこから出てきたのか、おびただしい数の黒い縄のような蛇が、アルシとナムに襲いかかってきた。二人は素早く体をかわし、蛇を次々と刀で斬り飛ばした。岩に這いつくばっていた赤と白のトカゲは尻尾を切り残し、その体は岩を下り、ドームに沿って逃げ去っていた。アルシとナムは岩沿いに立ったまま、ドームの斜面を滑り降りるトカゲに二本目の矢を向けた。二人は同時に矢を放した。二本の矢は黄色の光を放ちながら飛んでいき、アルシの矢は白いトカゲの頭に、ナムの矢は赤いトカゲの胸に突き刺さった。

二筋の黄色の光が、ナムとアルシのいる崖から抜け出て、すっと消えた…。

ナムとアルシの前に横たわる赤と白のトカゲの体は命尽きて、黒く変色を始めた。すると崖全体が激しく揺れ始め、石皿はドームの上空から転がり落ち、その中にあった黒い液体が、アルシとナムの頭上に降りかかった。足元の網状のドームも崩れ出し、下に閉じ込められていた泉の水は目に見えない籠から解き放たれたように、洞窟いっぱいに溢れてきた。アルシとナムは無言で頷き合い、泉の中に飛び込んだ。どうせ体に浴びるなら、黒い液体より白い泉の水の方がいいにきまっている…。二人ともその結果がどうなるか知る由もなかったが、荒地の常識に基づいて、泉に飛び込むことを選んだのだった。

ジョルはウワバミの口に吸い込まれそうになりながら、手にアルシのくれた刀を握り締めていた。口の中に吸い込まれるなら、ウワバミの喉を中から切り、息を止めよう。ジョルはそう考えていた。だが、ジョルがウワバミの口に吸い込まれる寸前に、東崖の方が黄色の光で照らされた。すると、嵐はぴたりと止まり…、嵐に運ばれていたすべてのもの…石ころも、木も、白馬も、ジョルも、ウワバミの口の手前で地面に転がった。

と同時に、ウワバミのつんざく悲鳴が上がり、もたげた頭の両側に、黄色の光が矢のように射し込んできた。ウワバミは狂ったように頭を振ったり、体を反り返したり、大きな岩にぶつかったりしながら、黄色の光を避けようとしていた。だが黄色の光はウワバミの頭に何度も何度もしつこく絡みついて、やがて、東洞窟の方へ消えていった。

「まさか、東洞窟にいるアルシ兄たちが、ウワバミの魂を殺したの…」

ジョルは、白ひげオタチがナムとアルシに渡した黄色の紐を思い出した。東洞窟へ消えていく黄色の光を見ながら、ジョルは、マンゴスの体に宿っていた魂の魔力が、肉体から引き離されていることを感じていた。

実際、黄色の光が消え去ったとたん、ジョルの周囲に濃くまとわりついていた赤い霞は薄くなり、ジョルと白馬、そして周辺の大地は柔らかい青い霞に包まれ始めた。その青い霞は、これまで何度もジョルを救った白い玉の光でもなかった。

「君は一人じゃない」

ナムが言った言葉が、ジョルの耳にこだました。ジョルは力が湧くような気がして、意識もはっきりしてきた。ウワバミが引き起こした嵐でほこりが舞い上がり、周囲はぼんやりしていた。ジョルは口笛を鳴らした。白馬がほこりの中から現れて、ジョルに向かって走ってきた。ジョルは痛めた左足を引きずりながら白馬に近付いた。白馬は体を低くしてジョルを乗せて大きな石を踏みしめながら、風のような速さで山の麓に向かって下り始めた。

その様子を見たウワバミは、つんざく悲鳴を喘ぐような音に変え、最後の力を振り絞って、大きく開けた口から猛毒をまき散らしながら、これまでにない速さで山の斜面を滑り下りてきた。ウワバミの猛毒が周囲に飛び散り、白馬の尻尾に当たり、尻尾の半分が切り落とされた。

ジョルは振り向いて、背後を見た。ウワバミが必死の形相でジョルを追いかけてきていた。だが、このままウワバミに追われて、死の森を出るわけにはいかなかった。ウワバミの毒が落ちたところは石が割れ、土が焦げ、木が枯れ、生き物が死に絶えていた。ウワバミが過ぎたあとに残った白い石は、一つ残らず黒くなっていた。ジョルは向かい風にあおられる白馬のたてがみの間から前後左右を見渡しながら、なにかいい方法がないか思案した。山の麓に近付くにつれて、焦りが増した。ジョルは何度も振り返って、ウワバミに矢を放ったが、絶命させるまでには至らなかった。

せっかく取り戻した聖水が大地に戻る前に、ウワバミを射止めなければ…。ジョルは背中に負った矢に触れた。お婆さんのくれた二つの矢しか残ってなかった。

「これを無駄に使ってはいけない」

ジョルは呟いて矢に触れた手を引いた。

「どうしよう…。…どうか助けて…」

ジョルは心の中で叫んでいた。このままだと死の森で戦っている人々も、荒地も救うことができない。ジョルは藁にすがる思いで、胸ポケットに手を入れた。米袋に入れた聖水に手が触れた。聖水は袋の中でコトコトと動いていた。ジョルはそれを胸ポケットの奥にしっかりとしまった。その時、胸元から何かが滑り落ちた。母がくれた櫛だった。手を伸ばして拾おうとしたが、馬の走り抜ける勢いで、櫛は風に飛ばされてしまった…。

「母ちゃん…」

ジョルは大きな声で叫んだ。木の櫛が土に落ちたとたん、地面が振動するようにぐらぐらと動いた。すると、土におびただしい数の木が生えてきて、地面が一瞬にして森に覆われた。ジョルとウワバミの間に密林ができた。その木々は死の森の木々よりも幹が高く、枝は太い縄のように頑丈だった。

ジョルは振り向きざまに、密林に激突するウワバミを見た。ウワバミの頭が密林に突っ込むと、密林がひとかたまりになってウワバミの頭や体に巻き付いた。突然、それも一瞬にしてやってきた密林の攻撃に、ウワバミは懸命にもがき出ようとした。だが、もがけばもがくほど、木々はウワバミにきつく巻きつき、前に進むことも、後ろに退くこともできずにいた。

ジョルは白馬の手綱を引いて、止まった。母の櫛が作ってくれた密林によって、ウワバミと決着をつける時が来たと察したからだ。

ウワバミが猛烈に暴れるたびに木々の根は引き抜かれ、枝は切り落とされた。ウワバミの吐き出す毒で木は枯れ、枝が焦げていた。そのうちウワバミが密林を抜け出てくるかもしれない…。ジョルはウワバミに矢が届く距離まで近付き、手綱を引いて白馬を止めた。そして、銀色のやじりがついた二本の矢を取り出した。崖の広場を逃げ出す時、お婆さんが大事そうに取り出してきて、「一番大事な時に使え」と言って渡してくれた一組の矢だった。お婆さんは、聖水の守者族が荒地に残していった矢だと言った。その矢を使う時がついに来たのだ、とジョルは思った。やじりが月の光を浴びて、銀色に光っていた。

ジョルは二本の矢を弓に入れ、ウワバミに向き合った。緊張のあまり心臓の鼓動が高まり、掌から汗が吹き出した。ジョルは息を大きく吸って、足で馬の腹を強く挟み、前方で狂ったように暴れるウワバミを見据えた。

ウワバミの息の根を止めるには、その口が全開した時に、脳を射し抜くしかないとジョルは考えた。これまで何度も矢を放ったが、いずれも命を絶つには至らなかった。ウワバミが口を全開すれば、さっきのように周囲のものが吸い込まれるかもしれない…。その口が吐き出す強烈な毒を浴びてしまうかもしれない…。だが、マンゴスの力を制し、聖水を無事に大地に戻すには、これ以外の方法はないようにジョルには思えた。

ジョルは死の森の方を見た。相変わらずたいまつが、あちらこちらで点っていた。だが音は何も聞こえず…、人々は、いや、大地も息を止めて、ジョルとマンゴスの最期の戦いを見守っているようだった。足元から、白馬のぬくもりが伝わってきた。白馬の体も微かに震えていた。だが白馬はジョルの覚悟を受け止めているのか、まるで岩になったように、その場でみじんも動かず立ち尽くしていた。

「ごめんな。君を巻き添えにして…」

ジョルは白馬に呟いた。ウワバミは白馬の上で自分を見据えるジョルに気付いて暴れるのを止め、敵意に満ちた目でジョルを睨みつけた。密林に巻きつかれていても攻撃できると言わんばかりに、ウワバミは体を思い切り縮めて、頭をもたげた。

ジョルは力いっぱい弓を引き、ウワバミの口が開くのを待った。

死の森の中で戦いを続けていたバートルは、山の方を仰ぎ見た。そして、正人会の人々に向かって攻撃を仕掛けてくる森の連中に剣をふりかざしながら、「ほら、見てごらん。君らはあんなもののために命をかけていたのだ…」と叫んだ。

彼の声で、正人会の人々も、死の森の連中も、山の方を見上げた。人々は思いがけず目の前に繰り広げられていた光景に圧倒され、戦うのを忘れて立ち竦んだ。

月の光に照らされて、西に聳える山の斜面に沿って、山が崩れているように見えた。だが次の瞬間、崩れ落ちそうな山がゆっくりと立ち上がり、西崖の麓に、もう一つの崖を作り出そうとしていた。その崖は山の頂上に尖る崖よりは細くて小さかったが、バザルの一本森を何本にも重ねた大きさだった。その崖の先で二つの大きな赤いほのが鈍く光り、胴体がぐにゃぐにゃと暴れていた。

誰もが声を失っていた。

何百年も荒地を支配してきたマンゴスの正体が、こんな化け物だったとは…。

誰も想像できなかった。白ひげオタチでさえ口をポカンと開けていた。死の森の連中は、初めて目にする自分たちの支配者を見て、手に持っていた武器を落としたり、絶望したような表情で口を塞いでいた。

これまで、無限な力の持ち主だというワニの話で、誰もがマンゴスに恭畏を抱き、「マスター」と呼び続けてきた。その正体がウワバミだとは、誰も夢にも思っていなかったのだ。森の連中はすっかり戦う気力をなくしていた。ウワバミの不気味な動きに、恐れのあまり逃げ出す者もいた。

「臆病者…マスターを裏切りやがって…」

バートルたちから離れた細い谷にいたワニは、逃げ出す死の森の連中たちに蛇のような縄を次々と投げつけて絶命させながら、鼻声で怒鳴りつけた。

「あんたのマスターこそマンゴスだぜ…」

がっしりとした体格の男が、体に巻きついてくる木の枝を長い剣で斬り倒しながら、ワニに向かって怒鳴った。ジョルの父、チャルキンだった。

「君は死んだんじゃなかったか」ワニはチャルキンを険悪な目で睨んだ。

「よくもお前、占い師のふりをして…」チャルキンは、ワニ以上に鋭い目で睨みつけた。

二人の様子をそばで見ていた白ひげオタチが、「どうやら、わしの方が君より魔力が上だろうな…。息を瞬間的に止めて、死んだように見せるのは簡単なマジックじゃからな」と言って、フフッと笑った。

「老いぼれめ…またあんたの仕業だったか…」

ワニは歯を噛みしめて怒鳴った。

「ここは君に任せたぞ…。わしは聖水の守者とマンゴスの見物に行くぞ…」

白ひげオタチはチャルキンに言い放って、すっと姿を消した。

「本当に自分勝手だな…。アロンを探してくれると言うから、ここまで一緒にきたのに…」チャルキンは白ひげオタチの姿が消えた場所を眺め見て、あきれた顔で呟いた。

「あの女なら、とっくに殺してやったさ。死体を拾いにきたのか」ワニは皮肉な笑いを浮かべた。

「そんなことをされてたまるもんか。アロンはきっとどこかで生きている。俺はそう信じる。君が俺の息子をマンゴスに仕立て洞窟で殺そうとした時にも、ちゃんと逃げ出したように、今度もそうするさ」

チャルキンは長い剣でワニを脅した。

「わしがハシという者の羊を殺して見せた通り、ジョルに直接手を出していたら、こんな結果にならなかったはずなのに。臆病者のチョドンは、びびって…老人会が納得する方法で、ジョルを消すと言い出して…今はきっと自分も騙されたと、無邪気な顔を装っているだろう…」

ワニは厭味たっぷりの表情を浮かべて、鼻声でチャルキンをあざ笑うように言った。

「チョドンがどうかなんて関係なく…、君の企みをずっと前から見抜いていた人もちゃんといたさ…」

チャルキンはワニの投げつける黒い縄を剣で斬り落しながら、堂々と言った。

「俺のことを見抜いていただと…。俺が君の息子をマンゴスに仕立てるのは簡単だったぜ…君らの村のオドガンはすっかり陰に隠れたし…君の兄のチャルンもどうすることもできなかったし、村のバカ者たちは俺の言いなりだし…この俺の計画は完璧だった…。あの子を火刑にしたのはミスだったが…」

占い師は高慢な顔つきで言った。

「そうさせたのは、うちの村のオドガンだ…。君は思いもよらなかっただろう…君の思惑を逆に利用して、わざと君を勝たせていたのさ」

チャルキンは大声で笑いながら言った。

「洞窟に穴を開けてジョルたちを逃がしたのも、チャルンだったのさ…。ブルグド峰の地形についてチャルン兄は知り尽くしているからな。だってあそこは兄貴の若い頃の秘密拠点のようなものだったから…。洞窟に小さい穴をあけて外へ出る方向を教えるなんて、考えたことがなかったの？」

「そんなはずはない…あそこは前方にしか入口がないし、前方からしか登れない険しい崖だった…。もしチャルンが登っていたら俺らと必ず会ったはずだ」

ワニの顔は青ざめて、口がわなわなと震えていた。

「あの日は崖が雲に覆われて、獣道もよく見えなかったじゃないか…。そうさ、ブルグド峰のいいところは、ほとんど毎日雲に覆われていることだよ…」

チャルキンは、動揺するワニの表情を見て、クスクスと笑った。

「何だと…」

ワニの顔は怒りで歪んだ。そして帯に挟んでいた四角い小さな黒い旗を取り出して、激しく回しながら何かを呟いた。周囲にあった石や土が舞い上がり、渦巻き始めた。

「気をつけて…あなた」

チャルキンの後ろから、聞き慣れた声が届いた。チャルキンは振り向いて、目を見開いた。アロンが痩せたお婆さんを支え、大勢の女や子供たちと一緒に、チャルキンの方に向かってくるのだった。一番先頭で道を開けている若い女の子はハニだった。人々はチャルキンの目の前に伸びる細い谷に溢れ出てきた。人質がこんなに多かったのか…信じられないほどだった。

「アロン、無事だったか！」チャルキンは震える声で叫んだ。

「気をつけて…後ろから…。気をつけて」アロンは涙声で叫んだ。

月の光を通して、ワニの放った黒い土や石の渦が飛びかかってくるのが見えた。チャルキンは体を反らして、黒い渦を長剣で横切った。渦はカタカタと音を立ててチャルキンの剣をすり抜け、女や子供たちに襲いかかった。悲鳴を上げながら逃げ出す女や子供たちの群れの中に、渦が突っ込み、何人かが倒れた。チャルキンは「地面に這いつくばれ…」と叫びながら、背中の弓と矢を素早く取り出し、渦の中心に矢を放った。大きな悲鳴が上がり、渦は崩れ落ちた。ワニが悲鳴を上げながら、手で目を覆った。渦が飛び散り、ワニの目から血が流れていた。

「おまえは何者か」チャルキンはワニを睨みつけた。

「ワニさま…」何人かの森の連中が、ワニに駆け寄った。

「こいつらを殺せと命じたじゃないか」

ワニは体を屈め、血の流れる目を黒い旗で拭きながら、手下を怒鳴りつけた。

「殺そうとしていたところが、その小娘から、聖水の居場所を知っているから教えてあげると言われて…。それで地図を描いてもらっていたら…突然その黒い犬が現れて…」

女や子供たちのあとを追ってきた痩せこけた中年男が口ごもりながら、アロンのそばに立つハニと猟犬ショシホルを指さした。

「バカ…。聖水の居場所は聖水の守者以外は知らないんだ」

ワニは手下を蹴ってから、悲鳴のように叫んだ。

「だったら、お前ら、今すぐ全部殺せ…」とアロンたちの群れを指さした。そしてワニは「ツーツー」と口を鳴らした。と、斬り倒された木の枝を踏みしめながら多数の黒毛の狼たちが現れた。

森の連中と狼が一斉に、チャルキンたちに襲いかかってきた。

「みんな、岩に隠れながら後ろに退け…」チャルキンはそう叫んで、襲いかかってくる森の連中や狼を長剣で斬り続けた。

「アロンおば、お婆さんを連れて隠れて…」ハニの叫び声に、アロンは急いでお婆さんやお年寄り、小さい子供たちを連れて近くにあった岩場に隠れた。ハニは持っていた弓と矢を、森の連中に向かって放った。洞窟から逃げ出す時に、森の連中から奪ったものだった。猟犬ショシホルもハニの後ろから飛び出てきて、黒い狼たちに飛びかかった。大きい子供たちや若い女たちは近くに転がっている石を拾っては、森の連中や黒い狼たちに投げ始めた。

ワニは黒い旗を振り続け、再び黒い渦を巻き起こした。チャルキンが森の連中の放つ矢を長剣で叩き落としたところに、黒い渦が猛速力で襲ってきた。チャルキンの右肩に渦が当たり、長剣を地面に落とした。その時、後ろから黒い狼がチャルキンに飛びかかってきた。

「後ろから…あなた」

アロンが岩陰から叫んだ。空中から飛びかかってきた黒い狼がチャルキンの体に噛みつく直前、地面にどさりと落ち、動かなくなった。一本の矢が、その狼の首を刺し抜いていた。アロンが青ざめた表情で、夫を救った矢が放たれた先を見た。大きな岩の上で月の光を受けて、矢を放したばかりのハニが立っていた。

チャルキンは左手に剣を握って立ち上がり、ぼんやりとした明かりの中でワニの姿を探した。どこかに潜んで、呪いをかけているに違いなかった。チャルキンは黒い渦が襲ってくる方向に走った。いくつもの黒い渦が人群れの中で暴れていた。渦を斬り落としても、尽きることなく次々と渦が出てきた。

チャルキンは周囲を注意深く眺め見た。少し離れた大きな岩の陰で、ワニが黒い旗を激しく振り回し、険しい声で呪いを唱えていた。チャルキンが忍び足でそっと近付くと、ワニはチャルキンに気付き、生まれたばかりの黒い渦を次々とチャルキンに向かって飛ばした。チャルキンは渦をかわし、右肩の痛みに耐えながら矢を放った。ワニは黒い旗で矢を叩き落としながら、いくつもの黒い渦をチャルキンに向かわせた。チャルキンは何度も渦をかわしながら、高い岩の角に追い込まれた。傷だらけになって抵抗する力を失っていくチャルキンに対して、ワニの威力はいっそう増していた。ワニは不敵な笑みを浮かべ、チャルキンにひときわ大きな黒い渦を投げた。

チャルキンの目の端に黒い渦が近付くのが見えた。だが、退く余裕はなかった。その直後、短い悲鳴が上がり、黒い渦がチャルキンの手前で斬り崩れた。料理屋の主人バートルや正人会の人々が、岩の間から矢を放ったのだ。彼らは一斉に、黒い渦や森の連中や黒い狼たちに矢を放った。森の連中と狼たちは悲鳴を上げながら、散り散りに逃げていった。

「大丈夫か」バートルがチャルキンのもとへ駆け寄って尋ねた。

「ぎりぎりだった。ワニは何者なのか…あの黒い渦は何なのか」チャルキンは右肩の傷を手で覆いながら岩の角から出てきた。

「彼は黒いマジックを操るやつさ…物に呪いをかけて、自分の体のように操るのだ。だが、それが破れるたびに、自分の体のどこかが傷つくんだ…」

バートルは、岩の陰で黒い旗を振り続けるワニをちらっと眺めて言った。ワニの体はあちらこちら傷ついていた。

「黒いマジックを操る者はバザルにたくさんいるが、ワニはその中でも一番力が強いのさ」

その時、ションホルが突然激しく吠えかけた。チャルキンが振り返ると、さらに大きな黒い渦が向かっていた。チャルキンはバートルを横に押し、素早く体をかわした。正人会の人々を目にして、チャルキンの気力が湧いていた。チャルキンはすごい速さで駆けて、ワニが隠れている岩に跳び上がり、眼下に潜むワニに向かって矢を放った。矢はワニの胸に的中し、地面に倒れ込んだ。と同時に、チャルキンに襲いかかってきた黒い渦も崩れ、土と小石になってばらばらと落ちた。

バートルが「荒地の仇を討ったぞ」と叫び、人々の間に歓声が上がった。

チャルキンはワニが死んだことを確かめて、アロンたちが潜む岩の方へ向かった。アロンを片腕に抱いて岩の裏から出てきたチャルキンのあとに、ハニに支えられたお婆さんが現れた。お婆さんは山の方をじっと見つめていた。バートルは、岩に潜む女たちの中に妻と娘の姿を見つけて駆け寄った。妻や子供を人質にとられていた正人会の人々も、それぞれに再会を喜び合っていた。

バートルはチャルキンのもとに近付き、心から感謝を込めて言った。

「ありがとうな。正人会がバザルを逃げ出す時も助けてくれたし、今度も女と子供たちを守ってくれて…」

「僕は大したことをしていない。あんたも俺の息子を助けてくれたじゃないか。それに彼女たちは自力で洞窟を脱出して、ここまできたそうだよ」

チャルキンはアロンから聞いたばかりの話を繰り返した。

「俺らも女や子供たちを探し回ったが見つからなかった。ここにいるとは思ってもいなかったよ」バートルは周囲に集う女や子供たちを見渡しながらそう言い、ハニに向かって「君がみんなを連れて洞窟から脱出したそうだな。さすが婆さんの孫娘だな…」と言った。バートルはお婆さんにも視線を移して「なあ、婆さん」と言ったが、お婆さんは山の方をじっと見つめたままだった。

しばらくしてお婆さんが、はきはきとした声で言った。

「それより山の方を見てごらん…。ゲセルがマンゴスと戦っているのではないか…」

お婆さんの声に、人々が山の方に視線を移した。これまで森の連中や黒い狼と戦うことに必死だった人々は、山の方を見て目を見開いたり、口を手で覆ったりしていた。

「これは凄いことになっているな…」

突然どこからか大声が響いて、岩の上に小柄な老人が現れた。

「白ひげオタチ、ここにいたの?」バートルが驚きの声を上げた。

「ずっとここにいたさ。ただ、君らに邪魔されたくないから、姿を消していただけさ」白ひげオタチは山の方を眺めながら、わくわくとした声で語った。

「さっきは大変だったよ…みんなが殺されそうになって…」

チャルキンは、白ひげオタチの姿を見つけて文句をつけた。

「だから、援軍を呼んであげたじゃろう…」白ひげオタチが愉快そうに言った。

「そうだった。白ひげオタチが教えてくれなかったら、こんな早く辿りつけなかったと思うな」と、バートルが話を合わせるように朗らかに言った。

「だけど…」チャルキンが何かを言い重ねようとすると、アロンが腕を引っ張った。黙ったまま首を横に振るアロンに、チャルキンは気分を損なったような表情で押し黙った。その様子を見ていたバートルは、チャルキンに向かって微笑んで言った。

「白ひげオタチは他人のことに無関心のように見えるが、このかたの守りがなかったら、俺らは、これまで生きてこられなかったと思うよ」

「俺もバザルでその人に命を救われたが…」チャルキンはまだ何か言いたそうに、白ひげオタチの背中を見て、「でも、俺をずっと小さい井戸に閉じ込めて、食事もろくにくれなかったし…話し方もケンカを売っているようだし…とりあえずこのじいさんは、どこか人の気分を悪くさせるところがあるんだな」とブツブツ言った。

「聞こえているぞ…わしが誰のせいで、このちっぽけなところにまだいなければならないか…。君はわかるか」

すねたように呟く白ひげオタチは、ふだんの大らかな印象と違って子供っぽく、チャルキンにケンカを吹っかけているようだった。西崖の方を眺めていた人々が、二人の言い争いを見ていることに気付いた白ひげオタチは、目をきょろきょろさせて、山の方を見て咳払いをした。そのそばで山の方を眺めていたバートルが、月の光に照らされる西崖の方を見ながら言った。

「どうなっている…はっきり見えないな…」

「もやもやとしているのは、青い霞と赤い霞が戦っているからじゃ。青い霞に包まれているのは聖水の守者で、赤い霞はマンゴスだろう…。青い霞が大きくなっていれば聖水の守者が勝っていて、赤い霞が大きくなっていればマンゴスが勝っているということじゃろう…」

お婆さんの言葉に、周囲にいる人々は「本当か」と声を上げ、一斉に山の方を眺めた。青い霞も大きいものの、赤い霞の方が圧倒的に大きかった。ハニがお婆さんを見て、「まだマンゴスが勝っているんじゃん」と言い放った。そして「青い霞がジョルだとしたら、ナム兄はどこなの？　まさか…」と不安そうに尋ねた。

「心配するな。先ほど東崖から西崖のマンゴスへ飛んでいった一組の黄色の光が、ナムとアルシという青年のさ」

白ひげオタチが後ろのほうから、長い白いひげを撫でながら誇らしげに言った。その言葉が終わりかかった時、死の森全体がぐらぐらと揺れ動き、東洞窟の方から、何かがとどろく音が聞こえてきた。地面が揺れて、人々は悲鳴を上げながら這いつくばった。目の前に聳える東崖が、黒い霧を上げながら崩れ落ちていった。人々は目を疑った。

死の森は、はるか昔から左右に東崖と西崖を持ち、それぞれの崖に東洞窟と西洞窟を持っていた。人々が何百年と探し求めた聖水と、何百年も荒地を支配してきたマンゴスの伝説も、この死の森のど真ん中に聳える東崖と東洞窟、西崖と西洞窟がなければ、語ることができなかった。その崖の一つ、東崖が今、みんなの目の前で崩れている…。

「こんなことがあるのか…」

大きな岩の上に座った白ひげオタチが目を見張って呟いた。

「どういうことだ…オタチ」

白ひげオタチのそばに立ち竦んでいたバートルが聞いた。

「あとは、西崖で暴れている化け物を消せば…フフフ」

白ひげオタチは、バートルの質問をよそに独り言のように呟いた。


ウワバミは、ジョルの目の前で、ついに口を大きく開けた。先ほどのように周囲の空気を吸い込むことはなく、かわりに長くて鋭い大きな牙をむき出しにした。

喉の奥まで見える手前で、脳を射抜かなければ…。ジョルは最善のタイミングを待った。だがウワバミの口が完全に開く前に、二つの矢が黄色の光を立てながら、ジョルのそばを通り抜けてウワバミの口に当たった。

ウワバミが悲鳴を上げて暴れ出した。

「むちゃをするな」

ジョルの後ろから怒鳴る声が聞こえ、馬蹄の音が地面を叩きながら近付いてきた。

白馬のお尻が何者かに叩かれた。口を射られたウワバミの頭が、前方から白馬とジョルに倒れかかってくる直前、白馬が斜面に向かって走り出した。ナムとアルシも馬を走らせ、山の斜面に現れた。

「ナム兄、アルシ兄…」

ジョルは驚きと嬉しさで、大声で叫んだ。

「こんな化け物に、命を懸ける価値はないぜ…」

アルシがジョルに向かって叫んだ。

「君は一人ぼっちじゃないからさ」

ナムが畳みかけるように言った。

ジョルは胸がいっぱいになった。アルシとナムが無事でよかった…。危機一髪の時に助けにきてくれてありがたい…。

「無事でよかった。さっき東崖が崩れるのを見たから…」

ジョルは、黄色の光がウワバミの頭に届いた直後、東崖が崩れ落ちるのを見て、心が凍る思いがしていたのだった。アルシとナムがそこにいたはずだったから…。

「僕は二度と湧き出る泉には入らないぞ…」

アルシはジョルを追いかけながら、乾きかけた服の袖を見せた。袖が破れて腕にだらりとぶら下がっていた。

「格好悪いな…これ。それに泉は湖と違って、水の流れが乱暴なんだよ。一瞬にして、僕たちを、死の森のど真ん中に投げつけやがって…」

アルシはそう言って、ジョルにニタリと笑いかけた。

「もし、泉が俺らを東崖から運び出してくれなかったら、今頃、魂のトカゲと一緒に東崖の底にいるぜ…」

ナムはそう言い、手綱を引いてジョルとアルシの隣に馬を立たせた。

「やっぱり二人が化け物の魂を殺してくれたんだな。さっき僕はウワバミの口に吸い込まれるところだったよ」

ジョルはほっとしたような声を出した。

「それまでの俺らは、かなり格好良かったけどな…。でも魂の主が、こんな化け物だとは思ってもいなかったな」

アルシは密林に首を絡めたウワバミを見て言った。ウワバミが暴れるたびに西崖の地面は揺れていた。

「聖水は取ったの」ナムは期待を膨らませて、ジョルに尋ねた。

「ここにあるよ」ジョルは誇らしそうに、自分の胸ポケットを指した。

「だったら、この化け物を消せば…。この悪夢を終わらせることができるか」

ナムは意を決した声で言った。

「なら、まずあの赤い目を狙おうぜ…」

アルシがウワバミの巨大なかまとを指した。

「さっきと同じように役割分担をしようか。君が右目で、僕は左目を射そうか」

ナムが大声で言った。

「喜んで…」

アルシが勇ましく朗らかに返した。

アルシとナムは大きな岩の間を縫うように走る馬の鞍の横にぶら下がって、ウワバミの攻撃をかわしながら、次第にウワバミに近付いていった。二人はウワバミに矢の届く場所で二手に分かれ、同時に矢を放った。

二本の矢がそれぞれの方向から黄色の光を放ちながら飛んでいって、ウワバミの目に突き刺さった。二つの赤い目から黒い血が流れた。ウワバミは猛烈な悲鳴を上げながら体を反り跳ね、密林を根ごと抜き取り、ジョルの方に迫ってきた。両側を走るナムとアルシの馬蹄の音で、ウワバミはジョルに的を絞ることができなかった。全身の力を振り絞って、音が出る方向に、毒をまき散らした。

ジョルは白馬の上で後ろ向きになり、再び弓を丸くなるまで引いて、お婆さんからもらった二本の矢を放つ機会を狙った。

白馬は岩の間を抜いてバランス良く走っていた。ウワバミの口が大きく開けられ、その中にほののような丸い穴が見えた。いまだ！　ジョルは思い切って矢を放した。二本の矢が編まれる縄のように一本になり、眩しい白い光を立てながら、風に乗ってウワバミの口をめがけて飛んでいった。

ウワバミは悲鳴を上げる間もなく、鈍い音を出して転がった。これまでウワバミの頭ばかりに気を取られていたジョルは、目の前に転がるその物の大きさに驚かされた。山が震え轟く音がして、斜面を駆け下りるジョルの後ろから、巨大な山崩れのようなものが転がってきた。白馬は速度を増して、麓に沿って走り下りた。

白馬の上に跨るジョルに、火の点る谷口が見えた。それは以前、ナムが言っていた聖水を戻す聖地だった。このまま聖地まで行きたい…ジョルはそう考えた。だが、何かに投げ飛ばされた…。それと同時に胸元に眩しい光が放されるのを感じた。もうろうとした意識の中で、ジョルは青く沈む深い水の中を歩いていく…不思議なことに、髪の毛や服が水上に浮いているのに、息は苦しくなかった…。

ウワバミが倒れたとたん、死の森の呪いが消え去った。これまで斬っても斬り切れなかった木の塊がなくなり、地面に残ったのは、ほっそりと立つ何本かの木やあちらこちら転がる木の枝だけだった。人々や猟犬に激しく襲いかかっていたカラスや黒毛の狼は、一斉に逃げ出した。死の森の連中の一番強い武器である蛇のような黒い縄がその力を失い、ボロボロの黒布のように垂れた。よく見ると、蛇の抜け殻だった。森の連中はどうしたらいいかわからないようで、ぼんやりと立ち竦むだけだった。

魔力を失う死の森を眺めていた人々に、大地の轟く音が聞こえてきた。人々は慌てて西崖の方を見た。山の斜面の大半を覆っていた赤い霞は消え、青い霞が山を占めていた。その青い霞を透かし、空と重なって見えた景色に人々は圧倒された。ウワバミの死体が雪崩のように麓にある谷へ押し入ってきた。その先の方で、馬に乗った小さな姿が雪崩に巻き込まれそうになりながら駆け下りていた。

「ジョル…」アロンが悲鳴を上げた。彼女は空と重なる姿でジョルだとわかった。

山の方を眺めていた人々は、声を失った。谷口に近付きかけたジョルが、次の瞬間、大地を震わせながら転げ落ちるウワバミの死体に跳ね飛ばされた。その瞬間、ジョルの体は眩しい白い光に包まれ、深い谷に落ちていった…。

「ジョル…」アロンが意識を失った。

「ジョル…」チャルキンが、胸に倒れたアロンを抱きながら叫んだ。

「こんなはずがない…」ハニがお婆さんを抱き締めた。

「ゲセル…」人々が悲鳴を上げた。

死の森の奥に聳える西崖が静かになった。先ほどまで赤い霞や青い霞に覆われたり、巨大のウワバミと聖水の守者が戦ったりしていたが、今はまるで何事もなかったような静けさだった。ただ戦いのしるしとして、先ほどまで火がついていた谷口が、山のように巨大な死体で埋め尽された。

死の森も沈黙していた。東崖が崩れ落ちたにもかかわらず…。

人々も目の前のすべてが、夢か、現実か、区別できないように立ち竦んでいた。

銀色の月が大地に静かに射し込んで、ミルク色に染め上げていた。月の下を通り過ぎる風の音が、死の森の静けさを微かに破った。

人々の耳に、そう遠くない死の森のどこかから流れる水のせせらぐ音が届いた。ションホルが吠えて谷口の方へ走った。水の音がだんだん大きくなった。

「見て…」誰かが呟くように言った。

ジョルが落ちて行き、マンゴスの死体で埋められた谷口から、銀色の泉が湧き出ていた。泉の湧き口がだんだん大きくなり、勢いを増して水の柱ができた。

「それ何？」人群れの先に立っていた男の子が、泉の作った水柱の先を指した。水玉が浮いていた。

「中に何かがいるぞ」人々が騒ぎ出した。

「ジョル…」チャルキンが谷口へ走った。地面に倒れていたアロンの隣にハニが残った。彼女はアロンの頭を膝の上にのせていた。

人々は緩やかな丘から下りて谷口に向かった。ションホルが水玉に向かって吠えた。

水柱はその先に大きな水玉を優しく浮かばせていた。その中にジョルが仰向けで寝ていた。水玉は青く光り、深く神秘に見えた。

「ジョル…」チャルキンが水玉に向かって叫んだ。

チャルキンの叫びで、ジョルの足が少し動いた。水玉が割れて、ジョルが地面に滑り落ちた。ジョルを支えていた水柱が緩やかな地面に沿って谷を流れ出た。

「ジョル…」チャルキンが、わが子の名前を呼びながら肩を動かした。

口から水を吐き出して、ジョルは目覚めた。

「ゲセルが生き返った」ジョルを囲んでいた人々が、喜びの声を上げた。雰囲気が一気に和らいだ。喜び合う声が人々の間に広がっていった。

「父ちゃん…」ジョルは弱い声で呼んだ。彼の目から涙がこぼれた。

「ジョル…」チャルキンが息子を胸に抱き締めた。「よくやった…」

「母ちゃんは?」ジョルはささやくような声で聞いた。

「無事だ。もう大丈夫だ…」チャルキンの目が潤んだ。

ジョルは疲れたように眼を瞑った。

「ジョル、大丈夫か。どこか痛いか」チャルキンが息子を見つめた。

「大丈夫」弱いけれども、明るい声でジョルが言って、父を見た。「あれは何?」ジョルは自分を覗き見る人々の後ろを指した。人々が空を見上げると、死の森から無数の綿のような白い玉が空に浮かびあがり、空遠くへゆっくりと漂っていた。

「何なの?」人々は、その神秘的な光景に驚かされた。

「死の森に閉じ込められて呪われていた魂だよ」白ひげオタチが空を見上げた。

「うちのお爺さんの魂もこの中にいるのか」中年の女が空を眺めながら悲しそうに言った。

人々は死の森で失った親しい人々を思い出しながら空を見上げた。長い間、心の中に積もっていた悲しみが涙になって溢れ出た。土に膝をつけて泣く人もいた。

「悲しむ必要はないよ。彼らは天国に行って生まれ変わるから」

白ひげオタチが、涙を流して悲しむ人々を見て言った。「今日、彼らは自由になった。喜んでいると思うさ」

白ひげオタチの言葉で、人々は涙ながらに笑顔になって、空の白みに溶けていく小さな白い玉の群れを見送った。

空が東から白んできた。星がぼんやりとして、あたりがだんだん明るくなってきた。

「緑になっているよ」若い女が地面を覗き込んで喜びの声を上げた。

「あ…見て…広がっている」人々は騒ぎ出した。

若い男が何度もまばたきして周りを見渡した。「本当だ。夢じゃない。緑が広がっている」バザルの料理屋の店員ジャムチだった。彼は隣に立っていた若い女の子を抱き締めた。

「人が見ているよ」女の子が恥ずかしそうにジャムチの腕から出ようとした。「もう怖がることなんかないよ。俺たち結婚しよう」ジャムチは女の子をもっと強く抱き締めた。

人々の喜びの中で、ジョルも立ち上がった。彼らがいた谷口を中心に、緑がどんどん広がっていた。草だけでなく森も緑色に変わっていた。

「母ちゃんはどこ？　母ちゃんにも見せたい」ジョルがチャルキンに言った。チャルキンははっとしてジョルを引っ張り、アロンのもとへ走った。

ジョルは足元が柔らかく感じた。草が地面を覆い、緑の絨毯を敷いたようだった。草を踏むのはもったいない気持ちがした。でも一面緑だから踏むしかなかった。ジョルは父に引っ張られ、一面緑の大地のどこを踏もうかと迷いながら、父と一緒に走った。目の前の森や山々へ広がっていく緑を、ありがたそうに眺めながら…。

アロンの姿が見えた。力なさそうに立っていた。服のあちらこちらが破れ、顔が青ざめていた。ジョルの目が涙でかすんだ。母が自分を守ってくれた…。そして待ってくれていた…。

「母ちゃん…」目の前の景色に圧倒されて立ち竦んでいたアロンのもとへ、ジョルは走っていった。アロンはジョルを抱き締めながら、頭にキスした。ジョルは誰かにじっと見られている気がして、横を見るとハニが自分を見つめていた。

「ジョル…」アロンが腕を広げて、わが子を抱き締めた。涙がこぼれてジョルの髪の毛に落ちた。

また格好悪いところを見せてしまった…。ジョルは恥ずかしそうに母の胸から体を離した。アロンはジョルの気持ちをわかったようで、ジョルを放して夫を嬉しそうに見た。「目覚めてよかったな」チャルキンがアロンの肩を抱いた。

ジョルは両親のもとを離れてハニに近付いた。顔が熱くなり、足が震え、ハニの前に行くのはマンゴスに近付くより勇気が必要だった。

「…」ジョルは口を開けたが、声が出なかった。

「無事でよかった」ハニの顔がピンク色に見えた。ジョルは空を飾る霞で顔がピンクになっているのかと東の空を見上げた。

「彼女との再会か」後ろから朗らかな声が聞こえた。

ジョルは振り返って嬉しそうに微笑んだ。

「来た?」彼はハニから逃げるように、後ろからやってきたアルシとナムに向かって走った。そして二人を全力で抱き締めて言った。「よかった」

「こんな美しい朝は初めてだ」ナムは緑に囲まれた森や山々を眺めて言った。

「僕たちのふるさとには、こんな朝が多かったな」ジョルは誇らしそうに言ってアルシを見上げた。

「そうだったな」アルシがジョルの頭を撫でた。

「今は、僕のふるさとも君のふるさとに負けないぞ」ナムはジョルの何でも自分のふるさとにたとえる癖を思い出して笑った。

「ところで、あの可愛い子は誰？」アルシが聞いた。

「どこ？」ジョルがナムとアルシを抱き締めていた手を放して、アルシが指さす方を見た。ハニが立っていた。

「誰？」ジョルは繰り返した。

「薄いピンクの服を着ている子」アルシがハニを目で指した。

「全然可愛くないよ」ジョルの顔が赤くなった。「気取り屋だよ」

「う…ん」アルシが笑った。

「また始まったか」ナムが笑って、ジョルたちと離れて、ハニとそう遠くないところにお年寄りたちと一緒に立っているお婆さんのもとへ走って行った。ハニはナムを迎えて、兄を抱き締めた。それから二人でお婆さんのもとへ行ってお婆さんと三人で抱き合った。三人とも再会の喜びを満喫していた。

ジョルはずっと見ていた。心がとても暖かく感じた。

「そんなに好きか」アルシが体を低くして、ジョルの目線に合わせて聞いた。

「バカを言うな。ナム兄を見ていた」ジョルは慌てて目線を反らした。

「だったら、何で顔が赤くなっているの」アルシが大声で笑い出した。

「赤くないよ。朝の霞で染められただけ…」ジョルは東を指した。

朝の霞が東の空をピンク色に染めていた。

「ほんとうかよ」アルシはからかうように言った。

「二人とも何を騒いでいるの？」チャルキンとアロンが近付いてきた。

「ジョルがあの子を…」大声で笑いながら面白そうに話し始めるアルシを、ジョルが引っ張った。

「アルシ兄とマンゴスの死体を見てくるよ」ジョルはアルシを引っ張って人々が騒ぐところに行った。

「残念だけど死体は見られなかったよ。ただ谷に長い丘ができただけだったさ…」チャルキンが二人の後ろから言った。それでも二人はわくわくしながら、緑に囲まれた丘に向かった。

「あんた、死体が見られなかったのは残念って…」アロンがチャルキンを責めるような口ぶりで言った。

「そんなものは見ないほうが幸いじゃないか」

「わかった。わかった」チャルキンがアロンを抱いたまま大声で笑った。

「相変わらずね。あの二人は…」アルシにしがみつきながら人群れに入るジョルの後ろ姿を見て、アロンが嬉しそうに微笑んだ。チャルキンも頷いて、緑に広がる森や山々を眺めた。真っ黒だった死の森にいたと思うと、不思議なくらいだった。

「これでやっと故郷に帰られるな」チャルキンが大きく息を吐いた。アロンが南の空を眺めた。緑の大地の上に広がる南の空は、日の出の霞でピンク色に染められていた。

「やっと…」アロンの目に溢れた涙に、ピンクの霞が映って穏やかに光った。

273頁19行　オルガ　　馬をつかまえる時に使う長い鞭。柄が長く、柄の先には、柔らかくて丈夫な細い木の枝を繋ぎ、その先に長い皮縄がついている。

第十六話　笛

大地に緑が蘇ってからの崖の広場は、自然の魅力を余すことなく広げていた。石の間から頭を出した緑の草や、小さなピンク色、黄色や紫色の花が黒っぽい崖を美しく飾っていた。周囲は緑の山々に囲まれ、玄関から見える広い谷が薄い緑に染められ、遠くまで続いていた。

「死の森がきれいになったな」ナムが言った。お婆さんたちの家で、アルシが手間をかけて作ってくれた木のテーブルを囲んで、みんなは朝食を食べていた。

「石頭か。まだ覚えられないの。今はゲセルの森と呼んでいるじゃないか」ハニが咎めるように言った。

「あんたの森か」アルシがジョルを腕で突いて、目でハニを指した。

「彼の森なんかじゃないよ」ハニはアルシにも容赦がなかった。「ゲセルは昔の伝説の英雄だよ。その人は山を片手で持ち上げるくらいの力持ちだった。あんたらみたいなちっぽけじゃなくて…」ハニは棘のある目で、テーブルの左側に座っていたアルシ、ナム、ジョルを不満そうにしゃくった。

「やられた気分はどう？　あれでも可愛いか」ジョルは体をアルシに寄せて呟いた。

「聞こえているよ」ハニは顔をしかめた。

「こんなふうに管理する人がいれば、坊やたちは暴れないな」テーブルの右側にアロン、ハニと並んで座ったチャルキンが、感服したように言った。

「ハニは家持ちがいいだけじゃなくて、弓の技も見事だったね。あんたも見たじゃないか」アロンが微笑んだ。

「自分勝手に慣れさせたもので」中央席に座っていたお婆さんが言った。

叱られた三人は大人が褒めるのに顔をしかめて、不満そうに鼻をならした。だがハニに叱られても、三人は気分を損なわなかったようだった。

「今日久しぶりに狩りでもしようか」アルシが提案した。

「バザルに寄ってこようか」ナムが言い加えた。

「いいな」ジョルの心は躍った。

「でも黒マジックをするやつらがいなくなったから、バザルもただの市場にすぎないな。面白くない」アルシは物足りない顔をした。

「そうだな。死の森も呪いが解けたから、ただの森になったな。一度はもとの死の森に入ってみたかったな」チャルキンは惜しそうに三人に向いた。

「だったら、今日は魂のいた東崖の崩れを見に行こうか。それとも聖水の洞窟を探してみようか？何か残っているかもしれない」ジョルは目を光らせて言った。

「それはいいかも…」チャルキンが言いかけると、アロンが咳払いをした。

「まあ、坊やたち、そんなところは二度と行くもんじゃないぞ。聖水のおかげで、死の森も黒マジックも抑えられてよかったよ」チャルキンが慌てて口調を変えた。

残りの三人も、アロンのしかめ面を見ておとなしくなった。

「やはりアロンおばはすごいわ」ハニがチャルキンをはじめアルシたち三人を見渡して噴き出した。

「カラスを見たスズメみたいにびびって…」

「バザルに住む人は減ったそうだな」お婆さんが明るい声で言った。「たくさんの人が、昔住んでいた住居に戻ったらしい。うちもこの谷で一軒家じゃなくなったしな」

「そうだよ。料理屋主人のバートル一家も、昔の家に戻ってきたよ。娘が来て、石彫を借りていった。家を直しているみたいね」ハニが嬉しそうに加えた。

「あの子は結構な美人だったな」アルシがナムを突いた。「よかったな。美人の近所ができて…」

「僕と関係ないさ…」ナムの顔が真っ赤になった。

「誰かな…。まだ何か必要だったら教えて…と崖下までついて行ったの」ハニがナムの声を真似した。

「右の谷にも新しい家が建てられていたのさ」ナムが慌てて話題を変えた。

「出ようか」アルシが顎で外を指した。ヒソヒソ話をしながら三人は家の外へ出た。

時が過ぎ、草の色がだんだん濃くなっていった。空高く、風も涼しくなった。列を作った水鳥の群れが、南へ旅立ち始めた。

荒地は聖地であったという名前を誇るにふさわしい、美しい秋を迎えようとしていた。この土地は平和を手に入れ、民はそれを満喫していた。

チャルキンは、一家を連れてオボート村に戻る旅の準備を整えた。聖水を大地に戻したあの日から、ジョルは毎晩とてもいい眠りについていた。昔あった大変な出来事は夢のように感じられていた。この土地から、ここで喜びと悲しみを共にしてきた人々から、離れる日がそう遠くないことを、心の中で惜しんでいた。猟犬ションホルもふるさとに帰ることを察知したように、いつもよりわくわくしたように崖の広場を駆け回っていた。

ジョルはハニに洗ってもらった薄緑の服を着て、白馬に荷物を載せた。白馬は荷物が嫌いらしく体を退けていた。アロンはバザルから買ってきた栗ぶちの馬をきれいに洗って、縦髪を彩りの布切れで飾ってあげた。馬はバザルから来た時の汚い様子から一変し、毛先がピカピカと光っていた。


チャルキン一家が荒地から離れる日がやってきた。

アロンとチャルキンが止めたにも関わらず、お婆さんも彼らを谷口まで送ることになった。ジョルたちが南に戻ることを聞いて、荒地のあちらこちらから人々が駆けつけた。誰もが何度も感謝の言葉を口にして、別れの挨拶をしてもなかなか離れようとせず、谷口を越えてずっと先まで見送りに来ていた。

「ナム兄、みんなを連れて帰ってよ」ジョルはナムを促した。「きっとまた会えるから…」

「みなさん、このまままっすぐ行けば、あなたたちのゲセルが見つかるから、こんなに別れを惜しまずに帰ってください…」アルシが足を止めて人群れに向かって言った。

「ゲセル…」お婆さんはいつものように真っ黒な目でジョルをじっと見つめた。「この恩をどうやって返すか。この土地と民を救ってくれて、本当に心から感謝している…」声が微かに震えていた。

「お婆さん、僕もこの土地、ここの人々に感謝しています。こんな僕を信じてくれて…」ジョルの目が潤み、声が詰まった。彼はお婆さんを見つめながら言った。

「それに、僕たちを助け、見守ってくれてありがとうございます」

「長い旅だったな。お疲れさん…」ナムがお婆さんを支えていた手を放して、ジョルを抱き締めた。「それに、楽しかったよ」

「僕もだ…」ジョルは涙をこらえて呟いた。

「お別れの挨拶はもういいさ。また遊びに来るぞ…」アルシがナムとジョルの肩を叩いた。

「ゲセル、ただ一言だ。ありがとう…」バートルががっしりした手で、ジョルの手を握った。その隣に妻と娘が立っていた。アルシの言った通りその娘が美人だった。

「近所は確かに美人だな…」ジョルはナムの耳に呟いた。

「僕と関係ないってば…」ナムは顔を赤らめて目線を反らした。

「いいな…羨ましいな…」アルシがナムを突いて笑った。

チャルキンもアロンも人々と別れの挨拶を交わしていた。チャルキンは人群れに向かって締めの挨拶をした。

「みなさん、戻ってくれ。平和で、幸せに過ごしてくれ」

チャルキンとアロン、アルシが馬に乗った。人々は手を振ったり、いい旅であるようにと祝福してくれたりしていた。

「きっとまた会おう」ナムがジョルの手を掴んだ。ジョルは頷いた。

ハニはずっとしかめ面で目線を反らしていた。ジョルが何度声をかけても頷くだけで、何も言わなかった。

チャルキンの馬が前へ進んだ。その次にアルシ、アロンの馬が続いた。ジョルは最後に馬に乗った。ションホルは家に帰るのが待ち遠しそうで、一番前で小走りしていた。

ジョルは涙をこらえて荒地の山々と人々を見渡した。

彼が母と辿りついた北の果てがここだった。そこには自分を信じて、自分についてくれる人々がいた。

自信をなくしかけていたジョルを、この土地と人々が支えてくれた。

白馬がゆっくりと前に進んだ。ジョルは人群れの中からナムとハニを探した。ナムは人群れの先頭で一生懸命に手を振っていた。ハニは人群れのはずれに一人で立っていた。手で頻繁に目を拭いていた。

ジョルは何かを思い出したように白馬を走らせて人群れの方に戻っていった。彼は首からハニがくれた笛を取り出した。白馬がハニの前に止まった。ジョルは馬の上から、笛を持った手をハニの方に伸ばした。

ハニは慌てて涙を拭いて、ジョルの手を見た。自分のあげた笛がジョルの掌にあった。

「これを持っていてくれ…必ず取りに来るから…」ジョルは喘ぎながら言った。まるで荒地まで走ってきたように心臓が胸を打ち、息がつけなかった。笛をハニの掌に置いて、白馬に走る合図をした。

白馬がハニから離れてナムに近付いた時、ジョルは手を伸ばして、ナムの伸ばしてきた掌を叩いて、父たちの後ろを追って行った。

「ゲセル…ゲセル…」人群れが彼の後ろから呼んでいた。

白馬が尾を振り飛ばしながら、チャルキンたちを追って行った。

【著者プロフィール】
ガルチン・アリヤ
1974年中国内モンゴル自治区生まれ。2001年日本へ留学。
東京大学大学院学際情報学府社会情報学修士学位取得。
その後、イギリス、シンガポールなどにて留学、就職。
現在、中国内モンゴル自治区ある大学に教師として勤務中。

挿絵　堀田ルミ子
編集　向井 槇
デザイン　金澤 隆
校正　良本淳子
編集協力　坂本俊夫
印刷・製本　デジタル・オンデマンド出版センター
三省堂書店

ゲセルと聖水

2017年7月28日　初版発行
著　者　ガルチン・アリヤ
発行者　木村由加子
発行所　まむかいブックスギャラリー
東京都港区芝浦3-14-19-6F
TEL.050-3555-7335
URL www.mamukai.com

ISBN 978-4-904402-12-2
Printed in JAPAN